中华文脉
SINIC
CONTEXT

从 中 原 到 中 国

王战营 / 主编

题记

天地与我并生，
而万物与我为一。

——《庄子·齐物论》

中华文脉
SINIC CONTEXT
从 中 原 到 中 国
王战营 / 主编

天地之中说聊斋

鲁枢元 著

中州古籍出版社
·郑州·

图书在版编目（CIP）数据

天地之中说聊斋／鲁枢元著 .—郑州：中州古籍出版社，2022.11（2024.3重印）

（中华文脉：从中原到中国）

ISBN 978-7-5738-0533-1

Ⅰ.①天… Ⅱ.①鲁… Ⅲ.①《聊斋志异》-小说研究 Ⅳ.①I207.419

中国版本图书馆CIP数据核字(2022)第226053号

天地之中说聊斋

鲁枢元 著

出 版 人：许绍山

策划编辑：郑 雄 李晓丽

责任编辑：李晓丽

责任校对：刘丽佳

装帧设计：曾晶晶

出版发行：中州古籍出版社

（地址：郑州市郑东新区祥盛街27号6层 邮政编码：450016

电话：0371-65788693）

经 销：河南省新华书店发行集团有限公司

印 刷：河南新华印刷集团有限公司

开 本：710mm×1000mm 1/16

印 张：18.25

字 数：276千字

版 次：2022年11月第1版

印 次：2024年3月第2次印刷

定 价：58.00元

内 容 摘 要

本书希望在生态文化的视野里、参照生态批评的方法对中华民族的文学瑰宝《聊斋志异》做出新的阐释。书中展现了伟大作家蒲松龄为女性造像、为乡土立言、守护人类天性、善待自然万物的淳朴人格与博大情怀。本书作者相信，《聊斋志异》这部诞生于300年前的中华典籍，将有益于在世界范围内营造良好的精神生态，从而推进人类生态文明的健康发展。

本书采取"随笔""漫谈""札记"的书写方式，行文亦庄亦谐，会意触类旁通，既悉心于史实的考订、原著的点评，又留意渗入作者个人的阅历与现实生活中的见闻，尽力为读者提供立体的阅读空间。

序言

　　"你也说聊斋，我也说聊斋，喜怒哀乐一起都到心头来"，这首《聊斋歌》可以说人人耳熟能详。蒲松龄的《聊斋志异》，虽然至今仍然不在中国古典小说四大名著之列，但其普及及受人爱戴的程度，并不亚于四大名著。

　　海内外众多专家对《聊斋志异》的研究旁征博引、妙论迭出，令人敬佩。两位当代小说家对《聊斋志异》的评论，却格外激发起我的共鸣，一位是蒲翁的山东老乡莫言，一位是我的河南老乡阎连科，他们都是当今文坛的翘楚，同时又都是《聊斋志异》的忠实读者、蒲松龄的追慕者、聊斋精神的继承发扬光大者。

　　莫言荣获诺贝尔文学奖之后，满世界讲《聊斋志异》。他说，对他影响最大的还不是西方的马尔克斯，而是家乡的蒲松龄。几百年前，蒲松龄写出了这样一部光辉著作，把人类和大自然联系起来。《聊斋志异》提倡爱护生物，让人类不要妄自尊大，在大自然中人跟动物是平等的，小说里有很多狐狸变的美女智慧超人。莫言还说《聊斋志异》是一部提倡妇女解放的作品，小说中塑造了很多自由奔放的女性形象，他的《红高粱》中"我奶奶"这个形象，就是因为看了《聊斋志异》才有了灵感。

近年来，阎连科的小说在大半个地球不胫而走，美国、英国、澳大利亚、日本、韩国、越南、法国、意大利、西班牙、挪威、瑞典、丹麦等国都有他的读者，而他却称自己是蒲松龄的崇拜者，《聊斋志异》是他最景仰的伟大作品，希望自己这辈子也能够写出一部《聊斋志异》来。阎连科断言，《聊斋志异》的伟大在于写"乡土"，乡村与土地是这部伟大经典生长的广袤土壤，《聊斋》中几乎所有的经典故事都离不开乡村的荒野、茅舍、明月、蒿蓬。就连书中刻画的阴曹地府，也仍然在乡村的土层下面。书中支撑起整体建构的狐狸、鬼怪和异物，皆来自林野与荒郊。

这些年，我的大部分精力在关注生态文学与生态文化，在我看来，两位大作家从蒲松龄的《聊斋志异》中接受的，实则是一种生态精神。

莫言对《聊斋》的阐释触及当代生态运动中的两个重大命题："非人类中心"与"女性生态批评"。他同时还得出一个结论：蒲松龄是一位古代环保主义者。

阎连科的讲述触及世界生态运动中的核心："人与大地的关系"，"生灵万物与大地的关系"，《聊斋志异》中充满大地伦理学的精义。

莫言、阎连科两位作家都出生在农村的贫寒之家，自幼割草放牛、拾柴火种地，养育他们的是大中原的山川土地，他们与蒲松龄是血脉相连的。

蒲松龄，是一位扎根于乡野民间、生长于皇天后土的杰出文化人；《聊斋志异》是一部写在天地间的皇皇巨著，书中卷帙繁密、深沉蕴藉、芬芳醇厚、感天动地的人与其他动植物悲欢交集、生死与共的故事，正是中华民族传统生态文化菁华的艺术呈现！《聊斋志异》，不但是属于人类的，也是属于大地旷野的，属于生灵万物的。

《文心雕龙》："文之为德也大矣，与天地并生者何哉！"《聊斋志异》的伟大，是因为它是与天地并生的精神之花，是蒲松龄的"生态精神"绽开的文学奇葩。

通观全书，《聊斋志异》中的生态精神表现在以下几个方面：

天地与我并生，万物与我为一，人类与天地万物是一个有机整体；

万物有灵，禽兽可以拥有仁心，人类有时也会丧失天良；

善待万物，并不单以人类的价值尺度衡量万物存在；

钟爱荒野、扎根乡土，守护人类质朴、本真、善良的天性；

尊重女性，视女性与自然为一体，赞美女性的独立、自由；

认为健康的性爱是婚姻的基础，维护家族、社会的和谐的重要因素。

蒲松龄并没有现代人那种"人类中心"的观念，而总是站在"宽容、厚道"的立场上善待其他物种；他也不具备现代生态女性主义的理念，却能够以"温和、柔软、博爱"的心肠与女性相知相交；他从不曾像利奥波德那样对"大地伦理学"做出过周到的论证，但他深知乡土与田园是他安身立命的根基，也是生灵万物相依共存的家园。此外，他在文学创作中运用娴熟的"神话思维"，也为现代生态运动中"复魅"的呼喊添加了历史的回响。

给书起个好名字很不容易。这本书最终命名为"天地之中说聊斋"，我想有以下几层含义。

其一，《聊斋志异》是蒲松龄写于天地之间的一部大书。

蒲松龄的文化思想源自《易经》，而一部《易经》就是中华民族的古代精英关于自然与人文充满温情的体察与遐想，并由此绘制出的一幅整体宇宙图像：

> 《易》与天地准，故能弥纶天地之道。仰以观于天文，俯以
> 察于地理，是故知幽明之故；原始反终，故知死生之说；精气为物，
> 游魂为变，是故知鬼神之情状。与天地相似，故不违；知周乎万
> 物而道济天下，故不过；旁行而不流，乐天知命，故不忧；安土
> 敦乎仁，故能爱。范围天地之化而不过，曲成万物而不遗，通乎
> 昼夜之道而知，故神无方而《易》无体。

《易经》以天地运行的道理为准则，将天地间的所有道理圆满地
包容其间。抬头可以仰观天文，低头可以细察地理，从而知晓天地间
那些或明或暗的奥秘，追溯万物的源头，回顾万物的去向，明辨生死
的原委。精气注入形体成为有生之物，精神游离于体外生成变异，由
此可以洞察幽微之中鬼神灵异的活动。《易经》中的智慧遍及万物，
足以惠济天下。天地万物演化有序，乐天知命才不至于忧心忡忡。栖
居在大地上心怀宽容与敦厚，就能够博爱万物。包容天地而不逾越，
成全万物而不遗漏，通晓幽明、死生、鬼神变化，方可感悟到造化的
变幻无形、玄妙无际。由此看来，涵容了天文地理、人类万物、爱恨
情仇、生生死死、神出鬼没、阴间阳世的天地境界原本就在《易经》
这里。

在整个科举时代，《易经》被尊为六经之首，乃知识分子首要的
必读书。蒲松龄一生流连举业，皓首穷经，《易经》读了一辈子。最
终的收获却不在举业、科场，反而落实到了他的文学创作中。

"天地之中说聊斋"，首先就是要从蒲松龄字字珠玑的篇章之中
读懂中华古文化中天地宇宙的微言大义。

其二，《易经》中的"乾坤"就是"天地"。宋代哲学家张载对此有一段绝妙的阐发：

> 乾称父，坤称母；予兹藐焉，乃混然中处。故天地之塞，吾其体；天地之帅，吾其性。民吾同胞，物吾与也。

翻译成白话：天是我的父亲，地是我的母亲，我个人虽然渺小，却能够与天地浑然一体。天地间的生机与精气生成了我的身体与性情，所有人都可以视为我的同胞，其他物种都是我的亲密伙伴。

张载的这段话，生动地体现了生态学的第一法则：世界是一个运转着的有机整体，万物之间存在着生生不息的普遍联系，从日月、星辰、风雨、雷电、山川、河流、森林、土地，到包括人类在内的动物、植物、微生物等一切生物，都是这个整体中合理存在的一部分，都拥有自己的价值和意义，都拥有自身存在的权利。

这里的天地几乎与"自然"等同，所谓天地与我并生，万物与我为一，近乎现代生态学中的"生物圈""生态系统"。"天地之中说聊斋"，就是尝试运用生态文化的观念解读蒲松龄的这部伟大作品。

其三，"天地之中说聊斋"，意味着我个人解读《聊斋》的立足点。

我出生及常年生活、工作的地方属于"大嵩山"的方域。"五岳"之中，嵩山位其中，被称为"中岳"，在古代被视为"天下之中"。现代地质考古认定，26亿年前，整个地球的表面还沉浸在一片混沌的"原始汤"中，而第一个露出水面的陆地就是嵩山，地球史上称之为"嵩阳运动"。中岳嵩山犹如地球的"肚脐"，照此一说，大嵩山真可以算得上"天地之中"了！

在天地之中的这块土地上，仰韶遗址、殷墟古城、启母阙、函谷关、少林寺、中岳庙、风陵渡、东坝头、桃花峪、柳园口的山光水色；商山四皓、竹林七贤、官渡之战、澶渊之盟、窃符救赵、文姬归汉的历史典故；夸父追日、嫦娥奔月、叶公好龙、杞人忧天之类的神话传说，作为中原人民的文化遗存、心理积淀，也都是与《聊斋志异》中的青林黑塞、鬼狐花妖、仁人志士、蝼蚁苍生、恨爱情仇、悲欢离合一脉相承的。

"天地之中说聊斋"，还意味着一个中原"土著"，在天地之中的嵩山脚下对于《聊斋》的阅读与品味。

本书采取"随笔""漫谈""札记"的书写方式，并非严格意义上的学术著作，为的是读起来更轻松一些。篇目看去松散，倒也大体呈现出《聊斋志异》创作的时代背景、生态环境、作者行状、创作意向、思想主旨、素材来源、题材内涵、审美意趣、书写风格、成书过程，以及后世的接受与创新。

我自己对于这本小书的出版还是怀有期待的，期待对蒲松龄、对《聊斋志异》的解读有新的发现，却又担心会做出过度的阐释，这一切尚有待读者朋友的关注与批评。

据说，《聊斋志异》如今在世界各国已经被翻译成20多种语言、近百种版本。生态无国界，我想，从生态文化的视野解读《聊斋》，或许会在世界范围内汇聚更多的读者。

鲁枢元，辛丑除夕于琼岛暮雨楼

目录

蒲文指要

中原板荡

中岳嵩山，号称古陆之最，天下之中。

嵩山的右侧为西岳华山，左邻是东岳泰山，一条黄河浩浩荡荡从三山身旁流过。河山一统，这就是人们所说的大中原。

考古发现，距今4000余年的龙山文化的分布，从山东淄博河流域的桐林遗址，到河南三门峡陕州区庙底沟，再到陕西渭河流域的客省庄，纵横千里，应是大中原的原始版图。

儒、道、释，这里还是中华民族精神文化的发源地。

当孟子、邹衍、慎到、淳于髡、申不害在淄博的稷下学宫开堂授徒时，登封嵩阳书院山坡上的那棵大柏树已经绿云叆叇，在恭候千年后程颢、程颐、司马光、范仲淹的到来。

从万里以外的太空看地球，那只是一个漂浮在星海里的蓝色球体，一位生物学家说远远看去像一个单细胞，单纯而美丽。那也就是中国首席哲学家老子赞颂的化生万物的"一"，万物归一的"自然"。

但是，如果潜入地球上的人世，其复杂性就立马超过宇宙间人们所能观察到的任何星球。

仅仅从五千年有文字记载的历史看，在大中原这片土地上，就曾经演绎出多少时代变迁、王朝更替，记载了多少盛世光景、离乱血泪，积淀下多少文化典藏、情绪记忆！

我们这里将要说到的《聊斋志异》，就是中原沃土培植的一枝文学奇葩，而出生于山东临淄县（今淄博市淄川区）的作者蒲松龄先生，就是大中原养育出的一位文化奇人。

小说家对于中国社会的评价是"分久必合，合久必分"；史学家的判断是"从治到乱，从乱到治"。

公元十七世纪中期，蒲松龄出生前后正是一个改朝换代、战乱频仍、中原糜烂、生灵涂炭的时代，也是一个渐进由乱到治的时代。

其时，在中原大地上角逐较量的是三股政治军事力量。

一是位居正统、老态龙钟、貌似庞大实则已经人心涣散、危机四伏、内里完全腐败蛀空的朱姓王朝；

一是由努尔哈赤统领的崛起于东北边地的满族部落，其兵强马壮、野心勃勃，正挥师南下，志在取缔明朝以代之；

一是长期遭受压榨、奴役，挣扎于死亡线上的底层民众，他们怀着对官府的深仇大恨揭竿而起，如燎原烈火般摧毁着明王朝统治的根基。

三股力量狼奔豕突、烧杀掳掠，遂将中原大地变成一座人间地狱！

公元 1627 年秋，蒲松龄出生前 13 年。信王朱由检继皇帝位，年号崇祯。新皇帝上位后立即处死老皇帝的亲信宠臣魏忠贤，并将尸体肢解，将人头割下示众，引起朝野震动。

1630 年，满族铁骑由皇太极统领挥师南下，长驱直入兵临北京永定门外。忠臣良将袁崇焕受诬被崇祯皇帝凌迟处死，家产抄没，家人流徙三千里，宫披噤若寒蝉。

1636年，皇太极称帝，建都盛京，国号大清。

1640年，蒲松龄诞生。清军攻陷山东16城，入济南，俘虏德王朱由枢。同年，河南、山东等地遭遇旱灾、蝗灾，"年大饥，人相食"，"树皮皆尽，发瘗肉以食"。

1641年，蒲松龄2岁。李自成攻克河南洛阳，杀福王朱常洵；攻占南阳，杀唐王朱聿镆。张献忠攻取湖北襄阳，杀襄王朱翊铭。据说，义军还将福王的肉割下与鹿肉一起炖而食之，戏称"福禄宴"，以宣泄淤积已久的阶级仇恨。

1642年，蒲松龄3岁。清军突破长城南侵，连破67城，直抵山东兖州。明朝上将洪承畴、祖大寿兵败投降清军。李自成强攻河南开封，围城5月不克，挖开黄河堤防。河决，大水由北门入，城中水深数丈，浮尸如鱼，30余万生灵葬身水底。

1644年，蒲松龄5岁。明朝政府军开赴东北抗清前线，死伤惨重。4月25日子夜，李自成趁机攻取北京。绝望的明朝崇祯皇帝朱由检先是命皇后、嫔妃自杀，然后亲手砍死两个女儿，自己则吊死在皇宫的一棵歪脖树上，多位大臣从死。戍边大将吴三桂降清。6月3日，李自成称帝，国号大顺，第二天便率军队出离北京。5日，多尔衮入主北京，并派大军追击西撤的李自成。

同年，朱由崧在南京继皇帝位，佞臣马士英劝进有功深受皇帝重用，东林党人受挫，宫廷内斗更加激烈。

1645年，蒲松龄6岁。5月20日，扬州失守，史可法被捕拒降遇害，清军屠城十日，一城居民死伤殆尽。接着南京沦陷，临时皇帝朱由崧被俘丧命。清军下江阴，屠江阴民众十余万。6月，清军击溃大顺军队，李自成落荒而逃，在湖北九宫山遇害。7月，清廷在南京发布剃发令。

1646年，蒲松龄7岁。清军攻取福州，明朝第二任临时皇帝朱聿键被捕杀。南安侯郑芝龙叛变投清，其子郑成功苦谏不成泛海走厦门。农民起义领袖张献忠焚毁成都，逃离四川，为清军狙杀。

1658年，蒲松龄19岁，得中秀才。南明王朝苟延残喘，永历皇帝朱由榔携残部数百人潜逃缅甸，三年后被缅王交付清朝藩王吴三桂。皇帝连同小儿子被吴三桂用弓弦勒死。在台湾，39岁的郑成功有志难逞，英年早逝。

持续300年的明王朝至此彻底灭亡，清王朝的统治地位日益牢固。①

对于这场社会糜烂、生民涂炭、蔓延近半个世纪的大动荡，蒲松龄的《聊斋志异》中时有披露。

《鬼隶》篇中讲述了这样一个故事：济南历城县的两个衙役，年底外出办公差，返家路上碰到两个衣着打扮也像是公差的人，自称济南城的捕快，实乃城隍庙的鬼隶，要去泰山东岳大帝处投送公文。说是"济南大劫，所报者，杀人之数也。"衙役惊问将死多少人，鬼隶说："恐近百万。"衙役又问时间，回答是"正朔（大年初一）"。"未几，北兵大至，屠济南，扛尸百万。"二衙役听从鬼隶们的劝告逃避他方躲过一劫。故事里讲述的虽是鬼话，济南屠城却是真实的历史：崇祯十二年（1639），十万清军进攻济南，用炮火和云梯向城区猛攻。守城军民拼死抵抗，终因孤立无援，寡不敌众，在坚守了九个昼夜后，于第二年的正月初二全城沦陷，清军大开杀戒，城中积尸十三万余。

① 以上史料参考白寿彝主编《中国通史》，上海人民出版社，1996年版；牟复礼、崔瑞德主编《剑桥中国明代史》，中国社会科学出版社，2007年版；柏杨：《中国历史年表》，海南出版社，2006年版；路大荒撰《蒲松龄年谱》，齐鲁书社，1986年版。

《聊斋全图》第九册《陆判》插图

小说中说"扛尸百万"为文学渲染。

《采薇翁》开篇写道："明鼎革，干戈蜂起"，有枪便是草头王，山东邹平境内民间聚众数万人，"乌合之群，时出剽掠"，军中骄兵悍将抄人家财，抢夺民女，为害一方。

《阿英》中描述："适土寇为乱，近村里落，半为丘墟。""一夜，噪声四起，举家不知所谋。俄闻门外人马鸣动，纷纷俱去。既明，始知村中焚掠殆尽。盗纵群队穷搜，凡伏匿岩穴者，悉被杀掳。"

《乱离二则》如实记录了顺治初年清兵南侵之际百姓妻离子散、家破人亡的凄惨遭遇："值姜镶之变，故里陷为盗薮，音信隔绝。后乱平，遣人探问，则百里绝烟，无处可询消息。""时大兵凯旋，俘获妇口无算，插标市上，如卖牛马。"文中提到的姜镶实有其人，初为明朝总兵，后投靠李自成，李自成兵败，姜镶降清，顺治五年又叛清，终为部下诛杀。仅从此人反复无常，也可以看出那个时代的变乱诡异。

顺治四年（1647），蒲松龄8岁，山东高苑人谢迁揭竿造反，一度占据临淄县。官军前来围剿，双方激战，杀人如麻。蒲松龄的族人曾参与此役，对此应有深刻记忆。《鬼哭》篇中写道：谢迁起事后，所有达官贵人的宅第都变成"贼窟"。学政提督王昌胤家"聚盗尤众"，官兵城破后，杀人无数。王宅庭院的台阶下堆满尸体，血从门洞里流出。王提督搬走尸体，洗刷血迹后，往往白天见鬼。到了夜间床下磷火纷纷，墙角有鬼直喊"我死得苦！"于是满厅堂鬼的哭声连成一片。

顺治七年，清廷立足未稳，山东半岛由明朝武举于七领导的民间造反队伍与官兵之间持续争斗，尸横遍野。《野狗》一篇中写道：乡民李化龙夜间逃亡路上正碰上过大兵。情急之中便卧到死人堆里装死尸。大兵过后，李化龙睁眼一看，满地断胳膊断腿的尸体全都站了起来，其中一具尸体，断了的头仍连在肩膀上，嘴里说道："野狗子来，奈何？"

群尸纷纷呼应道："奈何？"

康熙元年（1662），于七的造反队伍被清政府血腥镇压下去，蒲松龄这年已经23岁。当年的情境若非亲睹，亦应亲闻。《公孙九娘》是他35岁时写下的篇章，十二年前的惨案仍历历在目："于七一案，连坐被诛者，栖霞、莱阳两县最多。一日俘数百人，尽戮于演武场中，碧血满地，白骨撑天。上官慈悲，捐给棺木，济城工肆，材木一空。以故伏刑东鬼，多葬南郊。"

俗谓"板荡见忠臣"，板荡其实也见"诗人"与"文人"。大动荡的岁月，苦难多、故事多；诗人、文人敏感，心灵经受的磨难更多，这就为文学创作提供了丰富的素材与充盈的动力。

在明末清初的社会大动荡中，可以与蒲松龄创作《聊斋志异》相提并论的文学史大事件，一是钱谦益与柳如是的相爱；一是侯方域与李香君的苦恋。前者在300年后被现代史学家陈寅恪铺陈为百万字的史学巨著《柳如是别传》；后者被蒲松龄的同代剧作家孔尚任写进万古流芳的名剧《桃花扇》。

1640年春天，蒲松龄在满家庄呱呱坠地。这年秋天，江淮名妓柳如是女扮男装、青衣小帽从苏州城里乘船主动到常熟拜访东林党魁、文坛领袖钱谦益。"春前柳欲窥青眼，雪里山应想白头"，一年后二人结为夫妻。

我从海南奉调苏州大学后，曾到常熟虞山锦峰拂水岩下凭吊柳如是遗踪，其墓地就在钱谦益坟茔的西侧，墓边石亭有楹联："浅深流水琴中听，远近青山画里看。"

创作《桃花扇》的孔尚任是蒲松龄的山东老乡，生于1648年，比蒲松龄还要年轻8岁，不过孔尚任是孔子的六十四代孙，出身自然名贵。《桃花扇》的成书时间比《聊斋志异》晚了近20年。

剧中主角李香君（1624—1654），苏州人，出生于阊门枫桥。父亲原为东林党人，被魏忠贤陷害家道败落，八岁时候沦落烟花，音律诗词、丝竹琵琶无不精通，成为南京秣陵教坊名妓。刚满十六岁的时候，遇明朝户部尚书侯恂之子侯方域，一见倾心。时逢兵荒马乱、山河破碎、奸臣当道、朝纲昏聩，香君忍辱负重、艰辛备尝、历经曲折终于与侯方域得以团聚，回到侯方域的老家河南商丘。当公爹侯恂知道香君秦淮歌伎的真实身份后，当即将香君赶出家门。李香君再次蒙受精神打击，日久成病，三十一岁上便死在商丘城外的李姬园。

此时的蒲松龄刚满 15 岁。

红颜薄命，孔尚任的《桃花扇》与十九世纪法国作家小仲马的《茶花女》有许多相似之处。比之《茶花女》，《桃花扇》应该说更为蕴藉深沉、魅力四射。

侯家老宅又名"壮悔堂"，坐落在商丘古县城北门里的一条小街上。我曾多次来这里凭吊这对苦命的恋人。

我特别喜欢这座古色古香的小小城池，这里有商代观星的遗址阏伯台，有安史之乱中守城捐躯的张巡的祠堂，有范仲淹执教的应天书院；还有风味十足的吊炉烧饼夹牛肉、"大有丰"五香大头菜。

公元十七世纪四十年代，即蒲松龄出生的时代，在中国，是一个大动荡的时代。在欧洲，值得一说的是英国的牛顿出生在 1643 年，比蒲松龄小 3 岁。他也是一个乡下孩子，但喜欢冥思不喜欢农活。他的父亲在他出生前三个月就已经去世，母亲抛下他改嫁，他一心想把母亲与继父还有继父家的房子一起烧掉！他对女人没有兴趣，不会谈恋爱，独身终老。他脾气也不太好，几乎和所有同行都不对付。总之，他是一个特别过硬的"理工男"。但这一切都不影响他成为全世界最有成就的伟大科学家！

不过，后来英国人民投票选举一位最能够代表英国的英国人，牛顿却意外落选，被莎士比亚抢了风头。看来，比起物理学，传统的英国人更看重的还是戏曲和诗歌。

康熙五十一年（1712），蒲松龄73岁。这年夏天，在欧洲的日内瓦，一个浑身矛盾、自命不凡的伟人降生在一个钟表匠的家里，他就是让－雅克·卢梭。

至于北美洲，美国的开国总统华盛顿还要等到蒲松龄去世17年之后方才出生。

乡先生

中国历史上每逢改朝换代，总是为各类人物粉墨登场提供了宽阔平台，十七世纪中期的明清易代也是如此。

就明朝一方而言，有史可法、郑成功、张煌言这样英勇抗击异族入侵的民族英雄；有黄宗羲、顾炎武、颜元、魏禧在时局危困之际独立门户、建树学派的思想家；还有忠于旧主不与新朝合作的知识界精英。如陕西学者李颙在社会上享有盛名，明亡后不愿为新政权效力，康熙皇帝传旨召见，他还是不给面子，仍以年老多病搪塞；又如泰州士子许元博不剃发易服，被新政权捉拿归案，剥衣用刑时发现其身上竟文有"生为明人、死为明鬼、无愧本朝"的字样。

我们的蒲松龄不属于上述各类人物，与上述英雄豪杰、思想精英相比，他似乎显得很平凡，甚至还有些世俗。然而，最终他还是在中华民族的精神文化史上占据辉煌的一席之地。如果仅就对于后世的持续影响而言，并不次于上述人士。

在古代小说家里，与比他晚出生半个多世纪的曹雪芹相比，蒲松龄的研究资料保留下来的要多得多，从族谱、墓地到信札、手稿，到生前使用过的铜镜、端砚、酒壶、烟袋、图章、烛台，甚至写真的肖像，全都保存完好。这对于蒲松龄本人来说并非全属美事，因为这样一来他的优长与短缺就会如实呈现出来。而对于曹雪芹，人们如同雾里看花、水中望月，可以凭空想象出许多美妙。

蒲松龄，生于 1640 年 6 月 5 日，卒于 1715 年 2 月 25 日。济南府淄川人，字留仙，一字剑臣，别号柳泉居士，自称异史氏，世称聊斋先生。有明一代，蒲氏家族世居临淄，以耕读传家。松龄的高祖、曾祖曾经得中秀才，他的祖父、父亲饱读诗书、满腹经纶却始终未能跨进科举制度的最低门槛。

松龄兄弟四人，他排行老三，还有一个妹妹。时值社会板荡、战乱频仍，又逢连年水旱灾荒，田亩歉收，这个人口众多的家庭已陷入贫困之中。松龄兄弟们无钱延师入学，只能在家中由老爹开蒙授课。

在如此艰难的条件下，蒲松龄十九岁那年在县、府、道三级会考中以三个第一名得中秀才。德高望重的主考官施闰章对蒲松龄的文章极为欣赏，赞为"空中闻异香，下笔如有神""观书如月，运笔如风"。其中固然有主考官的偏爱，同时也足见蒲松龄天资卓越、根器不凡。

"朝为田舍郎，暮登天子堂"，少年得志对于以读书求仕为最高理想的蒲氏家族是多么大的鼓舞，对于一位农家子弟又是多么大的诱惑！

此时的蒲松龄意气风发、踌躇满志，与乡间几位年龄相仿、志趣相投的好友结郢中诗社，终日吟诗作赋、读经会文、制艺拟表，"相期矫首跃龙津"，似乎举人、进士已经指日可待。

然而，好事也就到此为止。

　　蒲松龄23岁时，两位嫂嫂搅家不贤导致弟兄分家，松龄受到不公待遇，仅分得薄田、敝屋、破旧农具、家具，生活陷入极端贫困。为了养家糊口，松龄选择了坐馆授徒的教书生涯，束脩尚且不足以养家，还不时要靠卖文补给。妻子勤俭持家，纺纱织布经常通宵达旦。

　　更让他受挫的是此后数十年内，年年备考、应试竟然全都名落孙山。冀博一第，终困场屋，"十年尘土梦，百事与心违"，"生涯聊复读书老，事业无劳看镜频"。心底苍凉，由此可见。

　　蒲松龄自己说，他是僧人转世。母亲在分娩前梦见一位贫苦病弱的和尚来到家中，这和尚袒露一条胳膊，胸前贴了一张膏药。他出生后，胸前果然有一块黑痣，似乎是前生的印记。蒲松龄很在乎这个说法，还特意将其写在《聊斋自序》里。

　　究竟有无生死轮回的转世之说，现代科学不相信，佛教则视为根本教义。与蒲松龄同代的金圣叹说自己是和尚托生，前世为天台宗祖师智颢的弟子；当代名人李昌钰也曾多次说过自己的前生是南通狼山庙的和尚。虽然都是和尚转世，命运却各自不同。李昌钰成为一代名探，享誉全球；金圣叹却在54岁那年被加上"反清"罪名斩首于市；蒲松龄则像母亲梦里的那位病和尚、苦行僧，孤寂一生、困苦一生。

　　秀才不是官阶，不能养家糊口，生活还要选择别的门路。

　　中国的科举制度自隋代以来延续1000多年，历代文人学士将科考得中比作"鱼跃龙门"，跃过的便成了龙子龙孙，为官为宦、享不尽的荣华富贵；落第的尽管学富五车、才高八斗仍是布衣白丁，不得不沉沦底层、自食其力，"与群众打成一片"。

　　那些科考落第的平民知识分子，在被断绝了仕途之后，能够选择的谋生之道有以下几种：经商做买卖，官衙做幕僚，悬壶做医生，设帐做教师，另外也有为僧、为道、占卜、扶乩、相面、测字、看风水的，这在当时都属于正当营生。

士农工商，商虽然仍排在末位，但在明代已经不再被歧视，蒲松龄的父亲就曾做过一段时间的商人。

蒲松龄 31 岁时曾到好友、宝应县知县孙蕙那里做过一年的幕僚，时间虽然不长，对于他的文学生涯却产生极其重要的影响。

大多数人的选择是在民间私塾做教书先生，时谓"乡先生"。

乡先生，语出《仪礼》："奠挚见于君，遂以挚见于乡大夫、乡先生。"乡先生原指告老还乡的官员及在乡间私塾任教的文化人，宋代以后就专指乡间私塾教师。所谓"乡先生"，既不是官办学府教职人员，也不是书院里的经师、教习，说白了就是"乡村民办小学教师"。

由于古时农村文化人少，更由于统治者倡导尊师重教，"乡先生"不但或多或少有一份体面的经济收入，社会地位要比现在的"乡村民办小学教师"高出许多，平日受人尊重，死后还能够在乡里社庙中享受祭祀。据《聊斋志异》中的描写，章丘那位又迂又拗的朱先生对学童要求严格，看不惯主母护犊子，一怒之下竟将戒尺打在主母的屁股上！

蒲松龄得中秀才后，除了在宝应一年多的时间，曾先后在淄川城郊王家、高家、沈家坐馆教书多年，40 岁上受聘于西铺村望族毕家做西席，至 71 岁辞职居家，教书生涯前后 40 余年，称得上资深"乡先生"。

道光年间的翰林院编修、两淮盐运使、蒲松龄的崇拜者但明伦在评论《聊斋志异》的文章中，也总是亲切地称呼蒲松龄为"乡先生"。

西铺村的东家毕际有为清初拔贡，官至江南通州知州，父亲毕自岩乃明末户部尚书，其家宅就是一座环境优雅的园林，其中有石隐园、绰然堂、效樊堂、万卷楼。

毕家对蒲松龄很尊重，待他亦宾亦友，园中风华尽他观赏，家中藏书供他浏览，课堂就设在绰然堂，常年就读的有七八个年龄不一的子弟。

由于毕家世代官宦，蒲松龄在毕家坐馆就有条件交结一些上层人士、社会名流，如对《聊斋志异》做出高度评价的文坛领袖、刑部尚书王士禛，就是毕家的姻亲。

蒲松龄对于这里的自然环境、人文环境都是满意的。他与教过的学生"一往情深"，许多年过后相逢仍亲如家人："宵宵灯火共黄昏，十八年来类弟昆。""高馆时逢卯酒醉，错将弟子做儿孙。"

康熙三十二（1693）年毕际有去世，蒲松龄难掩悲恸，写下八首七律痛哭老东家，其中有句：

> 今生把手愿终违，零落山邱对晚晖。
> 海内更谁容我放？泉台无路望人归。

此时的蒲松龄，家中已经有四个儿子、一个女儿，孙子辈也陆续出生。尽管毕家友善，他一人在外，常年不能与家人团聚，难免凄清孤寂。更让他难过的是，终年教授别人家的子弟，自己的孩子却荒废了学业。他曾写诗给儿孙表达自己悔愧无奈的心情：

> 我为糊口耕人田，任尔娇惰实堪怜。
> 几时能储十石粟，与尔共读蓬窗前。

要求不高，却到老也未能实现。直到七十岁前，他仍旧迎风凌霜跋涉于百里山道上。

作为一位读书人，与许多明代遗老遗少不同，蒲松龄并没有强烈的民族意识。无论是朱家皇帝掌权，还是爱新觉罗氏入主中原，体制还是那个体制，他只是中国乡村社会一个普通百姓，向往的是天下太平、国泰民安。

"血沃中原肥劲草，寒凝大地发春华。"战乱的血污洗涤后，百姓的日子总还是要过下去。康熙皇帝主政后，软硬兼施、恩威并加，社会日趋稳定，就连抗清意识强烈的江南地区百姓也已归附清廷。康熙二十三年（1684）九月，爱新觉罗·玄烨南巡驻跸苏州虎丘，千人石上人山人海，民众载歌载舞，皇上亲自打鼓，君民同乐，其乐融融。百姓高呼我皇万岁，皇上回应百姓多寿，亡国之痛已飞往九霄云外。"城郭犹在，人民已非"，奈何？这就是无情的现实。

这一年，蒲松龄35岁，正在全力赶场应考。

他渴望通过科举改变自己及家庭的命运，不排除对于出人头地、荣华富贵的追求，也不排除为时政效力、一展宏图的意愿。

《蒲松龄集》中，存有大量为科举应试拟写的奏章样本，即所谓"拟表"，多为表忠颂圣、献计献策的文字："兹伏遇皇帝陛下：德迈尧勋，功高禹绩""皇仁广被，千里沾雨露之恩；翠华遥临，万姓慰云霓之望""歌功舞德，轶前徽于七十二君；武德文谟，永宝命于万八千岁！"文辞虽繁，不过是些哄最高统治者开心的套话、空话。

尽管蒲松龄为进阶仕途付出如此多的气力，却几乎一无所获。

他的才华，或许已经超过许多高中的举人、进士。他没有得到赏识，或许与科场黑暗、考官贪腐有关，一如他在小说中时时揭露的。但即使在那个时代，考场也并不全是暗无天日，考官中也不是没有伯乐，进阶的生员中也还是有不少具有真才实学的精英，可惜在蒲松龄求仕途中没有遇到这样的机会。

在他那个时代，不少设帐课徒的乡先生自己虽然只是白发童生，但教出的弟子不乏金榜题名、月中折桂、位列显宦者，这自然也是乡先生自己的功绩与荣耀，会受到全社会的热捧。

可怜的蒲先生不但自己科场失意，他一生教过的学生，包括自己家的子侄，连举人也不曾出过一个，这让他更加郁闷与愤慨。

这一切似乎只能归结到"命"！

蒲夫人是认命的，也深知丈夫的分量。当蒲公五十岁过后仍要赶考时，夫人劝他："君勿须复尔！倘命应通显，今已台阁矣。"即：先生不要再去应试了，如果命里该有，您早就当上部长、总理了！

怀才不遇与时不我与，社会的不公加上命运的不公，成为蒲松龄心中"块垒"，即现代心理学中谓之"情结"，这也就成了蒲松龄从事文学创作的内驱力。

文人憎命达，不平则鸣，何况蒲松龄对于文学有着天生的热爱与强韧的执着精神。他青年时代就热衷于文学创作，与友人结郢中诗社。只不过那时还寄厚望于科举，将"时艺"，即时文、八股文作为分内的"正经"，将文学创作视为"魔道"，视为"酒茗"之类的偏好。

不料，随着举业受挫，这副业却日益产生不可抗拒的魔力，"遄飞逸兴，狂固难辞；永托旷怀，痴且不讳"。对于文学的痴迷，让他整天陷入情天恨海、魂牵梦绕、神与物游、恍惚迷离的创作心境之中，就像一条在江湖中漫游的鱼，距离那"龙门"只能越来越远了。

朋友们劝他集中精力应对科考，凭老兄的聪明才华拿个举人如囊中取物，只是不要再在聊斋里白日做梦了！对于友人的规劝，他曾写诗作答："憎命文章真是孽，耽情辞赋亦成魔。"文学是孽缘，写作成魔道，怕是出不来了！

"我有迷魂招不得，雄鸡一声天下白"，四十岁上《聊斋志异》已经初具形制，在社会上不翼而飞，一部享誉世界的文学名著呼之欲出。莫言曾经对此写诗赞叹："一部聊斋传千古，十万进士化尘埃。"从历史角度看，蒲松龄一生科场不得意，反倒是上天成就了他。

兴盛于唐宋的科举制度到了明代，已经渐渐变味。随着皇权专制的一再强化，科举制度遴选人才的功能日益削弱，为统治者培养奴才的目的日益加重。谔谔之士常遭剪除，有清一代的数十位状元多是乖儿子，更次一等的则流于为虎作伥。蒲松龄流芳百世，可以说是文学成就了他！

写出《聊斋志异》的蒲松龄，已经不是一般的乡先生，既不是学究先生、冬烘先生，也不是道学先生、理学先生，而是一位文学先生，一位除了教书课徒还关注世情、关注人心、热心乡治、关爱民生的乡先生！

知其父者莫如其子，蒲松龄的长子蒲箬曾对《聊斋志异》一书作出如下评价：

> 《志异》八卷，渔搜闻见，抒写襟怀，积数年而成，总以为学士大夫之针砭；而犹恨不如晨钟暮鼓，可以破村庸之迷，而大醒市媪之梦也。又演为通俗杂曲，使街衢里巷之中，见者歌，而闻者亦泣，其救世婆心，直将使男之雅者、俗者，女之悍者、妒者，尽举而陶于一编之中。呜呼！意良苦矣！

这里说的很明白，《聊斋志异》并不是专为揭露、批判官场而作，作者更多的用心是面向底层，向"村农""市媪"普及文化、彰显伦理、提升情怀。为此，作者不惜更下功夫，将文言改写成"通俗杂曲"。

蒲松龄与《聊斋志异》，是属于乡土、属于市井的。

　　按照中国现代学者费孝通先生①在《乡土中国》书中的说法，中国传统社会是乡土性的，"乡先生"应该属于乡土社会中"士"的阶层。士与大夫常常连用，称作"士大夫"。但士与大夫其实不同，大夫是官员，有实际的行政权，拿朝廷俸禄，效忠皇权；士，仍然属于民众，与劳苦乡民不同的是他们有知识、有文化、有一定的社会地位，因此在社会生活中有一定的话语权。于是，这个由平民知识分子组成的"士绅"阶层，就成为统治者与底层被统治者之间的一个夹层，一个缓冲、过渡、调协、沟通的重要环节。

　　从《蒲松龄集》中收集的文献看，蒲松龄除了创作《聊斋志异》，还为一方乡土做了大量有益于改良生产、改善民生、开发民智、净化民风的事情。如编纂《农桑经》《药祟书》《家政编》《婚嫁全书》《日用俗字》《省身语录》《循良政要》等乡村生产、乡民生活的实用书籍，从稼穑养殖、汤头歌诀到炼铜冶铁、脱坯烧窑无所不包。同时，他编写了许多唱本、俚曲，如《墙头记》《姑妇曲》《穷汉词》《磨难曲》等，寓教于乐，亲力亲为，取得良好效果。

　　康熙四十三年（1704），淄川遭逢旱灾、蝗灾，"禾麦全无，赤地百里，民之饿死者十之三，逃亡者又倍之"。此时的蒲松龄已经六十五岁，生灵涂炭，感同身受，毅然挺身而出，以千言《救荒急策》上书山东承宣布政使，同时提出五项救灾具体措施。今天读来，急人之难、纾解民困的拳拳之心仍跃然纸上。

　　好友孙树百在京做高官，其家奴仆从狗仗人势祸害乡里，村民们忍气吞声，唯松龄拍案而起，寄信树百直言利害，促其严治恶奴，维

---

① 费孝通（1910—2005），享有国际声誉的社会人类学家，先后在云南大学、西南联大、清华大学任教，一生以书生自任，出版有《江村经济》《乡土中国》《中国士绅》等著作，曾任民盟中央主席、全国人大常委会副委员长。

护四乡平安。

蒲松龄的言谈话语深得家乡民众的尊崇与信赖，"凡族中桑枣鹅鸭之事，皆愿得其一言以判曲直，虽有村无赖刚愎不仁，亦不敢自执己见以相悖逆"。

费孝通在《乡土中国》中曾指出，"乡土"的关键字是"土"，土的基本义就是"泥土"，农民就像是地里的庄稼，半截身是扎在泥土中的。蒲松龄作为一位资深乡先生，他能够与底层民众同呼吸、共患难，休戚与共、同舟共济，不惜"滚一身泥巴"，这"泥土性"最终也成了他文学生命的基因、《聊斋志异》的命脉。

在中外古今文学史上，这样的文学家还真是绝无仅有。蒲松龄与他同时代的作家孔尚任、洪昇、曹雪芹、纪晓岚都不相同，他命中不属于庙堂、台阁，他是生长于乡间原野上的一棵大树，在泥土中扎根，在原野中生长，映蓝天白云，沐阳光雨露，伴鸟兽虫蚁，在村落、市井、人世间开花结果。

康熙五十四年（1715），蒲松龄76岁。这年的春节，他自卜不吉，仍亲自带领儿孙到祖坟祭奠，由此感染风寒，患病在床仍手不释卷。晨起盥漱、稀粥两餐，解手仍坚持自己走到百步开外的茅厕，不肯牵累他人。

早春二月十二日（阳历2月25日）的黄昏，他独坐窗前溘然去世。

这哪里像是一位伟大作家？分明就是一位庄户老汉！

令人惊异的是，蒲松龄竟然还留下一幅74岁时的写真画像。画作出自江南名画家朱湘鳞之手，纵轴绢本，高258厘米，宽69厘米，上有蒲公亲笔题款，为蒲公所认可。

蒲公在题款中评价自己"尔貌则寝，尔躯则修"，援引的是《晋书》中的典故，说的是西晋时代临淄同乡、由《三都赋》引发"洛阳纸贵"

的著名文学家左思:"貌寝,口讷,而辞藻壮丽。""寝"是面貌丑陋。从画像看,蒲公自道丑陋显然是自谦,而辞藻之壮丽应不亚于左思。

我看画像,蒲公乃庄稼人的相貌:健壮朴实、厚道谦和;诗人的慧心:思绪灵动绵长、情怀蕴藉深沉。

在蒲公生前好友张笃庆的侄子张元为先生撰写的《墓表》中,我得到了印证:先生性朴厚,笃交游,重名义,而孤介峭直,不阿权贵。学者目不见先生,但读其文章,意其人必雄谈博辩,风义激昂,不可一世;及接乎其人,则恂恂然长者;听其言则讷讷如不出诸口;而窥其中则蕴藉深远,文章意气可耀当时而垂后世。

至于那身曾经让蒲公渴慕过的官服顶戴,此时已被先生笑指为"世俗装"。先生在画像的题款上还特别交代清楚,穿上它留影,不过是家人的提议,实非自己的本心,希望百世后人不要因此嘲笑他。

临终前的自白,表明了这位乡先生最后与功名利禄的决绝。

蒲庄与毕府

蒲家庄，位于淄川县城东七里许。村头有泉，泉畔垂柳成荫，故称柳泉。泉深丈许，水满而溢，故又名满井。这里就是蒲氏家族世代聚居的村庄，蒲松龄一家就住在村东一座并不宽敞的庄稼院里。

毕府，是坐落在淄川城西铺村的毕自岩府邸。毕家世代官宦，毕自岩官至户部尚书。毕府五进十三院，建有振衣阁、绰然堂、万卷楼、效樊堂、家眷楼、霞绮轩，宅后为占地四十亩的私家园林石隐园。毕府虽然比不上《红楼梦》里的贾府，无疑也是世代簪缨之族、钟鸣鼎食之家。

蒲松龄从四十岁到七十一岁，应聘毕府设帐，常年教授毕家子弟。

蒲家庄距毕府近七十华里，中隔夊山、淄水。蒲松龄曾在诗中写道："十年驴背夊山道，不记经由第几回。"说这话后，又走了二十年。

三十年里，一条风云变幻、沟壑纵横、荆榛丛生、狐兔出没的山路，一端连接着四季辛劳、灾害频仍、贫寒度日的乡村父老；一端维系着诗书万卷、锦衣玉食、车马盈门的贵族府邸。

《聊斋全图》第十一册《水莽草》插图

对于蒲松龄来说，荒凉的山路是他面对的自然；贫瘠的乡村是他置身的社会；精英荟萃的毕府则是他的精神寄托。

这就是蒲松龄生活、读书、写作的环境，也可以说是蒲松龄生命活动的生态系统。在这一有机循环的系统中培育出蒲松龄独特的人生价值、文化品位、文学风格。

蒲松龄之所以能够在毕府一待三十年，自有不同寻常的因由。

首先是与东家气味相投。

在蒲松龄出生的前两年，毕府老主人、崇祯朝重臣毕自岩已经去世。当时的大家长是自岩公的儿子毕际有，曾任山西稷山知县、江南通州知州，后因不满官场黑暗罢归西铺故里，复修园林，诗酒自娱。他器重蒲松龄的道德学问，对其优渥有加。少东家毕盛钜与蒲松龄为同代人，两人志趣相投、亲如兄弟。他教有七八个学生，一心向学。

环境清静高雅。

毕家敬重这位才华横溢的教书先生，为蒲松龄提供了舒适优雅的教学环境，平时起居、授课在绰然堂，炎炎夏日便移居霞绮轩。毕府藏书丰富，据说仅次于宁波范家的天一阁，这对于嗜书如命的蒲松龄自然如鱼得水，教书的同时也在读书自学，不断充实自己。

毕府石隐园占地40亩，园中流水潺潺，奇石环列，林木翁郁，藤萝葳蕤，荒草埋径，狐兔出没，鸟雀绕树，鱼虾戏渚。蒲松龄曾在诗中描述园中风光："净天孤月小，深树一灯明。"这应是深夜读书的最好心境。"雨过松香听客梦，萍开水碧见云天。老藤绕屋龙蛇出，怪石当门虎豹眠。"这该是创作聊斋故事的极佳环境。《聊斋志异》中《绛妃》一篇中就曾特别点出：绰然堂毕家花木最盛，院内住有花神绛妃。

毕府拥有广泛的社会关系、浓郁的文化氛围。

毕家一门三进士，世代为官，当地缙绅、下野高官、文化名流、知识精英均是他家的常客，有些还是亲眷。蒲松龄在毕家的职守不止于教书，甚至还兼职幕宾，参与诸多宾客接待、文牍往还、节庆应酬的社交活动，并由此得以结识不少文坛前辈、朝廷命官、当代鸿儒、饱学之士。

如清顺治六年（1649）进士、翰林院检讨唐梦赉（1628—1698），为人坦诚正直、关心政事民风，因仗义执言陷入朝中派系斗争，罢官后回归淄川乡里，寄情山水，栖心庄禅，著书立说，成为民间传奇般人物。

明崇祯十六年（1643）进士、清顺治朝国子监祭酒、刑部左侍郎高珩（1612—1697），为官清正，德高望重，尤工诗文，体近元、白，生平所著，不下万篇。

唐、高二人对寒士蒲松龄的才学格外看重，康熙二十三年（1684）重阳节，唐梦赉、高珩游北山归，特地夜访蒲松龄于西铺斋促膝长谈。事后松龄有诗记载："午夜敲门贵客践，登堂喧笑礼仪宽。未分胜友名山座，犹得奚囊妙句看。"

两位前辈对于《聊斋志异》的写作都全力支持、高度赞扬，并分别为《聊斋志异》撰写序言。

唐序中写道："自小儒'人死如风火散'之说，而原始要终之道，不明于天下；于是所见者愈少，所怪者愈多"，留仙所著"最足以破小儒拘墟之见，而与夏虫语冰也"。

高序指出："佳狐、佳鬼之奇俊者，降福既以孔皆，敦伦更复无斁，人中大贤，犹有愧焉。"他呼吁："吾愿读书之士，揽此奇文，须深慧业，眼光如电，墙壁皆通，能知作者之意。"他甚至还将《聊斋志异》的初稿带入宫内，扩大其影响。

高、唐二位都是蒲松龄的前辈乡党，康熙三十一年（1692）的山东按察使喻成龙则是陕西人，且与松龄同年。喻成龙刚刚到任，慕蒲松龄的文名，便饬令淄川县令陪同蒲松龄来济南府聚谈。蒲松龄开始以长途奔波身体不适为由推辞，后经毕家父子劝说前往，且居停数日，受到新任"喻省长"的盛情款待，据说"喻省长"还要出重金购买《聊斋志异》的著作权。蒲松龄虽然婉言谢绝了喻成龙，却对这位礼贤下士、旨趣高雅的朝廷大员充满好感，多次写诗赞叹。

至于蒲松龄与当时文坛领袖、刑部尚书王士禛（1634—1711）的交往，更是《聊斋志异》创作史上色彩浓重的一页。王士禛是毕际有夫人的从侄，因此得以与蒲松龄有较多的过从。

王士禛曾主动致函蒲松龄，借阅《聊斋志异》稿。王士禛在阅读了《聊斋志异》的稿本后评点了部分篇章，并写下那首著名的《戏题蒲生〈聊斋志异〉卷后》诗：

> 故妄言之故听之，
> 豆棚瓜架雨如丝。
> 料应厌作人间语，
> 爱听秋坟鬼唱时。

蒲松龄随即依韵作答：

> 志异书成共笑之，
> 布袍萧索鬓如丝。
> 十年颇得黄州意，
> 冷雨寒灯夜话时。

蒲松龄创作《聊斋志异》始终得不到郢中诗社"发小"们的支持，被认定为不务正业。看到王士禛的褒奖之后，蒲松龄长出一口气，顿感无限欣慰：此生所恨无知己，纵不成名未足哀！

蒲松龄自尊自重却又是一位深知感恩的人，王士禛弥留之际，他曾在梦中前往探访，醒来无限悲伤，写诗哀悼："昨宵犹自梦渔洋，谁料乘云入帝乡。海岳含愁云惨淡，星河无色日凄凉。儒林道丧典型尽，大雅风衰文献亡。薤露一声关塞黑，斗南名士俱沾裳！"

在蒲松龄四十岁上，《聊斋志异》已经初具形制，此后在毕府良好的写作环境里添补充实、悉心琢磨。据考证，毕府家人、亲友曾为此书提供了诸多素材。如《杨千总》篇是毕际有提供的素材，《鸲鹆》《五羖大夫》两篇是在毕际有初稿基础上加工而成的；《狐梦》中毕际有的从侄毕怡庵成了小说的主角；《马介甫》篇末有毕家族人毕公权添加的文字。《泥鬼》《雹神》是关于唐梦赉的传奇；《龁石》《庙鬼》《四十千》《王司马》等篇记述的则是王士禛家族的传闻。

走出毕府，回到蒲家庄的家里，又是一幅迥然不同的景象。

康熙元年（1662），蒲松龄二十三岁，因家务纠纷而兄弟分家。蒲松龄夫妇脾气好，顾大局，能忍让，仅分得村头破败的三间场屋和一些破旧的家具、农具。孩子一个接一个地出生，年迈的父母还需要他来照应，日子过得很是艰难。直到五十八岁时，才盖起一所面积窄狭的房屋，即所谓"聊斋"："聊斋有屋仅容膝，积土编茅面旧壁。""斗室颜作面壁居，一床两几地无余。"这与毕府的绰然堂、霞绮轩简直是天差地别。

蒲家庄毕竟是他的生养之地，乡亲们与他有着手足之情。每每回到村子，蒲松龄便一如既往地为村民们多方施助：凭借自己丰富的知识指导村民们种稻植桑、荐药处方、断文识字，为乡亲们撰写春联、喜帖、婚约、碑文。此时的蒲松龄又完全成了农民阶层的一员，成为农夫、村媪的知心人。

年成好时，蒲家人尚且能维持温饱，遇上灾荒年，也和底层民众一样忍饥挨饿。蒲松龄曾在诗中多次写到乡亲们饥寒交迫、卖儿卖女、挣扎在死亡线上的悲惨情景："男子携筐妻负雏，女儿卖别哭呜呜。""何处能求辟谷方，沿门乞食尽逃亡。可怜翁媪无生计，又卖小男易斗糠。"

与毕府的衣食无忧相比，家里经济捉襟见肘，妻子持家辛苦操劳，孩子们饥肠辘辘，总让他无比忧伤："抱病归斋意暗伤，嗷呻短榻倍凄凉。家贫况值珠为粟，儿懒何堪妇卧床。""偃蹇风尘四十秋，长途款段不能休。""家门暂到浑如客，瓮米将空始欲愁。"

在《日中饭》一诗中，他生动地描述了由毕府归来一家人吃午饭的情境：

> 黄沙迷眼骄风吹，六月奇热如笼炊。午饭无米煮麦粥，沸汤灼人汗簌簌。儿童不解燠与寒，蚁聚喧哗满堂屋。大男挥勺鸣鼎铛，狼藉流饮声怅怅。中男尚无力，攫盘觅箸相叫争。小男始学步，翻盆倒盏如饿鹰。弱女踟蹰望颜色，老夫感此心茕茕。于今盛夏旱如此，晚禾未种早禾死。到处十室五室空，官家追呼犹未止！瓮中儋石已无多，留纳官粮省催科。官粮亦完室亦罄，如此茕茕将奈何？

除了几个生僻用字，全诗的内容并不难看懂。人多粥少，几个男孩儿敲盆打碗、你争我抢，女孩儿怯生生地望着大人的脸色，此情此景怎不叫人心酸！

面临年馑饥荒，官府征税催粮却变本加厉。蒲松龄曾屡屡上书有司呈报灾情、申请免征，救民于水火。官僚老爷们还不相信："大旱三百五十日，垄上安能有麦禾？报到公庭仍不信，为言厅树尚婆娑。"
强征横敛不得稍减，"吏到门，怒且呵，宁鬻子，免风波。"底层百
姓已经无路可走。

　　蒲松龄在毕家坐馆三十年，按照规矩，每年的五节：清明节、端午节、
中秋节、十月初一、春节均为休假日，可以返家探望。每次往返则跋
山涉水一百数十里，三十年下来也是一场二万五千里的长征了！在《蒲
松龄集》中留下了许多题为"奂山道上"的记述。

　　有时是莺歌燕舞、马蹄飘香的春明景和：

> 吟鞭萧撇过长桥，三尺红尘小驷骄。
> 十里烟村花似锦，一行春色柳如腰。
> 榆钱雨下黄莺老，麦信风来紫燕飘。
> 游客登山真兴寄，海棠插鬓醉吹箫。

　　有时是暮色苍茫、星月阑珊的古道西风：

> 暮云遥接青山嘴，荒草歧分古道叉。
> 月暗明河星琐碎，风摇岸柳树横斜。

　　有时是暮雨潇潇、归雁南飞的青林黑塞：

> 暮雨寒山路欲穷，河梁渺渺见飞鸿。
> 锦鞭雾湿秋原黑，银汉星流野烧红。

　　有时也会遇上突发的极端天气，步步惊心，无处躲避：

霹雳震谷裂空山，碎雹弹射千冰丸。

风吹冈平拔老树，横如百尺蛟龙蟠。

马蹄斜窜频倾侧，几几下堕深崖间！

左手抱鞍右提笠，一步一吒愁心颜。

即使行走在山路原野中，仍然不忘农民稼穑之苦、官府征敛之苛：

飞虫扑面柳含烟，麦子埋头未出田。

俭岁老农何所望？清明时节雨连绵。

青苗满野麦连阡，何事相逢尽黯然？

路上行人多问讯，传言夏税要征钱。

三十年来，从蒲村到毕府，从绰然堂到庄稼院，近乎从天上到地下，处境与心境都相差千丈。

蒲松龄的生活是流动的、循环的，游走、求索于天地的交错与变换中。"上穷碧落下黄泉"，对于蒲松龄来说并非"两处茫茫皆不见"，而是一处"天光云影共徘徊"，一处"水深火热苦挣扎"，对于二者他都有着刻骨铭心的感受与体验。这对于一个人的正常生活，或许是一种遗憾，对于一位作家无疑是命运的珍贵馈赠。

在成书后的《聊斋志异》五百篇中，我们总会时时看到蒲松龄独特生命活动中的情境与影像。正是因为作家有了这样的生命体验，我们在这部百读不厌、日久弥鲜、辉耀世界的名著里，才可以品味到发生在自然层面、社会层面以及人类精神层面的古今奇观。

南游淮扬

蒲松龄在三十一岁那年有一次出游，从家乡山东淄川出青石关，过沂州，渡黄河①，到扬州府治下的宝应、扬州、高邮，时间大约不到一年。

这段旅途若乘坐高铁，不过两个多钟头，对于现代人来说几乎不值一提。即使古代，远些说如"五岳寻仙不辞远，一生好入名山游"的李白，晚近的如"一箫一剑平生意，负尽狂名十五年"的龚自珍，也不算什么。

然而对于蒲松龄来说，这是他毕生唯一一次跨省远游，他在诗中写道："漫向风尘试壮游，天涯浪迹一孤舟。"就其个人内心的体验与感受而言，这次"天涯壮游"绝不亚于当代人去一次罗马，去一次巴黎！

---

① 金章宗明昌五年（1194），黄河从阳武光禄村决口，洪水吞没封丘县城，向东南奔泻，途经宿迁、淮安侵夺淮河的河道入海。清朝初年，淄川远在黄河之北，宝应、高邮在淮安之南。

说是壮游，更多的倒是感伤、苍凉。

说是宦游，还能沾上些边，毕竟是到衙门里做事。

但又不是自己为官为宦，是同窗好友孙蕙得中进士外放宝应知县，邀他入幕随行帮办，因此多少总会有些失落。

蒲松龄十九岁乡试夺魁后，声名鹊起，轰动士林，自己也踌躇满志；不料造化弄人，此后十年接连受挫，看着同邑友人接连高中，自己总是榜上无名，早先的锐气、英气已经消散多半，三十未立，前景莫测，上有老母卧床，下有幼子待哺，家中生计日益艰难，吃饭已经成为难题，这次离家远游实为生活所迫。

上路之后所观所感，便是满目的凄苦与迷茫：

萤流宿草江云黑，雾暗秋郊鬼火青。

万里风尘南北路，一蓑烟雨短长亭！

人家绿树寒烟里，秋风黄流晚照余。

钓艇归时鱼鸟散，西风渺渺正愁予。

所幸孙蕙不忘旧情，仍以同怀视之，出入相携如手足，私下仍能敞开心扉，这给了蒲松龄不小的安慰，让他尽心尽力为孙蕙操办许多繁杂公务。

不久，孙蕙调任高邮州署。宝应、高邮当时均为中国南北交通要道，过往官员频仍，杂务繁多。当代学者统计，蒲松龄在不到一年的时间里代孙蕙拟写书启、文告九十多篇。多为写给省、府上司与州县官员、亲朋故旧的书札，内容涉及河工、赈灾、征粮、驿马以及迎送、贺庆、请托等。另有一些是县、州官方发布的呈文、谕文，内容涉及救灾劝谕、驿站补给、安民守法、防盗缉匪、整肃法纪、策励士风等，协助孙蕙取得一定政绩。

对于这样的官场生涯，仅仅几个月的时间，蒲松龄就感到很不适应，难以忍受，时时表现出不如归去的负面情绪，他写诗给孙蕙：

> 故人憔悴折腰苦，世路风波强项难。
> 吾辈只应焚笔砚，莫将此骨葬江干。
>
> 但余白发无公道，只恐东风亦世情。
> 我自蹉跎君偃蹇，两人踪迹可怜生。

蒲松龄似乎有些自我多情，他和孙蕙虽是好友，却并非一路人，孙蕙很会做官，此后由地方到京城，平步青云并不偃蹇。倒是他自己不能适应官场生态，只配做一个"意见领袖"，蹉跎一生。

尽管如此，在官场一年时间的"挂职锻炼"，还是让他深入了解到官场的内幕，洞察到官员们的内心世界，为《聊斋志异》的写作积累了感性经验。

这次为期一年的南游淮扬，还远不止于官场体验。从创作心理学的意义上判断，这次南游对于《聊斋志异》的写作是一次茅塞顿开、灵光闪现，使他由此进入一种枢机方通、万途竞萌的境界。

雅爱搜神、喜人谈鬼，是他从少年时代就已经养成的兴趣，而真正把写作《聊斋志异》作为毕生事业，《聊斋志异》有望成为文学史上的旷世杰作，或许就是从蒲松龄南游淮扬开始的。

生活环境的改变，尤其是自然风物的转换，很容易激发文学创作的灵感。伤春、悲秋不过是囿于季节的转换，就已经催生多少优秀诗篇！

蒲松龄这次由山东到江淮，由中原大地到江南水乡，人物、景物都呈现出迥然不同的风采，途中所见就已经让他激动不已：

> 青草白沙最可怜，始知南北各风烟。
>
> 途中寂寞姑言鬼，舟上招摇意欲仙。
>
> 马踏残云争晚渡，鸟衔落日下晴川。
>
> 一声欸乃江村暮，秋色平湖绿接天。

继而，登北固、涉大江、游广陵、泛舟高邮湖，南方水乡的湖天浩渺、沙鸥渔火，南方原野的雨细风轻、绿肥红瘦总能引出他的诗兴大发、妙词连篇。残留下来的《南游诗草》，尚有七十八首，表明这段时间几乎每三、五天就有新作：

> 布帆一夜挂东风，隔岸深深渔火红。
>
> 浪急人行星汉上，梦回舟在月明中。

> 近城风细水如罗，莲幕生寒渺碧波，
>
> 花落已惊新岁月，燕归犹识旧山河。

他还曾经和孙蕙讨论过"江南之水北方山"，得出"乃知北方士，自不善标榜"的结论，可见江南独特的风物以及南方文人学士对待风景的态度给蒲松龄留下的印象之深。

基于这样的感受，《聊斋志异》书中就出现了不少以南方风物为背景的篇章，如《五通》《青蛙神》《白秋练》《王桂安》等。

对于蒲松龄来说，比南方风景印象更深的是南方女性。

明朝末年的战乱已经过去二十多年，扬州一带作为农业社会的"经贸特区"已经恢复往昔的繁盛，运河码头帆樯如云、货积如山，府城州城车水马龙、游人如织，花街柳巷香雾缭绕、俊男靓女三五成群。年轻的蒲松龄从蒲家庄来到扬州地，不说是刘姥姥进了大观园，也像是外乡人来到上海滩。

而此时的上司孙蕙，时值少壮，正血气方刚、精力充沛，不但官运亨通，而且情场得意，加之本性风流，乐享奢侈豪华，因公因私常常出入青楼勾栏、歌榭华宴，蒲松龄作为好友、幕僚，每每随侍左右，便得以见识许多风月场面：

> 小语娇憨眼尾都，霓裳婀娜绾明珠。
> 樽前低唱伊凉曲，笑把金钗扣玉壶。

> 笙歌一派拥红装，环佩珊珊紫袖长。
> 座下湘裙已罢舞，莲花犹散玉尘香。

孙蕙四十岁生日宴会，邀请扬州戏班前来宝应献歌献舞，场面极其豪华，蒲松龄曾在诗中记述了当时的盛况："帘幙深开灯辉煌，氍毹暝铺昼锦堂。""藕丝摇曳锦绣裳，黄鹅跌舞带柔长。""芙蓉十骑踏花行，鬒多娇容立象床。"

扬州地区水陆交通发达，商业贸易繁荣，与封闭的北方相比，受儒家伦理道德约束较少，女性参与社会交往比较开放，个性也就比较生动、张扬。这些青春、靓丽、开朗、豪爽的淮扬女孩子，在《聊斋志异》中便被蒲松龄与"花妖狐鬼"捏合在一起，成为超拔的文学形象。

说不清是哪次聚会，在这红粉佳人队伍中，蒲松龄被一位聪明伶俐、能诗会文、才貌俱佳的妙龄少女所吸引，竟一见钟情，终生难忘。这位少女名叫顾青霞，又名粲可、可儿，时年 15 岁。遗憾的是青霞随即被渔色猎艳的老手孙蕙纳为侍妾，带入公馆，蒲松龄与青霞见面的机会倒是多了起来，但相爱的机会却隔下万水千山。

这种求之而不得的情爱，更是让人辗转反侧、魂牵梦绕。他们之间的感情究竟走到哪步田地，这是蒲翁至死坚守的秘密，对于我们来说也成了一个最终无解的谜。

后来的研究者，如路大荒先生为蒲松龄撰写《年谱》，连孙蕙为其老母请诰封的事都有记载，对于顾青霞却只字不提，似乎在"为尊者讳"。这是否恰恰反证了我们的这位"尊者"还真的存在什么忌讳呢？

对照蒲松龄先后为顾青霞写下的 8 题 13 首诗，可以发现《聊斋志异》中不少天真可爱的少女形象都隐隐显露出顾青霞的身影。无论如何，结识顾青霞都是蒲松龄这次南游淮扬的一大收获：情感上的收获，精神上的收获。

后边，我们还会说起这件公案。

科场连连失意，搜神录鬼的兴致越来越浓；搜神录鬼的兴致越来越浓则必然导致科场更多的失利，蒲松龄已经陷入这种"恶性"循环之中不能自拔，或许这就是宿命！

蒲松龄旅途写下的诗中"途中寂寞姑言鬼"的句子，并非虚说，而是纪实。事出他在沂州为雨所阻，于旅社中听一位姓刘的旅客讲鬼故事，这则故事被他演绎后成为《聊斋》的名篇《莲香》。在高邮，他将紫霞老先生讲述的鬼狐故事铺陈成篇，就是《聊斋》中的名篇《巧娘》。

当代宝应人看重文化、看重文学，对蒲松龄这位文学家由衷爱戴，将蒲松龄在宝应的一段生活视为自己家乡的骄傲。当地学者对此进行过大量考据、研究。其中有学者考证,《聊斋志异》中上百篇小说都与宝应一带发生的故事有关,都和他的南游经历有关。如《莲香》《巧娘》《伍秋月》《张老相公》《新郎》《棋鬼》《造畜》《彭海秋》《猪婆龙》《侠女》《雷曹》《金陵女子》《青梅》《库官》《珠儿》《吴令》《吴门画工》《陆判》《凤阳士人》《叶生》等。而《秦桧》《席方平》《聂小倩》《梦狼》《娇娜》《伍秋月》等作品涉及的人事,在宝应、高邮的地方志中均有相关文字记载。

这些考证工作不一定很精确,但这次南游让蒲松龄大开眼界,拓宽了创作的视野、丰富了创作的题材则是毫无疑义的。

从庚戌年秋天到夏末秋初,至多不过一年时间,蒲松龄在淮扬就已经待不住了,这多少有些令局外人匪夷所思。江南江北风光好,主官孙蕙待其不薄,身边还有一位讨人怜爱的小美人,为何就不肯待下去了呢?

"江城何处吹杨柳,望断关山客梦长。"是想念家中的妻儿老母了?

"湖海气豪常忤世,黄昏梦醒自知非。"是厌倦了官场歪风、衙门恶习,要复演陶渊明的归去来兮?

"只恐薄言逢彼怒,泥中恼乱郑康成。"[①]还是因为自己暗恋的女子与他人结为伉俪,实在难以继续做个"吃瓜群众"?

无论什么原因,反正就是不愿再在南方待下去了!

"归途过黄河,一叶大如掌。飕飗西南风,饱帆荡双桨。船小随帆侧,高低任俯仰。"蒲松龄这次南游,往返都要渡过黄河。一只巴掌大的小船,

---

① 诗中用了郑玄的典故。郑玄,字康成,汉代名儒,经学的集大成者。郑玄家中一位婢女因违逆郑玄,被罚跪在阶前。另一位婢女戏言:"胡为乎泥中?"(语出《诗经·邶风·式微》)答:"薄言往愬,逢彼之怒。"(语出《诗经·邶风·柏舟》),郑府婢女亦才女也。

载着这位未来的文学大师，风急滩险，高低俯仰，也只能交给命运了！

临近青石关，眼看已到临淄界，又遭逢山雨倾盆、雷电交加，时近黄昏，投宿无门，荒野之中雨水漫过马膝，浑身上下淋得精湿，折腾到半夜才回到家中。

终究还是"苦行僧"的命。

返家后直到进入毕府设帐课徒，这将近十年的时间，对于蒲松龄身世的研究像是一个盲区，看来仍是在不停地"蹉跎""偃蹇"。

文人憎命达，就是在这十年的"蹉跎""偃蹇"中，光耀世代的《聊斋志异》已经焕然成型。

淮扬南游，不能说不是一个关键的出发点。

荒野情结

　　《聊斋志异》书成，蒲松龄似乎并没有表现出多少喜悦之情，反而在短短的自序里写下这样几行凄凉、痛切的文字："嗟乎！惊霜寒雀，抱树无温；吊月秋虫，偎阑自热。知我者，其在青林黑塞间乎！"

　　在这里，渐入老境的蒲松龄把自己比作霜天寒林中的鸟雀，比作秋夜残月下的虫蚁，生命如逝水，一生之力作尚无力刊行。未来的知己在哪里？或在"青林黑塞"中。

　　"青林黑塞"，出自杜甫怀念身在远方李白的一首诗："魂来枫林青，魂返关塞黑"。一般的解释只说是"成语，指朋友的住所"。未免太笼统，太直白，太无趣了！友人的住处为何是"青林黑塞"，而不是广厦高楼、深宅大院？特别指出友人身处幽幽山林、漠漠边塞，明明是表达了一种苍凉、沉郁的情感，一种如同荒野一般无边无际的思绪。从上文提到的蒲松龄以寒林鸟雀、秋夜虫蚁的自喻，我们也很容易产生置身荒野的感受。

蒲松龄而立之年前往宝应老友孙蕙处应幕，离家六十里路过青石关，曾有诗纪行：

> 身在瓮盎中，仰看飞鸟渡。
> 南山北山云，千株万株树。
> 但见山中人，不见山中路。
> 樵者指以柯，扪萝自兹去。
> 句曲上层霄，马蹄无稳步。
> 忽然闻犬吠，烟火数家聚。
> 挽辔眺来处，茫茫积翠雾。

诗中所写，一派浓郁的"青林黑塞"情境。

细审之，不难发现《聊斋》中的许多故事都发生在荒野之中。即使发生在市井乡镇，甚至官厅宫掖里的那些故事，其主人公的本尊除了野鬼、妖狐之外，还多为鱼龙、虎狼、大象、獐鹿、蟒蛇、猿猴、龟鳖、鼠兔，以及螳螂、蜂蝶、蟋蟀、蜘蛛，所有这些也都应是来自旷地荒野的生灵。

小说中故事发生的环境，也多是旷野疏林、荒村颓寺、老宅废墟、古墓野坟。

我有些怀疑，蒲松龄早年生活的环境几近如此。

老辈人说：凶年长好树。可以在杜甫的诗中得到印证："国破山河在，城春草木深。"草木深，野生动物自然也就多起来。

2011年，海啸中沦为废墟的日本福岛县，野猪大量繁殖，几乎成了"野猪林"！

2020年，新冠病毒引发的第一轮疫情过后，我回到阔别半年多的校园，往日熙熙攘攘的校园变得冷冷清清，只是草木格外繁盛，草丛里的流浪猫带着新生的猫崽在太阳底下打滚儿。滨河树下的长椅上堆满鸟粪，一对灰斑鸠在我头上盘旋，似乎我侵占了牠①们的领地。

明清换代，江山易主，多年战乱之后，原本的村落田园也大多变成人烟稀少的荒原。

蒲松龄似乎对荒野拥有切身的、独特的感受。

与兄长们分家后，他只分得村头三间"场屋"，且四壁皆无，晨曦晚霞、朝云夕雾、星斗银汉、荒草烟树，尽可一收眼底。垂暮之年，他在悼念亡妻时回忆当年的境况："时仅生大男箬，携子伏雌鸓之径，闻蛩然者而喜焉。一庭中触雨潇潇，遇风喁喁，遭雷霆震震谡谡。狼夜入则埘鸡惊鸣，圈豕骇窜。儿不知愁，眠早熟，绩火荧荧，待曙而已。"

其居家环境，竟与《聊斋》故事中鬼狐出没的旷野相差无几。

蒲翁在毕大官人家坐馆时起居、课徒三十多年的石隐园，本就是一个荒草埋径、杂花生树、乱石堆叠、风清月冷的林子。他曾在《石隐园》诗中描述荒原的景象："红点疏篱绿满园，武陵丘壑汉时村。春风入槛花魂冷，午昼开窗树色昏。书舍藤萝常抱壁，山亭虎豹日当门。萧萧松竹盈三径，石上阴浓坐不温。"其中虽有诗人的渲染，荒凉野旷的气息仍扑面而来。

蒲翁坐馆的西铺村距离蒲家庄六十多里地，为了生计三十多年来独自一人在外，58岁那年曾在诗中写道："久已鹤梅当妻子，直将家舍作邮亭。"常年与鸟兽花木为伴，家庭反而成了偶尔栖身的逆旅与驿站，其孤寂的心情可想而知。

------

① 请原谅笔者在本书中没有使用"它"指代动物，而是启用一个被我们文字改革革除掉的汉字："牠"。"牠"以"牛"做偏旁就直观地显示了"牠"是一个有机"生命体"。

"晴空一鹤排云上，便引诗情到碧霄。"荒野的景象，往往能够激发人的诗情画意。

"敕勒川，阴山下。天似穹庐，笼盖四野。天苍苍，野茫茫。风吹草低见牛羊。"游牧民族的马上歌手如此咏叹荒野。

"前不见古人，后不见来者。念天地之悠悠，独怆然而涕下！"文人在幽州台上的寥寥数语，成为吟诵北地大野的千古绝唱。

民国初年，女校的音乐教师李叔同为《送别》一曲填写的歌词："长亭外，古道边，芳草碧连天。晚风拂柳笛声残，夕阳山外山。"凄婉的旋律也是以旷野为背景的。

荒野，为何如此深入人心？

蜚声学界的美国华裔人文地理学家段义孚[①]在威斯康星大学教书时曾经在课堂上做过一个实验：让学生们在卡片上写下自己最喜欢的居住地。他说，卡片收上来之后他惊讶地发现学生们选择的竟然是乡村或荒野！他怀疑学生们是否因为受到梭罗[②]的《瓦尔登湖》和利奥波德的《沙郡年记》的感染。

实际上不只如此，荒野之于人还有更悠久、更深远的原因。

---

① [美]段义孚（1930—2022），华裔人文地理学家，美国艺术与科学院院士和英国皇家科学院院士，先后在芝加哥大学、威斯康星大学、多伦多大学、明尼苏达大学任教。

② 亨利·戴维·梭罗（Hemry David Thoreau，1817—1862），美国作家、自然主义哲学家，提倡回归本心，亲近自然。曾在瓦尔登湖畔隐居两年，自耕自种自食其力，体验简朴自然的生活，以此为题材写成的长篇散文《瓦尔登湖》，成为生态文学的经典之作。另有《论公民抗命》《马萨诸塞自然史》《缅因森林》等著述。

　　被誉为荒野哲学之父的罗尔斯顿教授①指出："荒野是一个伟大的生命之源，我们都是由它产生出来的。这生命之源不仅产生了我们人类，而且还在其他生命形式中流动。无论是在体验、心理，还是生物的层次，人类与其他生物体之间都存在着很大的相似。"

　　这就是说，荒野是人类的生命之根、心灵之源，是深藏于人类精神深处的意象与情结。

　　英国历史学家基思·托马斯②指出："荒野的价值不只是消极的；不只是提供一个私密的地方，一个自省与独自幻想的机会；荒野还有更积极的作用，它给人慈善的精神力量，成为精神洞察力的源泉。"

　　美国生态文学家华莱士·斯泰格纳③指出：荒野可以为人施行精神的洗礼，"人们需要做的，是对包含自身在内的大自然表示接纳，是融入自然并进行彻底的精神洗礼。而能帮助人们实现这一目的的最佳场所就是没有游乐园，没有推土机，没有柏油路，远离人类文明喧嚣的荒野"。

　　美国生态运动的先驱默里·布克钦④也曾说过：如何对待荒野，显然是个社会问题，人类对待自己的同类的态度，总是与对待非人类的生物形态和荒野环境的态度相对应的。

---

① [美]罗尔斯顿（Holnes Rolston，1933—　），美国科罗拉多州立大学哲学教授，著有《环境伦理学》《哲学走向荒野》等，被誉为生态伦理学之父。

② [英]托马斯（Keith Thomas，1933—　），英国社会科学院院士，牛津大学现代史教授，代表作有《宗教与巫术的衰落》《人类与自然世界》等。

③ [美]斯泰格纳（Wallace Stegner，1909—1993），美国著名作家，创作了多部小说和自然散文，代表作有《荒野信笺》。

④ [美]布克钦（Murray Bookchin，1921—2006），作家、历史学家，生态运动先驱，代表作有《自由的生态学》《生态运动何去何从？》。

环境美学的创始人之一、芬兰约恩苏大学教授瑟帕玛[1]认为："对荒野自然的普遍轻蔑是西方尤其是欧洲传统的特征；中国和日本在古代便开始了对荒野自然，尤其是山峦风景的赞美。"中国古代留存下来的数以千万计的"山水画""田园诗""边塞诗"足以作为瑟帕玛这段话的注脚。

类乎中国古代陶渊明的美国当代诗人加里·斯奈德[2]呼唤："诗人要成为荒野自然的代言人。"

三百多年前的蒲松龄，就已经是荒野自然的代言人，为山野鸟兽昆虫代言，为荒原林木花草代言，为大地自然万物代言。这位活着的时候看似寻常的乡村塾师，因为一部《聊斋志异》享誉人间，与青林、黑塞共存宇内。

《聊斋志异》问世后，评论的文字便接踵而来，其中透递出某些"生态精神"的，是乾隆年间青柯亭初刻本的总编纂余蓉裳的那篇序言。

这篇序言首先渲染了他自己读《聊斋》时的野旷心境："郡斋多古木奇石，时当秋飙怒号，景物晻霭，狐鼠昼跳，枭猿夜噑。把卷坐斗室中，青灯眈眈，已不待展读而阴森之气逼人毛发。"

接下来抒发他读《聊斋》的心得："嗟夫！世固有服声被色，俨然人类，叩其所藏，有鬼蜮之不足比而豺虎之难与方者。""不得已而涉想于杳冥荒怪之域，以为异类有情，或者尚堪晤对；鬼谋虽远，

---

① ［芬兰］瑟帕玛（Yrjö Sepänmaa，1945— ），芬兰约恩苏大学教授，中国黄河科技学院名誉教授，环境美学的创始人之一，曾任国际环境美学学会主席。著有《环境之美》《对环境的文明态度》等。

② ［美］斯奈德（Gary Snyder，1930— ），20 世纪美国著名诗人、散文家、环保主义者，美国诗人学院院士。出版有十六卷诗文集，《龟岛》获得了 1975 年度普利策诗歌奖。

庶其警彼贪淫。"翻译成白话：人类并不比其他生物优秀，世上那些相貌堂堂的人类，究其形骸之内所藏的邪恶，却是鬼蜮豺虎都难与比并的。倒是那些被视为异类的荒野中的神灵怪物，反而拥有更多的人的天性。

蓉裳先生是诗人又是画家，才子心性放荡不羁，他能够独具慧眼地看出《聊斋》的真意与蒲翁的良苦用心。

有研究者指出：蒲松龄的一生，始终在"入仕""在野"之间纠结、挣扎。具体表现是屡屡应试屡屡落第，不甘在野而在野终生。

从个人的天性、旨趣、情怀来说他热爱诗词歌赋文学创作，尤其热衷于"搜神""谈鬼"，悉心搜罗，集腋成裘、蔚为大观；从功名利禄、光宗耀祖的实际利益考虑，他又不得不皓首穷经、揣摩圣意、炮制味如嚼蜡的八股文。

有人说，他正是因为心系荒野，才终究进不了仕途。

有人说，以他的学识才华如果集中全力面向科场，举人、进士恐怕早已收拢囊中！

回头看去，唐宋元明清历代出了多少举人、进士，甚至状元、榜眼，而能够创作出《聊斋》这部旷世杰作的作家，只有蒲松龄一人。说到底，又还是"青林黑塞"的荒野成就了他。是非成败命注定，青山依旧在，几度夕阳红。

最后，容我再饶舌几句：

美国自然资源部的一项最新研究发现：人们在野外的山地或森林里散步时，会有一种心旷神怡的感觉，这是因为人从心理上对大自然景观有着根本的需求与深刻的依恋。研究结果还显示，荒野对生命健康有积极影响，在荒野中生活对心肺健康、皮肤护理以及认知敏感的提升均大有益处。

俄罗斯生物学界的一项研究结果证实，野外条件下的赤狐可以活

12 到 15 年。在欧洲，近年来由于房地产开发占夺去野生动物的生存领地，一些狐狸开始转移到城市，这部分狐狸大多只能活上三五年，其中一半死于神经紧张、消化不良与交通事故，而高达八成的狐狸幼崽会早早夭折。

人在大都市的生活其实也不容易。如果不是贫富差异与医疗条件的差异，位于大自然怀抱中的乡村生活应该是更有益于长寿的。

蒲松龄活了七十六岁，这在古代的人口统计中绝对算是高龄了。我想，这也是他立足大自然、从身体到精神扎根原野、融入乡土的结果。

万物有灵

　　《聊斋志异》中写人类之外的生物，似乎并不比人类少。粗略浏览一下，便可以发现植物中有松、柏、槐、榆、杨、柳、桃、杏、梅、竹、牡丹、菊花、荷花、海棠以及蓬蒿、薜萝、苔藓、荇藻；动物中有狐狸、白兔、狮子、大象、老虎、黄犬、灰狼、香獐、猿猴、蟒蛇、青蛙、老鼠、龟鳖、白鳍豚、扬子鳄以及鹳雀、仙鹤、乌鸦、蜜蜂、蝴蝶、蜘蛛、螳螂、蝗虫、蝎子、蚰蜒等。如果用一句生态学的专业术语形容，那就是"书中的生物量①很充足"。

　　由此看来，蒲松龄并不是一个固执的人类中心主义者。

　　可能马上就有人质疑：错了，蒲松龄写这些动物、植物只不过借物喻人，只不过借助这些动物、植物来表现人的性情、品格、行为、动机，

---

① 生物量（biomass），生物学术语。指某一时段的一定空间里所含生物种类的数量与重量。

演绎人类社会的故事，归根结底仍旧是写人。

这说法不无道理，这也是以往许多专家惯常做出的解释。其根据是西方美学理论中的"移情说"：比如写诗赞颂一棵松树坚贞不屈的高风亮节，不过是把诗人自己认定的高风亮节"移入"松树身上，然后展示给别人欣赏，同时自我欣赏。自然界的松树，只不过是人类的意识与感情的载体。

这也是美学与文学理论中典型的"人类中心主义"。

《聊斋》中描写的这些鸟兽虫鱼、奇花异卉果然与其自身的属性没有关系吗？一些明眼人还是看出，蒲松龄笔下的许多动物、植物在幻化为人时，仍然保存有某些自身的天性：香獐化身少女给人治病时，药物就是自身的麝香；老鼠化为身姿纤细的女性时，依旧像鼠类一样习惯于囤积收藏粮食；白鳍豚化身的少妇随夫远走他乡时，仍然不忘随身携带一瓶湖水；牡丹花变成的美丽少女，身体里总是散发出鲜花的芬芳；蜜蜂化身公主，仍然是腰细声细；鹦鹉变成女孩，照样能言善辩……这就是说蒲松龄在塑造这些人类主人翁形象时，仍然保留并巧妙地融合进这些动植物自身的天然属性。

这就不止于"移情说"了，而是证明了移情的对象也在显示着自身的生物属性。或者说，正是这些属性，为作品中的人物形象增添了许多色彩。

我们还可以将问题进一步探讨下去：除了这些外在的生物特征之外，这些人类之外的物种，是否具有与人类相似的智慧、情感、品格、性情？

更直白地说吧，这些人类之外的物种是否也拥有人类所拥有的灵性呢？

"泛灵论"或曰"万物有灵论"，长期以来在西方科学界与哲学界是被视为"有神论""唯心主义"加以批判的。我国当代某些研究《聊斋志异》的专家也曾经运用这些观念评价蒲松龄，一方面认为《聊斋志异》是中国古代小说史上一座巍峨耸立的高峰，一面又说蒲松龄不乏"愚蠢可笑的思想弱点"，是一位"可笑的唯心主义的鬼神迷信者"。然后，又摆出一副宽容的姿态，说"这是时代的局限"。

蒲松龄即使"唯心"而又"迷信鬼神"，恐怕也不能就此断定其"愚蠢可笑"；时代是否总是在全方位地照直前进？"唯心"是否就一定比"唯物"不堪？至今都仍然是未能得出一致意见的问题。

问题如此复杂，伟大的物理学家牛顿终其一生的科学研究，竟是为了寻找"上帝"的存在！科学与迷信的界线并不是那么容易区分。

以往的人们之所以批判"万物有灵"，其出发点恐怕是要维护"人是万物之灵"的自我定位。

"人"是世界上最可贵的，这种说法在欧洲工业革命以来被大大吹胀了：只有人才拥有"智慧""情感""灵性""灵魂"，世界上的其他存在都只是"物质"或"物资"，有机物或无机物。人与物是二元对立的，物的价值、意义取决于对人类有用还是无用。

松柏杨柳是木材，牛羊猪狗是食材，江河湖海是水利，岩石山峦是矿产，皆是为了供人类享用。狐狸豺狼是害兽，苍蝇蚊子是害虫，务在剿灭之列。

南怀瑾先生在他的书中曾辛辣地嘲讽"人为万物之灵"的说法：这不过是人类自己吹牛的话。你是万物之灵，万物并没有承认哦！万物看我们这些人是万物里最坏的，草也吃，牛肉也吃，老虎也吃，能吃的东西都把它吃掉，人最坏了。在道家看来，"人未必无兽心"，有些人看样子是人，实际上他的思想、行为是禽兽，比禽兽还坏。

这里我随手可以举出一些最近发生的例子，印证南怀瑾先生的判断并非无稽之谈。

一类是校园欺凌。不久前某中学几个十四五岁的女学生，将一个女同学围堵在厕所里，侮辱咒骂，连扇了100多个耳光！法律却因为她们未成年而免去惩罚。这样的事在各地的中小学校经常出现，而在人类之外的动物界是决不会发生的，哪怕是虎崽、狼崽，在一起相处虽有打闹，那只是嬉戏，或做捕猎的训练，绝不会如此侮辱、伤害自己的同类。

一是虐猫事件。一些人为了虐猫取乐，或将虐猫的视频放在网上牟取暴利，不惜将偷来的猫剁爪、割脖、剜眼、割鼻、掏肠、剥皮；将鞭炮塞进猫的嘴巴和耳朵里，炸得面目全非；将猫关进微波炉里活活烤死。这些虐猫者并非无知无识，其中不少人具有高学历。某校的一个大学生在两年的时间里竟然虐杀了80多只猫及其他小动物。在荒野里，豺狼、鬣狗之类的大型食肉动物也捕食小型动物，但牠们仅只为了果腹而已，远不如这些"高智商"的人类自私、冷酷、残忍、卑劣。

这些虐猫者以及付费观看虐猫视频的人的理念是："畜生又不是人，怎么对待牠们都不算犯法！"

深究下去，这可能与他们长期以来接受的某种哲学思想有关：其他物种只是外在于人的存在，他们是与"人"对立的"物"，他们没有自己的灵性、没有存在的价值，只是一堆会动的物质，可以供人类任意处置与消费。生态批评家卡洛琳·麦茜特教授[①]就曾指出：万物有灵论和有机论的废除，将世界当作机械的存在，造成了自然的死亡，造成大量物种的灭绝。

在人类历史的早期，在所谓的"野蛮人"那里，"万物有灵"反

---

① 麦茜特（Carolyn Merchant，1936— ），美国加州大学环境伦理学教授，著名生态女性主义者，代表作为《自然之死——妇女、生态和科学革命》。

而是人们的共识。人类学家通过田野调查发现，在某些原始部落里，人们猎取少量的野生动物只是为了生存，食用捕获的野牛、麋鹿时一定要为牠们的灵魂举办祈祷仪式，虔诚地向牠们表示感谢。

在中国远古时代的传说中，人与兽的界线并不严格。不妨查一查古代的典籍：中华民族受人膜拜的祖先，几乎全都是一副半人半兽的模样：盘古是"龙首蛇身"，女娲是"人面蛇身"，伏羲是"牛首人身"，皋陶是"人面鸟喙"，大禹的本相则是一头"熊"，炎帝是女娲氏之女与神龙交感所生，而炎帝生下的女儿则多半是鸟的化身，大的叫白鹊，小的叫精卫，也就是那个"衔木填海"的红爪子小鸟。舜帝时代的大法官皋陶，其业务助理是一只名叫"獬豸"的独角怪羊。尧帝时"击石为乐"，引来百兽齐舞；舜帝时"箫韶九成"，招致"凤凰来仪"。

在古代，人与兽的关系比起后世要亲密得多。位于老子与庄子之间的思想家列子曾经指出：

> 禽兽之智有自然与人童（同）者，其齐欲摄生，亦不暇智于人也。牝牡相偶，母子相亲；避平依险，违寒就温；居则有群，行则有列；小者居年，壮者居外；饮则相携，食则鸣群。
>
> 太古之时，（禽兽）则与人同处，与人并行。帝王之时，始惊骇散乱矣。逮于末世，隐伏逃窜，以避患害。
>
> 今东方介氏之国，其国人数数解六畜之语者，盖偏知所得。
>
> 太古神圣之人，备知万物情态，悉解异类音声。会而聚之，训而受之，同于人民。故先会鬼神魑魅，次达八方人民，末聚禽兽虫蛾，言血气之类心智不殊远也。

在列子看来，"禽兽虫蛾"在自然天性、生存方式、相处关系的方方面面与人类都有着相同、相通之处，人类与其他物种不但可以友好相处、共同成长，甚至还可以与其他物种进行"语言"层面上的交流，达成共识。人类与其他物种关系的破裂并一步步恶化，只是人类社会后继发展的结果。

为什么我们的古人会拥有这样的见解，那是因为中国古代哲学总是把人类与自然万物视为一个有机统一的整体，即天人合一。

在中国古人的宇宙图像中，"列星随旋，日月递照，四时代御，阴阳大化，风雨博施。万物各得其和以生，各得其养以成"。"天地与我并生，而万物与我为一"，人类与包括动物、植物、微生物在内的其他物种拥有共同的"母体"，来自同一个源头。

"道生一，一生二，二生三，三生万物。万物负阴而抱阳，冲气以为和。"中国古代首席哲学家老子的这段话严肃地告诉人们：天地间的万物犹如同一棵生命之树上结出的果实，所有的物种相依相存同处于一个有机和谐的系统中，人不能孤立于其他物种之外。

道家的这一思想，同样也体现在佛教的教义里，叫作"互缘而生""万物平等""众生皆有佛性"。佛教史记载，佛祖悉达多最初便是在旷野中修炼并进入禅定的。与他同修的是大自然中的树林、河流、鸟雀以及草丛里的昆虫、泥土里的虫蚁。得道后的佛陀教导他身边的信众：我们不但是人类，我们同时还是无数众生，是河流、空气、动物、植物，这是一个众生互缘而生、万物相依相存的生命共同体。

此后，中国哲学史上记述的"民胞物与"的名言，文学史上传颂的"梅妻鹤子"的佳话，也都体现了人类与其他物种亲密相处的文化精神。

《聊斋志异》正是植根于这样的文化传统之中，呈现出"天地并生、万物为一"的恢弘气象。蒲松龄先生铺陈下如此卷帙繁密、感天动地、芬芳醇厚、深沉蕴藉的人与其他动植物悲欢交集、生死与共的故事，正是中华民族传统文化菁华的艺术呈现！"愚昧""可笑"的该是我们这些深受现代"科学主义思潮"浸染的专家学者，而不是蒲松龄。

"万物有灵"的依据，是世界的有机整体性。

谁能想到，这一古老的东方文化精神在21世纪竟然又成了世界生态环保运动的思想旗帜。

生态学的第一法则即世界是一个运转着的有机整体，万物之间存在着生生不息的普遍联系，从日月、星辰、风雨、雷电、山川、河流、森林、土地，到包括人类在内的动物、植物、微生物等一切有生之物，都是这个整体中合理存在的一部分，都拥有自己的价值和意义，都拥有自身存在的权利，共同为地球生态系统健康、和谐运转承担责任、做出奉献。

由美国科学家洛夫洛克[1]在多年前提出的"盖娅假设"，如今已经被人们公认为真实存在的法则：包括人类在内的所有生物都是盖娅——地球母亲的后代，人类既不是地球的主人，也不是地球的管理者，只是地球母亲的诸多后代之一。人类应该热爱和保护地球母亲，并与其他生物和睦相处。

"盖娅假设"已经成为生态时代的新的世界观。

洛夫洛克补充说：事实上这又是一种非常古老的世界观，在被我们视为原始的文化中，这种世界观有其富有诗意和神话色彩的表述方式。

长期以来，人类那种自高自大、自命不凡、自我中心、唯我独尊的世界观，不但给地球生态、给其他物种带来无穷无尽的灾难，其实

---

[1]　洛夫洛克（James Lovelock，1919—），生于英国伦敦，美国太空总署加州喷气推进实验所顾问，英国皇家学会会员，曾参与侦测火星的规划，"盖娅假设"的首倡者。著有《盖娅：对生命和地球的新视野》。

也严重地损伤了自己。而且这种伤害最不幸的是"内伤"，即心灵世界、精神世界的伤害。

享誉文坛的江南女作家叶弥 ① 说：对待生命应该一视同仁，我在和植物、动物接触的过程中，努力了解自然，听懂自然的语言，这样对我的身心有益，置身自然，人也会变得单纯、美好，所谓"天人合一"，大概就是这样。

叶弥常年收留一批又一批的流浪狗、流浪猫。她不但深谙人性，同时也深谙兽性，起码是狗性与猫性。那年我到她乡下的庭院看她，院子里的石榴过了采摘的季节仍挂在树上，咧开嘴露出殷红的石榴籽。她指着一只矮脚的黄狗说，那是夏季的一个雨夜，她收留了这条怀有身孕、即将分娩的流浪狗。叶弥说牠很知道感恩，每次吃饭时都要先亲亲她。牠对自己得之不易的生活十分珍惜，为了不给女主人添更多麻烦，竟一次次克制了自己生物性的本能，拒绝了来访的英俊的男狗狗。说话时，两只小狗和一只猫咪又凑过来，似乎想知道我们在说些什么。

能与万物亲近并沟通的作家，显然上升到更高的层次，已经超越人道主义的高度进驻天地境界。

被爱因斯坦称为当代"圣人"的阿尔贝特·施韦泽 ② 说：人类存在的意义在于，把自己对世界的自然关系提升为一种精神关系。

---

① 叶弥，原名周洁，当代作家。短篇小说《天鹅绒》被姜文拍摄成电影《太阳照常升起》，《香炉山》荣获第六届鲁迅文学奖。部分作品翻译至英、美、法、日、俄、德、韩等国。

② [法]施韦泽（Albert Schweitzer，1875—1965），法国著名伦理学家、医学家，法兰西学院院士，长年在非洲腹地行医，1952年获诺贝尔和平奖。代表作有《文化哲学》《敬畏生命》等。

　　生态伦理学的更高层面，展现在一个超验的、精神性领域中，人类对动物的尊重和友善是绝对的、无条件的；完全出自一种天性或信仰，一种内在的至高无上的需要，一种自发的深沉而又广博的敬畏与爱心。

　　由于敬畏生命的伦理学，我们将成为另一种人，我们将变得日益质朴、日益真诚、日益纯洁、日益平和、日益温柔、日益善良和日益富于同情感。

　　《聊斋志异》中蕴含着充盈的"万物有灵"精神，蒲松龄自己就是一位质朴、真诚、纯洁、平和、温柔、善良和富于同情心的人。

　　读《聊斋志异》，注定将有益于我们与自然万物建立起精神层面的关系，在这个伦理道德江河日下的年头，做一个真诚善良的人。

狐之本尊

"都是千年的狐狸，你跟我玩儿什么《聊斋》！"

喜剧演员蔡明在2013年春节晚会上的一句台词顿时火了起来，让不怎么读书的年轻一代人也记住了《聊斋》，记住了《聊斋志异》一书的主角是狐狸。

《聊斋志异》全书500篇故事，其中80多篇写狐狸的故事，是全书的主干，是全书最华丽光彩的篇章，《聊斋志异》因此又被称作《鬼狐传》。

一位当代作家曾如此品评《聊斋》中的"狐狸"形象：牠狡黠、警觉、阴柔却又清纯、良善、爽朗；牠老于世故而又天真烂漫；牠如碧玉般晶莹剔透又如星空般高深莫测。在蒲松龄的笔下，牠个性突出、明断是非，或诙谐动人，或义薄云天，或美目盼兮，或嫉恶如仇，牠是落魄书生的知己，是人性解放的先锋，是人间公道的执法人。

总之，《聊斋》中的狐狸已经成了文学想象中的一个超凡的奇幻形象，世人心目中的一个美妙的灵异。

其实不止《聊斋》，在《聊斋》之前或之后的许多神话故事、民间传说、文人笔记中，狐狸就常常成为人们描绘渲染的对象。

《诗经》中写"狐"的竟有9篇之多。其中颇具代表性的是《卫风·有狐》：

> 有狐绥绥，在彼淇梁。心之忧矣，之子无裳。
> 有狐绥绥，在彼淇厉。心之忧矣，之子无带。
> 有狐绥绥，在彼淇侧。心之忧矣，之子无服。

淇水，是位于河南浚县东北方的一条河流。一只狐狸在水边忧伤、徘徊不定，是不是因为天冷了还没有保暖的衣裳？

闻一多先生认为是未嫁女子思念情人。

河南大学孙作云教授也认为这是一首恋歌："这首歌是女子所唱，她把她想亲近的那位男子比作狐狸。她说：'小狐狸儿，你在淇水岸上徘徊什么呢？我心里正为你发愁没有人给你缝衣裳呢！'言外之意，我能给你缝衣裳呢！一种忸怩作态之状，宛如在目。"

狐狸在这里是一个惹人爱恋的对象。

古代传说中的"九尾狐"，被视为"祥瑞之兽""德行之兽"，在《吴越春秋》中竟分派给伟大首领大禹做了"贤内助"。"九尾狐"的传说逶迤连绵数千年，在不久前的电视连续剧《三生三世十里桃花》中又被演绎成纯情少女。

外国也是如此。在古代希腊，与我们的《论语》同时代的《伊索寓言》[①]中就有近40篇是以狐狸为主角的。在这里，狐狸聪明机警、灵活多变、善于思考、勇于竞争，成为奴隶时代市井平民阶层的象征。现存于梵蒂冈博物馆的一件红陶酒杯的彩绘中，描绘了大脑袋的伊索正在虔诚聆听一只狐狸的教诲呢！

著名奥地利女作家耶利内克[②]在其《啊，荒野》一书中多处写到狐狸，她说："在本性和隐秘性方面，女人远远超过了植物。另一方面，她又跟森林里的狐狸相似。"

我曾看到过这位女作家年轻时的照片，她的脸庞眉眼就很有几分"狐狸相"。不幸的是，她笔下的狐狸总是不免成为猥琐好色的男人们的渔猎对象，惨死在原本属于牠们的荒野里。

日本电影艺术大师黑泽明的《梦》，用八个梦境编织出他对一个人一生以及日本民族当代历史的回顾，其中第一个梦是"狐狸嫁女"，幽深翁郁的森林、半人半兽的狐狸造型、魔幻诡谲的音乐，生动地记述了他童年时代凄美、感伤的情绪记忆。这部影片，我与我的文艺学专业的学生们先后看过不止九遍！

最近在中国，一位年轻的湘西山村女教师李田田出版了一本题为《有只狐狸看月亮》的诗文集，书中以清澈、温馨的话语写到人之初的童稚、童趣，写到性本善的花仙、树妖，写到猫搬柴、狗烧火、老

---

① 《伊索寓言》相传为公元前六世纪被释放的古希腊奴隶伊索所著的寓言集，内容大多与动物有关，通过描写动物之间的关系来表现当时的社会关系，共357篇。《伊索寓言》被誉为西方寓言的始祖，也是世界上传播最多的经典作品之一。

② 埃尔弗里德·耶利内克（Elfriede Jelinek, 1946—），奥地利女作家，2004年获诺贝尔文学奖。早年攻读音乐、戏剧和艺术史，20世纪60年代中期走上文坛。她不是个循规蹈矩的女人，她反对男权统治，因作品中的两性关系描写被指责为有伤风化，因强烈的女权主义色彩和社会批评意识引发广泛争议。出版有《追逐爱的女子》《排除在外的人》《钢琴教师》《情欲》等。

鼠起床、公鸡唱歌、蜘蛛撒网、螺蛳捻窝。而她最钟情的还是那只狐狸:"狐狸坐在沙丘上,等待星星和月光",这是一只心高气远的狐狸,牠无视铺满地面的金币,一心向往着高悬天际的月亮。《有只狐狸看月亮》的出版竟致"洛阳纸贵",在豆瓣上的评分高达 9.5 分。我想,人心不死,该出于女教师的人格魅力,她或许就是那只狐狸,一位像《聊斋志异》中"小翠""阿绣"那样善良、纯真、自尊、勇敢的美狐或狐女。

作为自然界野生动物的狐狸,为何深受古今中外文人的偏爱,除去诗人作家的想象与虚构,总还应该与狐狸自身的性情有关吧。

何况,在大自然中,人性与兽性原本就是交织混融的。埃及远古神话中著名的斯芬克斯就是一位由人、狮、牛、鹰共同构成的人兽合体的神祇 。直到如今,人的身上还保留多少动物的属性,动物身上又拥有与人相同的多少基因,仍然没有人能够说得清楚。

蒲松龄与伊索相隔数千年、相距数万里,为何都相中了百兽纷杂之中的狐狸?这或许仍然还是与狐狸在大自然生物圈中特异的天性有关。

那就让我们来查核一下狐狸的本尊,亦即牠的本真自我。

动物学的教科书中写道:狐狸,哺乳纲、食肉目、犬科、狐属,野外生存能力极强,广泛分布于亚洲、欧洲、北美、大洋洲。

这种空泛的概念对于大多数读者来说等于白说!

十八世纪法国著名作家、博物学家德·布封(Buffon)对野外的狐狸有着悉心的观察与具体的描述:在动物世界里,狐狸以聪明机智著名,狼以武力做成的事,狐狸可以凭借智慧做成,而且做得更成功。牠善于修筑巢穴、保存食物、照料幼崽,举止变化多端。牠的叫声有些像孔雀,但表示出的情感内容要丰富得多,可以表达欢快、嬉闹、祈求、抱怨、痛苦、绝望种种不同的感情。牠还是个美食家,能欣赏各类食物：野兔、山鸡、蜥蜴、青蛙、鸡蛋、牛奶、葡萄、鸭梨，尤其喜欢偷吃蜂蜜。

布封在结尾还特意交代了一句：狼只知道祸害乡民，而狐狸时常给富贵人家添麻烦。狐狸们竟如此明白事理！

博物学家的讲述比教科书里的概念丰富许多。

下边，我还是想援引一段野生动物画家、纪实文学家欧内斯特·汤普森·西顿①的文章，具体感受一下荒野中的狐狸的举止与性情。

西顿先生再三强调，他在这里写下的文字是真实的记述，略微改动的仅仅是把发生在多只狐狸身上的故事集中在被叫作"疤脸"的雄性狐狸一家。

"疤脸"一家住在斯普林菲尔德滨河的一片红松林里，牠在穿越一道铁丝网时不慎脸被划伤，留下一道明显的疤痕。

西顿家的鸡连续丢了十多只，偷鸡贼果然就是这只疤脸狐狸。疤脸如此"勤奋"地冒险偷鸡，西顿判定牠绝不会是单身一人，恐怕是要养活大小一家的！

就在西顿跟踪疤脸要到牠的巢穴一看究竟时，他发现自己上当了，疤脸反而引诱他来到远离巢穴的松林更深处。一不注意，明明跑在他前边的疤脸不知怎么就绕到他的身后，然后飞快地溜走了，把他一个人丢在荒野之中。

---

① 欧内斯特·汤普森·西顿（Ernest Seton Thompson，1860—1946），世界著名野生动物画家、博物学家、作家、探险家、环境保护主义者、印第安文化的积极传播者。出生于英国，六岁时和家人一起来到加拿大。自幼热爱大自然，悉心观察、研究大自然里的飞禽走兽，纪实文学《我所知道的野生动物》于1898年出版后获得了极大的成功，赢得"世界动物小说之父"的美誉。引文选自该书新星出版社2006年版，第5章：斯普林菲尔德狐狸。

经过曲折的努力，西顿终于找到了疤脸的家，并占据了一个隐蔽的观察位置。果然不出所料，疤脸与牠的太太——一只容颜富态的雌狐刚刚生养4只狐宝宝。西顿接下来写道：

> 牠们浑身毛茸茸的，牠们的腿又粗又长，满脸天真无邪的表情；然而第二眼再望去，牠们那一张张尖鼻利眼的宽脸无不显示都具有成为一只只狡猾老狐狸的潜质。

狐狸妈妈正在用一只从西顿家偷来的母鸡训练孩子们如何狩猎，小家伙们磕磕绊绊地跑出洞来，扑向受伤的母鸡，互相争抢、摔斗、扭打。

> 而此时此刻狐狸妈妈正机警地提防着外来敌人的突然来袭，牠脸上的表情怪怪的，先是露出喜悦的笑容，但平常的野蛮与狡诈还摆在脸上，残忍与神经质一样不缺，而自始至终更多写在脸上的还是母亲的慈爱与骄傲。

狗是狐狸的天敌，这从蒲公笔下的文字中也可以时时看到。

狐狸妈妈在给小狐狸们上狩猎课的同时，狐狸爸爸正在与西顿叔叔的猎狗周旋。猎狗的嗅觉是灵敏的，经验丰富的老狐狸知道如何"逆风"而逃，让风把自己身上的气味吹去。必要时，牠还会在浅水里打个滚，将身上的气味洗个一干二净，然后钻进草丛，眯起眼睛偷看一脸迷茫、原地兜圈子的猎狗。

西顿家的鸡还在不断丢失，西顿的叔叔，一位粗壮蛮横的庄稼汉暴跳如雷，发誓要向疤脸一家宣战。

开始，他计划在林子里下毒饵毒死这一窝狐狸。然而，疤脸夫妇何等聪明，牠们能够轻易识别毒饵与食物的不同，对西顿叔叔的这一行径不免嗤之以鼻。

然而，人类的智商毕竟更胜一筹，就在疤脸戏弄猎犬的同时，埋伏在丛林里的叔叔扣响了他的来复枪，疤脸应声毙命。猎人乘胜追击，直捣狐穴，三只小狐狸被打死后埋在毁坏的巢穴里，一只小狐狸沦为西顿家的俘虏。

母狐因为在外觅食，躲过此劫。

故事到此并未结束。

待到西顿再次到狐穴查看时，三只小狐狸的尸体已经被从泥土里扒出，尸身被舔得干干净净。西顿知道，肝肠寸断的狐妈妈已经来过这里。

活捉的小狐狸被铁链锁在西顿家的场院里，牠沮丧、焦躁，一次次试图挣脱铁链的束缚，又总是被铁链无情地拉回，场院里不时传来小家伙呜呜的哭声。

夜深了，一个幽灵般的黑影出现在柴堆后面，同时传来小狐狸欢快的呼噜声。

在月色中，我看到母狐的身形，牠正站在小狐狸的旁边，用嘴啃着什么东西——铁链的叮当声告诉我，牠啃的就是那条残酷的链条。

第二天早上，西顿发现小狐狸身边有两只吃剩下的死老鼠，那显然是母狐带给小狐狸的食物。西顿还发现，小狐狸脖颈边的那段铁链已经被母狐啃得锃光发亮，当然，并没有被啃断！

母狐的营救行动被西顿的叔叔发现，他决心要将狐狸一家赶尽杀绝。他在院子外边投放浸了毒药的鸡头，睡觉时把来复枪放在身边，院子里还有猎狗值班放哨。母狐的来访几次被枪声击退，小狐狸得不到妈妈的袒护已经越来越虚弱、悲伤，夜夜啜泣不止。

多日后的一天夜里，小狐狸在发出几声尖叫后痛苦地死去，是吃了下过毒药的鸡头死去的。据西顿分析，有毒的鸡头是母狐叼给幼狐的：

> 雌狐身上的母爱异常强烈，牠能够辨别出毒饵，也非常清楚吃下毒饵的结果，自己的孩子如今已经落入生不如死的境地，那就必须选择让孩子尽快解脱，让孩子从这最后保留的一扇小门通向自由。

奇怪的是，小狐狸死后的第二天，西顿家的猎狗也死了，死在离他家不远的铁道上，被火车轧成了两截。西顿说，那是母狐的复仇之举，都知道狐狸的报复心异常强烈。由于母狐也常常在铁道两旁活动，知道奔驰的火车的威力，应该是母狐在火车驶来时将猎狗引诱到铁道上，让飞转的车轮结果了这位仇敌的性命。

西顿在文章的结尾写道：

> 雌狐从此不再在这片大松林中生活了，牠离去了，或许是去了某个遥远的栖身之所，好忘却对于孩子与爱侣的悲伤记忆。

西顿这篇"纪实文学"中陈述的故事大约发生在 19 世纪末，其中免不了会加入一些作家主观的渲染，但与狐狸的生物属性、本真天性还是有许多相吻合的。

当代人对狐狸的观察也在印证西顿的描述。

　　长期以来人们把长相漂亮、行为轻佻、生活作风放荡、破坏别人家庭的女人称作"狐狸精"，这其实是人类"以己之心度狐狸之腹"，冤枉了狐狸。从好处想，或许是因为狐狸的眼型与和牠同类的狼、狗不同，带点斜睐上挑，看上去像是风月场中女子挑逗的媚眼。

　　自然界的狐狸其实是一种很重感情甚至异常痴情的动物，当一只雄狐看上一只雌狐，就会忠贞不二地爱一辈子。牠会很用心地为母狐布置洞穴，储备食物，甚至不惜把自己腰间的绒毛抓下来铺在洞穴里。如果有一天，雌狐病了，雄狐会一直陪在雌狐身边，照顾着病重的配偶。配偶一旦死去，剩下的一只会很伤心，甚至会因此茶饭不进。

　　许多人一直想将狐狸驯养成"宠物"，但发现很难。原因何在？有人说狐狸的脾气怪异，不如猫狗听话，难以驯养。著名儿童文学家郑渊洁先生却是这样解释的：

　　　考古学家从位于约旦北部哈马姆泉的有 1.65 万年历史的墓地发现了人狐合葬，证明狐狸可能是史前人类的宠物，早于人类养狗 4000 年。人类为什么放弃了将狐狸作为宠物而改为养狗呢？窃以为人养宠物的初衷是满足统治欲，而太聪明不利于统治，统治者需要愚忠的宠物，于是狗取代了狐狸。

　　这无疑是说狐狸拥有独立、自由的个性，即使不说"龙性难驯"，也是"狐性不移"，决不愿泯灭自己的意愿曲意奉承他人。做朋友、做伴侣可以，做奴才、做玩物坚决不干！

　　倒也是，你看看蒲松龄《聊斋志异》里的形形色色的狐狸，仗义行侠者有之，知恩图报者有之，坚贞不渝者有之，嫉恶如仇者有之，尖刻促狭者有之，就是没有奴颜婢膝之相、没有蝇营狗苟之辈。

　　现代动物学家对于动物的了解，多半还停留在生物层面，而难以上升到心灵层面、精神层面。有人说，人们如果肯把制造原子弹的钱花在与动物的沟通上，人类也许早就可以与鸟兽进行日常对话了！

　　德国现象学哲学大师舍勒①曾敏锐地指出：动物心理学已经告诉我们，人们多么容易低估动物的心理能力。动物心理学研究是具有重大哲学意义的，他对他的学生发出呼吁："了解一下动物吧，你们就会发现做人有多么难。对于动物灵魂的贬低，也将贬损人类自己的真正的尊严。"

---

① 马克斯·舍勒（Max Scheler，1874—1928），德国思想家、现代哲学人类学的奠基人。他的研究遍及伦理学、宗教学、现象学、社会学诸多领域。不幸英年早丧，遗孀玛丽亚全力整理他的遗稿，编辑出版了《舍勒全集》。

鬼为何物

日本鬼子、洋鬼子、假洋鬼子，我们常常把视为异类的坏人、恶人称作"鬼"。

"旧社会把人变成鬼，新社会把鬼变成人"，我们又把处境悲惨、沦为底层的人比喻成鬼。

这其实有把鬼污名化之嫌。

在中国的文学作品中，鬼，并不总是一个贬义词。

《楚辞》中的"山鬼"，据说是炎帝的小女儿，未婚而亡，葬于巫山，又称巫山神女，是一位浑身散发出山野气息、可爱而又可亲的女鬼。

屈原在《九歌·国殇》中歌颂为国捐躯的战士："带长剑兮挟秦弓，首身离兮心不惩。诚既勇兮又以武，终刚强兮不可凌。身既死兮神以灵，子魂魄兮为鬼雄！"后来被演绎出一副脍炙人口的对联：是七尺男儿生能舍死，做千秋雄鬼死不还家。这里的"雄鬼"，是可钦可敬的。

孔夫子志在改造人类社会，不愿意谈鬼论神，留下了"子不语"

的话头。

后来的文化人虽然尊重这位"至圣先师",但终究拒绝不了鬼神世界的诱惑,总是忍不住要闯进先师的这片禁区。

东晋时代的史官干宝一口气写下三十卷的《搜神记》,满纸鬼影幢幢,遗留至今。

苏东坡自己不怎么写鬼,却总喜欢逼着别人讲鬼故事,他悼念亡妻的诗歌情真意切。"料得年年肠断处,明月夜,短松冈",总能叫人泪湿青衫。

大才子袁枚,有意和孔老夫子较劲儿,写了一本谈神论鬼的书,书名就叫《子不语》,你老人家不愿意说,我来说!

清代的权臣纪晓岚著有《阅微草堂笔记》,鬼话连篇。笔下过了瘾后还不忘记给先师圣人打个马虎眼:"前因后果验无差,琐记搜罗鬼一车。传语洛闽门弟子,稗官原不入儒家。"

鲁迅先生其实也是一位"写鬼"的高手。据他自己吐露,十余岁时候他还曾充当"义勇鬼",在水乡安桥头的戏台上扮演过手持钢叉的鬼卒。一篇《无常》,一篇《女吊》就足以摘取"鬼文学"的桂冠。

鲁迅写"无常鬼",说这个鬼其貌不扬:身上穿的是斩衰凶服,腰间束着草绳,脚上穿着草鞋,脖子挂着纸锭;手上拿着破芭蕉扇、铁索、算盘;耸起肩膀,披着头发;一个"八"字的眉眼,头上顶着长方帽,身边还跟着"无常嫂"和"小无常",无常一家亲!人生无常,"无常"鬼的想象正是印传佛教人生观的"具体化"。鲁迅很喜欢这个鬼,说他是一个"平民化"的鬼,形同"敝同乡的下等人",要比官场与文坛的那些"正人君子"更可爱。

乔羽为电视连续剧《聊斋》主题曲创作歌词:"牛鬼蛇神它倒比正人君子更可爱",或许就是从这里受到的启发。

时隔十年，鲁迅写了《女吊》，即女吊死鬼。我年轻时读过这篇文章，从那时起，"女吊"的形象就在我的脑海中刻印下来。悲凉的喇叭声中，幕帘一掀，她出场了：大红衫子，黑色背心，长发蓬松，颈挂两条纸锭，垂头，垂手，弯弯曲曲地走一个全台。她将披着的头发向后一抖，僵白的脸，漆黑的眉，乌黑的眼眶，猩红的嘴唇，眼梢、口角和鼻孔，都挂着血痕。这是一位满腹愤怒与怨恨的冤魂，一位不屈不挠的复仇女神。

鲁迅 1936 年 9 月 20 日写下《女吊》，此时是他去世前一个月，正行走在阴阳两界的锋刃上。与尘世告别之前，为复仇女鬼画像，其用心可知。

10 月 17 日，去世的前两天，鲁迅在会见日本友人鹿地亘夫妇时，还提到《女吊》，显露出颇为得意的笑容。

鬼在民众之间，如今仍然深入人心。

"清明时节雨纷纷，路上行人欲断魂"，如今的清明节，到苏州天平山、灵岩山来祭奠先人亡灵的上海市民，仍然塞满高速铁路、高速公路。

香港是早早进入现代化的大都市，美国一位叫查尔斯的社会学教授曾对 1500 多位香港市民进行电话采访，给 2000 名中学生寄送调查表，向他们提出以下问题：

你相信世界上有鬼魂存在吗？

你曾经遇见过鬼魂吗？

你害怕鬼魂吗？

统计的结果显示竟然有百分之五十的人相信鬼魂！

什么是鬼？

按照通常的说法，平常活着的人是由有形的肉体与无形的魂魄组成的，人活着的时候，魂魄存在于人的身体之内，相当于人的心灵与精神；而身体死亡之后，魂魄离开了人的身体，但并不死去，甚至四处游荡，这时的灵魂就被称为鬼，或"鬼魂"。魂魄或鬼魂，是一种如烟如雾、如影如幻、往来倏忽、扑朔迷离的东西。活着的人有时可以灵魂出窍，人死之后的鬼也可以借尸还魂。

"我有迷魂归不得，雄鸡一声天下白"，这是被誉为"诗鬼"的唐代大诗人、我们的河南老乡李贺的名句。

人间究竟有没有鬼，有没有魂灵，众说纷纭。至今的科学尚且不能证明其真实存在，也不能完全验证其不存在。

写下《搜神记》的干宝是相信鬼神的，他在序言里就声明自己写作此书的目的就在于"发明神道之不诬"，书中的"怪力乱神"可不是胡编乱造的。传说在他的家族里就曾出现过不少闹神闹鬼的事情：干宝的哥哥病危气绝，数日后竟又复活，还向人诉说自己的魂灵在天庭、地府遇到的许多故人和往事。干宝父亲下葬时一名小妾被族人强推到墓室里陪葬，十年后他母亲去世与父亲合葬，打开墓室发现小妾竟然还活着，此后又活了许多年。

类似的故事，在《聊斋志异》中也很多。有学者统计，《聊斋志异》一书中讲到鬼的就有170多篇，其中有"幽婚故事型""冥府断狱型""恶鬼作祟型""借尸还魂型""轮回果报型"等。与其前其后的作家都不同，蒲松龄笔下作为主人公的鬼多是善良、美好的鬼。凡是看过电影《倩女幽魂》的人，大多不会忘怀由著名影星王祖贤女士饰演的那位美丽善良、坚贞勇敢、矢志不移的女鬼。而这一艺术形象就来自《聊斋志异》中的名篇《聂小倩》。

蒲松龄本人应该是相信鬼魂存在的有神论者。

《聊斋志异》中有一篇《汤公》，按照作者的说法应该属于"纪实文学"，故事中的主人公汤聘实有其人，他祖籍江宁县，为顺治十四年（1657）丁酉举人，十八年（1661）辛丑进士，曾官平山县知县。书中讲述的汤聘死而复生的故事发生在顺治十一年（1654）其中举之前：

汤聘生病快要死去的时候，忽然觉得脚下有一股热气，渐渐向上升，到了腿部，脚就死去，没了知觉；到了肚子，腿就死了；到了心部，心最难死，拖延许多时间。这时，汤公觉得从小到大经过的许多事都潮水般浮现在心头。一顿饭的工夫过去，才把平生所作所为翻腾一遍。这时，"乃觉热气缕缕然，穿喉入脑，自顶颠出，腾上如炊，逾数十刻许，魂乃离窍，忘躯壳矣"。依照汤聘的亲身体验，灵魂不但存在，而且是由下至上出窍的。

此时，作为游魂的他，只感到自己渺渺茫茫无有归宿，直飘到郊外的路上。经路边一位和尚指点，先到孔圣人那里销名，又到阴府帝君那里报到。阎罗帝君核对名册后对汤公说："你有一颗诚恳正直的心，一生做下许多善事，寿不该终，死期不到，阳寿还远（汝心诚正，亦复有生理）。"命他赶快去找观音菩萨帮忙尽快还魂。观音菩萨折了一根柳枝，又从瓶中倒出一点净水，用净水和泥，把泥拍附在汤公身上，令仙童把他送回，推着与他的尸体合为一体。于是已经在棺材里躺了七天的书生汤聘便又活了过来！

这显然是一个"游魂返体"的故事，一个产生于300多年前的传闻。事实的真假，已经无从核验。

与我同岁的陈兵先生[1]是四川大学的资深教授：他曾现身说法，在书

---

[1] 陈兵，1945年生于甘肃武山，1981年毕业于中国社会科学院宗教学系，获哲学硕士学位。1987年由中国社会科学院世界宗教所调入四川大学宗教学所任研究员、博导。长期从事佛教心理学研究，著有《佛教禅学与东方文明》《重读释迦牟尼》《生与死——佛教轮回说》等。

中记述下自己年轻时曾有过多次"灵魂脱体"的经验，每次都是被动发生的，多在躺下休息时，先听到一种好似佛经咒语的召唤，然后觉得自己的意识乘着一种能量从身体的某个部位挣脱游离于外。此时的"灵魂"能穿墙透壁，升于空中，还会见到一些亡故之人。最离奇的一次灵魂脱体经验，是在1974年农历四月初七傍晚，灵魂脱体后迅速飞升，看到了地球外"大香海"中的仙山和天宫。

陈先生是研究宗教的，他的这种体验一般人很少经历过，也许只不过是他研读佛经产生的幻觉。

关于"灵魂脱体"的现象，至今仍然受到人们的广泛关注，甚至成了当代医学与心理学的一门研究课题，美国内华达大学哲学教授雷蒙德·穆迪（Raymond A.Moody）采访了上百名被临床判为"死亡"却又活过来的人，在详细记述、分析他们的"濒死体验"的基础上出版了《死后的世界》一书。此书在全世界竟成为畅销书，我们国内也曾出版了不止一个版本。

尽管科学已经如此发达，仍然不能不说鬼魂之有无仍是一个悬疑的问题。

这也是可怜的祥林嫂当年问过鲁迅的问题。

四十上下的祥林嫂常年经受生活的折磨，头发已经全白，脸上瘦削不堪，黄中带黑，仿佛是木刻似的，只有那眼珠间或一轮，还可以表示她是一个活物。她一手提着竹篮，内中一个破碗；一手挂着一支比她更长的竹竿，分明已经纯乎是一个乞丐了。

"这正好，你是识字的，又是出门人，见识多。我正要问你一件事——一个人死了之后有没有魂灵？"

鲁迅写道：对于魂灵的有无，我自己是向来毫不介意的；但在此刻，想到这里的人照例相信鬼神，就回答她："也许有罢。"接着又吞吞

《聊斋全图》第十一册《凤阳士人》插图

吐吐地说："究竟有没有魂灵，我也说不清。"

就这样一个含混的回答，终于要了祥林嫂的命。

"究竟有没有魂灵？"这个"祥林嫂之问"绝非无足轻重，但它或许并不是一个科学领域的问题，而是一个心理学、心灵学中的问题。

或者依照我的说法，这是一个生态学的问题，尤其是一个精神生态领域的问题。

喜人谈鬼

　　"喜人谈鬼"是蒲松龄先生的夫子自道，翻译成白话就是：喜欢听人讲鬼故事。

　　或许正是由于这句话，引出一个广为流传的说法：山东淄川城东满家庄大路边柳荫下，一位 30 多岁的男子一大早就摆出个茶摊，每当行人路过，男子就会热情地邀请对方坐下来喝茶、抽烟。男子并不收取茶钱，唯一的要求就是请喝茶人讲故事，这个人就是蒲松龄。经年累月，积累了许多故事，经蒲松龄悉心记录整理，近 500 篇，这就是举世闻名的《聊斋志异》。

　　这故事编得活灵活现，而且有口皆碑，可惜并非事实，只不过是后来人的想当然。

　　《聊斋志异》的成书在蒲松龄三十至四十岁之间，这期间他到宝应县好友孙蕙那里做了一年幕友，回来后便常年在当地士绅家坐馆课徒，养活一家老小，同时还要复习功课准备应试，哪有空闲在村口路边摆茶摊!

蒲松龄曾在《聊斋志异》的自序中写道："才非干宝，雅爱搜神；情类黄州，喜人谈鬼。闻则命笔，遂以成篇。久之，四方同人，又以邮筒相寄，因而物以好聚，所积益夥。"

这里已经将《聊斋志异》一书素材的来源说得清清楚楚。

一是"雅爱搜神"，即来自读《搜神记》《博异志》《夷坚志》《酉阳杂俎》《太平广记》《野获编》《池北偶谈》等古今志异、志怪著述的启发与提示；

二是"喜人谈鬼"，即在日常生活中，从身边熟识的人或偶尔相遇的人那里听来的离奇古怪的故事与传说。据汪玢玲教授考证，此类内容在《聊斋志异》中占比重很大。如：从村民那里听来的《农人》《绩女》，从渔夫那里听来的《于子游》，从猎人那里听来的《竖牧》《砍蟒》，从女佣那里听来的《祝翁》，从亲友处听来的《考城隍》《狐梦》《上仙》《莲香》《鬼哭》，从官场听来的《胭脂》《折狱》《宅妖》《于中丞》等。

蒲松龄赴任宝应，船上旅人杂处，南北风俗各异，水上寂寞，鬼怪故事只要讲开了头，就会你讲他讲连缀不断，讲得人人心魂摇曳。

老朋友张笃庆曾多次在诗中提及蒲松龄自己喜欢讲鬼故事："谈空误入异坚志，说鬼时参猛虎行""说鬼谈空计上违，惊人遥念谢玄晖"，言外之意规劝他不该如此热衷于"说鬼谈空"贻误了自己的前程。

而他的前辈学人、当朝文坛领袖王士祯却对他讲的"鬼故事"赞不绝口，并为之题诗加以鼓励、宣扬。

第三种获取素材的方式是"邮筒相寄"，即远在四面八方的朋友们知道他酷爱收集木魅花妖、蛇神鬼狐故事，便时常将自己听到的鬼怪故事写信邮寄给他，日积月累也攒下许多。

　　由此看来，蒲松龄摆茶摊的故事为虚，而他喜欢听故事、喜欢讲故事的确是撰写《聊斋志异》的基础，是他辉煌文学成就的奠基石。

　　小说，就是讲故事，小说家一定是会讲故事的人。

　　古代阿拉伯国家的文学典籍就是一部故事集——《一千零一夜》。少女山鲁佐德为拯救无辜的女子们，持续上千个夜晚，用讲述故事制伏了残暴的国王。能让一个杀人如麻的大魔头放下屠刀认真听讲，并从此改恶从善，这些故事该多么离奇动听，多么引人入胜、扣人心弦。

　　莫言在瑞典诺贝尔文学奖的颁奖仪式上宣称："我的故乡曾出了一个讲故事的伟大天才蒲松龄，我们村里的许多人，包括我，都是他的传人。""我获奖后发生了很多精彩的故事，这些故事，让我坚信真理和正义是存在的。今后的岁月里，我将继续讲我的故事。"

　　讲故事能够如此打动人心，讲"鬼故事"就更能令人身临其境、情绪紧张。

　　蒲松龄最喜爱的、也最擅长的，便是讲"鬼故事"。

　　他的传人莫言好评如潮的长篇小说《生死疲劳》，在长达四十多万字的篇幅里，处处鬼气森森、鬼影幢幢。

　　我想起在蒲松龄去世后不到一百年，在地球北部遥远的东欧，也曾诞生一位"讲鬼故事"的天才：果戈理（1809—1852）。

　　现在的年轻人想象不到当年苏俄文学对中国文学界的影响：果戈理、普希金、高尔基、契诃夫、屠格涅夫、托尔斯泰、法捷耶夫、肖洛霍夫的书称霸书店、图书馆。像王蒙、张贤亮、张一弓、从维熙这些年长我一些的作家，都能有板有眼地唱几首俄罗斯民歌。

　　我是在上小学时接触到《聊斋志异》的。

　　而我结识果戈理，则是中学之后读了他的短篇小说集《狄康卡近乡夜话》。书，是由王元化先生的姻亲、著名俄国文学翻译家满涛先生翻译的。

果戈理出生于乌克兰农村，是一位虔诚的东正教教徒，也时常以"乡下人"自居。他从小喜爱家乡的民歌、民谣、民间传说和民间戏剧，是俄国自然主义文学的奠基人，又被誉为俄国小说创作之父。

在这部小说的开头，果戈理就以一个乡下养蜂人的口气对"夜话"做出解释：在我们乡下，世世相传有这么一种习惯，等到地里的农活一忙完，庄稼人爬到暖炕上歇冬，每当黄昏日落，大家就挤在一堆瞎聊天："我的天！他们讲的是些什么故事啊！打哪儿发掘出这些陈年古话啊！他们什么可怕的故事不讲啊！"

接着，果戈理在他的这本书里就给读者讲述了八个"鬼故事"。他还借书中人物之口描述了这些"鬼故事"令人惊悚的效果：

　　这些古老的鬼故事如此引人入胜，听了这些故事，你会觉得浑身冰凉，汗毛直竖。在昏暗的夜色里，眼睛里看到的什么东西都变成了魑魅魍魉的化身，放在枕头边的罩褂变成蜷缩在床上的魔鬼。你还敢到外边走动吗，那些孤魂野鬼就在你的四周游动。

　　尤其是那些女人，看她们被吓成什么样子！上了床之后躲在被窝里瑟瑟发抖，像发疟疾一样，恨不得连头带脚裹进被子里。这时只要有一只耗子抓了下瓦罐，或者自己的脚碰到烧火棍，就会吓得灵魂出窍、嗷嗷大叫。

类似的情境，莫言也曾不止一次讲到，那是在他的老家高密东北乡：

　　小时候家乡没有电，村子周围是一片荒原。夜晚听了许多鬼故事，巨大的恐惧就产生了。你总感觉周围产生了各种各样神秘的鬼物。走路的时候，你会感觉有一个声音在跟随着你。大树下、小河边、草丛里、坟堆旁、胡同拐角的地方，都暗藏着你从来没有见过的鬼怪。

小时候既怕又喜欢听这类鬼故事，越听越害怕，越害怕还越是要听。夜里憋了一泡尿也不敢起来到外边去撒，我们村里的孩子们十有八九都尿床！

"高密东北乡"与"狄康卡近乡"发生的情境竟如此相似。

还不止于此，类似的情境也发生在福克纳、马尔克斯的故乡。

"鬼故事"在蒲松龄、果戈理、福克纳、马尔克斯、莫言的文学创作生涯中发挥如此重大作用，理论家们曾试图运用原始思维、神话原型、集体无意识的理论加以解释，其理论繁琐不容我们这里多说。

在我们面前的一个现实问题是：随着科学技术的进步、人类社会的发展，传统文化中许多古老的事物在渐渐消失，其中就有"鬼故事"。

在城市的公寓楼里，孩子们做完繁重的作业后，就急不可待将全部身心投注到电子游戏中，谁还要听爷爷奶奶讲故事？

乡村也已经城市化，马路上、电灯下、电视机前，哪还有鬼怪藏身的地方？

电子游戏似乎正在成功地取代"临淄蒲家庄夜话""狄康卡近乡夜话"，一代青少年对于电子游戏的沉醉远远超出少年莫言对于"高密东北乡夜话"的迷恋，这究竟是福、是祸，尚且没有结论。

我只是觉得，往昔的"夜话"，是亲友邻里闲暇时间在柳荫井畔、豆架瓜庵、牛棚马厩聚集在一起的精神会餐、语言盛宴，其言说大多得自个人的身心体验。神也好，鬼也好，怪也好，魔也好，都与当时当地的自然环境、地方风俗、家族历史、个人阅历融合渗透在一起，拥有强烈的现场感、现实感。

　　在电子游戏中，一个孩子面对的只是一个孤立的电子屏幕，而实际上世界各国的千百万孩子在同一时间内面对的又不过是同一个屏幕，屏幕里的故事是技术人员按照一定的程序设置的，其中还包括教你如何竞技，如何晋级，让人上瘾、欲罢不能。

　　夜话、鬼故事内里的哲学是古老的万物有灵的自然主义。

　　电子游戏背后的理念是技术主义、消费主义。

　　你在这里没日没夜地打游戏，就一定有人在另一个地方乐滋滋地数钱。

人鬼情未了

2020 年夏天，新冠疫情稍为消停，郑州闹市的夜晚出现一位鬼影，引来万人围观。

马路边一位身着汉服、一头白发、满脸皱纹、面目沧桑、愁苦中夹带着慈悲、狞厉中掺和着无奈的老妪，在桥头慢吞吞地用一只木柄的勺子，给排成长队的男男女女舀汤喝。按照民间的说法，路是"黄泉路"、桥是"奈何桥"，汤是用"忘川水"熬制的"迷魂汤"，舀汤的老妪就是把守阴曹地府大门的女鬼孟婆。死去的人要到阴间报到，首先要经过孟婆这一关，喝一碗孟婆汤，生前的爱恨情仇、酸甜苦辣便统统遗忘、一笔勾销。

这本是一位生意人营销的噱头，却受到成千上万人的热捧，甚至有人从几百里的外地赶来，就是要一睹孟婆尊容，一饮孟婆之汤。

我着实感到有些怪异：生存的压力大，生活的烦恼多，然而尘世竟至于如此不值得留恋，纷纷前来讨一碗"鬼话"中的孟婆汤喝！

在现代都市，本来已经没有"鬼"的生存空间，一位装扮的鬼物竟然还能够产生如此的轰动效应，只能让人慨叹：人鬼情未了！

查一查人类的历史，鬼之于人，几乎如影相随。

考古发现，山顶洞人的原始墓葬就有向死者尸骨撒红色铁矿粉的习俗，那该是最初的祭祀活动。

法国人类学家列维-布留尔①考察过一些原始部落，他曾在他的《原始思维》一书中记载：在苏门答腊的某些部族里，人死后要在他的墓穴里放一壶水、一只鸡，三天之内家里人还要睡在坟墓旁边，陪伴死者的灵魂。

我曾在郑州北郊大河村仰韶文化遗址的墓葬中，看到一些用来收殓夭折儿童的尸骸的陶瓮，这些瓷棺外貌酷似男性生殖器，似乎意味着哪里来还会到哪里去。陶瓮棺留有孔洞，是为了让魂魄进出方便。大河村遗址中的墓葬一般是简陋的，但尸骨周围也不乏一些死者生前使用过的饰物和工具，以供死者在另一个世界里的生存之需。

在河南安阳殷墟出土的甲骨文里，已经有男鬼、女鬼、老鬼、新鬼的区分，而《楚辞》中的《国殇》《招魂》本就是祭祀雄鬼、冤魂的诗篇。在民间，上巳、清明、中元、寒衣一年之中的四个"鬼节"，始终把鬼与人的关系拴得紧紧的。

我小时候，家里的大人与周围的邻居都是相信有鬼的。东郊荒野里的石坊院是一座寄存客死他乡灵柩的破庙，王大娘就曾经在那里遭遇"鬼打墙"，走了一夜都没有走出那片坟场；西门外的沙丘是处决犯人的刑场，张大伯经过那里时曾经看到过"无头鬼"。

---

① 吕西安·列维-布留尔（Lucién lévy-Brühl，1857—1939）法国人类学家、哲学家。曾任巴黎大学教授和民族志研究所所长，一生致力于原始思维方式的研究。著有《原始人的心灵》《原始人的灵魂》《原始思维》等。

　　我们的那条小街上死了人，有一个恐怖的环节叫"出殃"，即送别亲人的幽灵离开家室前往阴曹报到，不情愿离去的还要由鬼卒强行押送，屋里的地面上就会留下绳索、铁链拖拉的印痕。

　　也还有一个温馨的场面叫"送盘缠"，即埋葬死者的前一天夜晚，挚爱亲朋要捧着死者的牌位，随着咚咚的鼓声、哀哀的哭声列队前往一个十字路口，焚烧纸车纸马、金银冥币、烧酒面食饯别死者的鬼魂上路。

　　许多年以前，我的老祖母去世的时候，丧葬仪式皆由我婶婶主张，她长年生活在我们老家兰封县偏远的农村，对丧事中的种种繁缛的规矩了如指掌。其中一道叫作"躲钉"的仪式至今给我留下清晰的印象：将要出殡的时候，祖母的棺木被抬到院子里。烧过"倒头纸"，棺盖被再次打开，让亲人最后看一眼死者的遗容。只见老祖母神色安详地躺在窄窄的棺材中，如沉睡一般。这时婶婶告诫大家都不许哭，更不能把眼泪滴到棺材里面，那样会引起死者的不安，于是我们全都小心地抑制住悲哀。当大家仍在恋恋不舍的时候，几位雇来帮忙的民工便把厚重的棺盖严严地合上，然后一手持着七寸长的铁钉，一手举起板斧，使劲钉将起来。这时，婶婶让大家一起提醒棺材里的祖母注意"躲钉"，于是祖母的闺女、女婿、儿子、媳妇、孙子、孙女便一起失声哭喊起来，"妈，您躲钉！""奶奶，您躲钉！"在斧头乒乒咚咚的钝响与众人撕心裂肺的哭叫声中，我仿佛看到棺材里的老祖母突然又活了起来，艰难地在那个狭窄的空间里扭动着身子，躲闪那透过棺木钉过来的七寸长的明晃晃的铁钉！"躲钉"仪式显然是虚拟的、象征性的，但它仍然给了我心灵上如此巨大的震动。

　　列维-布留尔也曾研究过许多中国古代与民间的葬仪，并得出在现实生活中人的存在与鬼魂的存在是"互渗"的，人中有鬼，鬼中有人，交相辉映，方才形成世界上丰富多彩的精神生活。

虽然世界上各个国家都有许多关于鬼的故事，但中国的鬼故事似乎特别多，特别精彩。其中鬼故事讲得最多、最好的应属蒲松龄先生。《聊斋志异》中的领衔主角，除了狐狸，就是鬼魂。《聊斋》因此又被叫作《鬼狐传》。

在蒲松龄的笔下，为何聚集了这么多鬼魂？男鬼、女鬼、善鬼、恶鬼、雄鬼、侠鬼、怨鬼、冤鬼、吊死鬼、淹死鬼、枉死鬼……而且与常人对于鬼的印象不同，他笔下的鬼多半是"好鬼"——仁义、良善、勇敢、多情的鬼。

人死为鬼，鬼总是与死人相关。大量死人总是发生在饥荒、战火、瘟疫蔓延的时代。"千村薜荔人遗矢，万户萧疏鬼唱歌"是当代诗人对瘟疫流行景象的描述；"君不见，青海头，古来白骨无人收。新鬼烦冤旧鬼哭，天阴雨湿声啾啾"是古代诗人对战争惨状的写照。

历史学家许倬云曾提及自己在抗日战争中亲历的"活见鬼"：那是在1938年夏天，日军飞机轰炸万县城，全城三分之二的房屋化为瓦砾，中国军民死难无数。无家可归的民众只得露宿路边空地，夜半时分忽然全城惊起，夜雾中隐约看见无数断头、缺肢、浑身血污的国军将士的鬼魂列队走过，时人谓之"过阴兵"！

江西庐山市，在抵抗日军进攻武汉的阻击战中是主战场，战斗异常激烈，敌我双方伤亡惨重。当地百姓更是遭受无辜荼毒，不少农户一家老幼被砍尽杀绝。时过半个多世纪，当地居民传说夜晚月亮西沉的时候，会看到一排排穿着白衣的无头鬼在云间徘徊。不久前，当地万杉古寺的住持能行大和尚还曾特地举办盛大水陆道场，超度亡灵、化解宿怨、祈祷众生平安。

就在日本帝国主义入侵中国制造人间惨剧的300年前，中国的大中原地区也曾上演惨绝人寰的一幕，那就是明清易代、王朝鼎革之际的连年战乱。

开始是以李自成、张献忠为首的农民起义军对明王朝的颠覆，同时引来清朝贵族集团的铁骑挥师南下。明军、清军、农民军加上趁乱揭竿而起的土匪、临时组织起来保家护土的民团，你杀过来，我杀过去，直杀得尸横遍野、天昏地暗。

1640 年春，清军铁骑南下山东，势如破竹，攻克济南，连破高唐、历城、泰安，俘获人畜 40 余万，掠取黄金白银 98 万两，斩杀总兵、守备以上官员百人，生擒明王朝宗室多人。济南城伏尸十三万具。

1647 年，乱军围攻蒲松龄的家乡淄川县，蒲松龄的父亲蒲槃率族人奋起抗敌。激战之中，叔父蒲柷死于阵前，堂兄蒲兆兴为奸细出卖被害。

蒲公童年时代的伙伴张笃庆晚年在自撰年谱中回忆当年的惨况时写道："余虽童騃，往往从戟林剑树中见死人枕藉，血流满庭。"蒲松龄自己在书中也曾提及发生在自己家门前的这场攻防战：

> 城破兵入，扫荡群丑，尸填墀，血至充门而流。公入城，扛尸涤血而居，往往白昼见鬼，夜则床下磷飞，墙角鬼哭。

如前所述，在《聊斋》一书中时常会看到蒲松龄对于家乡一带战争惨状的记述。

早先，有一位对中国当代作家产生过重大影响的作家巴乌斯托夫斯基曾经说过："如果一个人在悠长而严肃的岁月中，仍然没有失去他童年时代的记忆，那他就有可能成为一位诗人或者是作家。"

童年的记忆为蒲松龄的创作积累了宝贵而丰富的素材。成年之后，蒲松龄曾去到宝应县，协助在那里任知县的挚友孙蕙做些文秘工作。宝应县距离扬州不过 100 公里，而此时离"扬州屠城"才不过 20 来年。

扬州在激烈抵抗清兵失败之后，遭到清兵的血腥报复。清兵屠戮劫掠十日不封刀，扬州城内"城中积尸如乱麻""堆尸贮积，手足相枕，血入水碧赭，化为五色，塘为之平"。扬州居民几乎全部惨遭屠杀，仅被和尚收殓的尸体就数十万具，其中还不包括落井投河、闭户自焚及上吊自缢的人，锦绣扬州此时已经沦为一片废墟、一座鬼城。

据专家考据，蒲松龄就是在宝应生活期间开始了《聊斋志异》的写作的，这一年他 31 岁。

文学总是时代的写照，参照蒲松龄生活的时代与环境，我们大概可以明白《聊斋志异》中为什么写了那么多的"鬼"。至于为什么又多半是"好鬼"，这也不难解释，因为战乱中死去的冤魂孤鬼原本大多都是善良无辜的百姓！

在蒲松龄青少年时代，战乱频仍，生灵涂炭。杀人致死者多是手握大权的强梁，死于非命者多是善良无辜的百姓。蒲松龄的同情显然给了后者，于是在他的书中就呈现出"牛鬼蛇神比正人君子更可爱"的独特景象。

《聊斋志异》成书后，蒲松龄在为该书撰写的序言中对于写作的初衷有所交代：

> 披萝带荔，三闾氏感而为骚；牛鬼蛇神，长爪郎吟而成癖。自鸣天籁，不择好音，有由然矣。松，落落秋萤之火，魑魅争光；逐逐野马之尘，魍魉见笑。才非干宝，雅爱搜神；情类黄州，喜人谈鬼。闻则命笔，遂以成编。

　　开篇寥寥数语，已经满纸鬼影幢幢。三闾大夫屈原、长爪郎李贺都是写鬼的妙手；牛鬼蛇神、魑魅魍魉皆是鬼界的要员。在这里，蒲松龄还带几分自得的神情将创作《搜神记》的干宝、善写悼亡诗的苏轼引为同好。

　　《聊斋志异》面世后广为传抄，不翼而飞，好评如潮。淄川乡贤、退休的吏部侍郎高珩著文称赞他写了这么多的"佳鬼""佳狐"，为"魍魉"树碑立传、流芳于世，是不朽之功业。

　　《聊斋志异》还受到本朝文坛领袖、翰林院侍读、国子监祭酒王士禛的激赏，以至秉烛夜读，留恋不已，并于书后题诗："料应厌作人间语，爱听秋坟鬼唱诗。"

　　看来这位康熙皇帝的近臣、大清王朝的"国立大学校长"，竟也是一位喜爱看鬼故事、喜欢听鬼唱歌的"蒲粉"。

雅是情种

十多年前，明代戏剧家汤显祖的《牡丹亭》被白先勇改编为"青春版"，在苏州连演三个晚上。那时我正在苏州大学教书，亲眼看到舞台上杜丽娘、柳梦梅情天恨海的生死恋，感动了无数青年男女学生。

汤显祖是一位"唯情主义者"，放着冠冕堂皇的京官不做，整日沉湎在登山临水、吟风弄月之中，终于被万历皇帝流放到雷州半岛喝凉风、看月亮去了。《牡丹亭》却为他挣得一个千古"情种"的美名。

无独有偶，许多年过去，当清初文坛领袖王渔洋读了蒲松龄的《连城》后，忍不住击节赞赏："雅是情种，不意《牡丹亭》后，复有此人！"

翻译成现代白话："真是个情种，想不到《牡丹亭》后又冒出个蒲松龄！"

在人们的印象里，曹雪芹同情女性、尊重女性、亲近女性、理解女性、赞美女性，该是与小说中贾宝玉一样的男人，一位暖男，一位情种。

对于蒲松龄，人们历来的印象则是一位乡村学究，一位科场失意的文人，一位愤世嫉俗的小说家。

　　蒲松龄留下的生平资料很完备，甚至还留下一幅著名画师朱湘鳞为他精心绘制的写真：老成持重、满面沧桑，像一位村口摆摊卖茶的老大爷。这副尊容，似乎无论如何也与"情种"不搭界。

　　但别忘了，那画的是年过古稀的蒲松龄，他可是也曾年轻过的！

　　蒲松龄早在四十多岁的时候就已经完成《聊斋志异》的总体写作。

　　三四十岁的男人正是精力旺盛、精神饱满、血气方刚、风华正茂的生命阶段，即所谓"熟男"。这个时期的蒲松龄呕心沥血、吐纳珠玉塑造了上百位女性形象，这些女性或美丽娇艳，或雍容端庄，或温良贤淑，或坚毅果敢，或天真无邪，或智慧狡黠，或行侠仗义，或救危扶困，全都活灵活现、栩栩如生。女性在他心目中如此的美好，往往好过男性。

　　女人是男人的镜子。一个男人的品貌德行如何，从他对待女性的态度可以显现出来。

　　蒲松龄能够在笔下创造出如此众多的、美好的女性形象，前提自然是对女性的尊重、理解、同情与爱怜。

　　蒲松龄自己说他是一个不善言谈的"傻大个"，该是自谦、自贬之语。我推测，年轻时的蒲松龄应是一位齐鲁大地上的俊朗男子，一位心地善良、感情细腻、克己谦和、不事张扬的好男人，一位外表朴讷、内涵丰蕴、善于自嘲、不乏幽默的知识人。

　　对照《聊斋志异》中对于男女情爱大量的、细致的描写，我相信蒲松龄与汤显祖、曹雪芹一样，也是一位天生的暖男、情种。

　　比起世家子汤显祖、曹雪芹，他性情中多出来的是乡下人的质朴与醇厚。

　　按照弗洛伊德的理论，情欲本是一切有生之物生命活动的原动力、

《聊斋全图》第二十三册《苗生》插图

内驱力，孔雀的华丽羽毛、玫瑰的鲜艳芬芳、蟋蟀的浅吟低唱无不是
为了性的吸引、性的结合。对于人类来说，文学、绘画、音乐、舞蹈，
究其原发处也是人类性欲的升华，是自然力向着社会生活、精神空间
的升腾超越。

　　记得还是弗洛伊德说的，从性心理学的意义上讲：一位优秀的作家、
诗人要具备三个条件：一、充沛的性能量；二、不拘泥于社会成规戒
律的束缚；三、过人的审美升华能力。

　　对此，郑州大学文艺心理学教授张月在他出版的书中曾举例说：
列夫·托尔斯泰是俄罗斯文学大师，曾创作出《战争与和平》《安娜·卡
列尼娜》《复活》等堪称伟大的文学作品，但其个人生活很是放纵，
而且屡教不改。他有志做个圣人，却对女人的肌肤、女人的气息、女
人的美艳、女人的风情贪得无厌，甚至不顾贵族的体面出入花街柳巷。
他在 34 岁时娶回沙皇御医 18 岁的女儿，让她持续不停地生下 13 个
孩子。

　　至于蒲松龄个人的感情生活，或曰私生活，我们知之甚少。对于
他生活中的女性，人们也知之不多。

　　蒲松龄的父亲蒲槃，上有一姐，下有二妹，即蒲松龄有三位姑母。
父亲有一妻两妾，蒲松龄除了自己的嫡母董老夫人，还有两位庶母李氏、
孙氏。董老夫人作为正妻，对待两位偏房倒是十分宽厚、友善，视庶
子如己出，展现出旧时家庭的理想境界。

　　蒲家贫穷，却与较为富有的刘家结为儿女亲家。这位刘家二小姐
13 岁时为逃避朝廷征选秀女在董老夫人庇护下曾寄住在蒲家，松龄时
年 15，这对少男少女在情窦初开时便已经有所接触。两年后，两人举
办婚礼正式结为夫妇，丈夫 17 岁，妻子 15 岁，真真的"少年夫妻"，
早早地享受到鸾凤和鸣的幸福生活，这让如今的大龄男女情何以堪！

婚后，夫妻恩爱情深，40岁前便生育一女三男。刘氏女生性贤淑，操持家务，孝敬公婆，任劳任怨，对丈夫关心体贴，无微不至，亲友馈赠的美味佳肴，自己舍不得吃，留给出门在外的丈夫，留来留去，往往食物发了霉！

妻子贤惠，而蒲松龄的两个嫂嫂却自私狭隘、凶悍跋扈、挑三拨四、浑不讲理，家族的正常生活难以为继，只好分而治之。说是分家，蒲松龄一家数口几乎是被逐出家门。《聊斋志异》中的刁婆悍妇形象或许就有他二位嫂嫂的身影。

松龄有一妹，遇人不淑，丈夫是一个嗜赌滥饮的浪荡子，动辄家庭施暴，被蒲松龄斥为豺狼鹰犬一类的恶人。蒲家无权无势，徒叹奈何！在《聊斋志异》中，也时而会看到此类恶人出没。

除了上述家族女性，与蒲松龄关系密切的还有哪些女人？

从当代研究者挖掘出来的有限资料看，在婚姻之外有两位年轻女性曾经出现在蒲松龄的生活中，并对他的一生产生了重大影响。由于资料实在欠缺，一些研究文章在我看来不过是捕风捉影的臆测或一厢情愿的勾兑。

这里，我希望谨慎地做最低限度的指认。

其中一位名叫顾青霞，原名顾粲可，小名可儿，少年时沦为歌妓。蒲松龄31岁时应好友孙蕙之邀到宝应县衙做幕宾，相当于现在的文书、秘书，一共待了年余时间。这孙蕙是宝应县的最高首长，他诗书满腹、为官干练，但又风流倜傥、喜欢显摆，是当地风月场里的常客。由于是多年老友，孙蕙对松龄并不见外，吃花酒、听艳曲、狎妓冶游、逢场作戏也总是同出同入，蒲松龄应该就是这时结识的顾青霞。

在孙蕙的生日宴会上，年方15岁的少女顾青霞被请来以歌舞助兴，事后蒲松龄在《赠妓》诗中写道："银烛烧残饮未休，红牙催拍唱《伊州》。

灯前色授魂相与，醉眼横波娇欲流。"内向而又多情的蒲松龄初见青霞，似乎就已经有些魂不守舍了！

顾青霞正值豆蔻年华，姿色姣好，能歌善舞，性情温婉，尤其还能诗善文，蒲松龄一见倾心，萦情于怀。而风流成性的孙蕙捷足先登竟将顾青霞收为小妾，纳入县衙。

以我的猜想，此时的松龄难免失落，但宽厚的他也会为顾青霞跳出污池、为朋友迎回美人而庆幸。庆幸之余，仍不免会有几分惆怅。就是在这种心情下，蒲松龄为顾青霞写了不少诗词，不少艳丽的诗词。随着岁月的流逝，这些几经整理编纂的诗篇已经难以查核具体的时间与场景，但毕竟这些诗歌还在。

青霞喜欢诗歌，他曾为顾青霞选编过唐诗教材。顾青霞吟诗，在松龄听来犹如黄鹂鸣柳："曼声发娇吟，入耳沁心脾。如披三月柳，斗酒听黄鹂。"可谓诗国知音。

在《为青霞选唐诗绝句百首》中，蒲松龄写道："为选香奁诗百首，篇篇音调麝兰馨。莺吭嚦出真双绝，喜付可儿吟与听。"在老师这里，学生青霞的称呼已经变为亲昵的"可儿"，交情又深了一步。

散曲《西施三叠》似为游戏笔墨，实为小姑娘青霞悉心绘出的画像，色彩浓郁，尚多出几分香艳：

> 秀娟娟，绿珠十二貌如仙。么凤初罗，翅粉未曾干。短发覆秀肩，海棠睡起柳新眠。分明月窟雏伎，一朝活谪在人间。细臂半握，影同燕子翩跹。又芳心自爱，初学傅粉，才束双弯。那更笑处嫣然，娇痴尤甚，贪耍晚妆残。晴窗下，轻舒玉腕，仿写云烟。听吟声呖呖，玉碎珠圆，慧意早辨媸妍，唐人百首，独爱龙标《西宫春怨》一篇。万唤才能至，庄容伫立，斜睨画帘。时教吟诗向客，音未响，

羞晕上朱颜。忆得颤颤如花，亭亭似柳，嘿嘿情无限。恨狂客兜搭千千遍，垂粉颈，绣带常拈。数岁来，未领神仙班，又不识怎样胜当年？赵家姊妹道：厮妮子，我见犹怜！

一年后，蒲松龄离开宝应回到淄川，依然牵挂顾青霞，曾多次写诗嘱咐孙蕙关爱青霞。究其根由，只能揣测了：这时，风流成性的孙大官人也许已经移情别恋，冷落了顾青霞，遂激起松龄的怜花惜玉之心。求告一位男人尽心爱惜自己深爱的女人，这在恋爱的逻辑上多少有些悖谬，然而这恰恰体现了松龄对青霞诚挚、炽热的爱。

再后来，孙蕙升职到京城做大官去了，孙大官人有了新欢，甚至是成群的新欢，却把顾青霞遣返淄川老家的奎山村。这时的顾青霞也不过二十几岁，落了个独守空房，终日以泪洗面。

按说，同在一县生活的蒲松龄这时应该有了与顾青霞更多、更方便的接触的机会，况且孙蕙已先青霞辞世。然而，后世的研究者们并没有发现任何相关的记述。康熙二十七年（1688）顾青霞香消玉殒，终年三十二岁。

这一年，蒲松龄四十九岁，倒是留下了一篇无限感伤悲催的悼亡诗：《伤顾青霞》：

吟声仿佛耳中存，
无复笙歌望墓门。
燕子楼中遗剩粉，
牡丹亭下吊香魂。

十七年前宝应县衙内春花秋月、吟诗唱歌的情境仍然历历在目，如今与心爱的女人已经阴阳两隔！

失落的爱情在心头留下的心灵创伤，往往比美满婚姻的记忆更加深刻持久。有学者统计，蒲松龄一生留下的诗作中，写给顾青霞的比写给妻子的要多。《聊斋》中的许多最感人的篇章，如《娇娜》《婴宁》《连城》《连琐》《白秋练》都可以窥见顾青霞的蛛丝马迹。

两个有情人究竟还有没有更深一层的关系？

蒲松龄的诗集中还有一篇《为友人写梦八十韵》，细致入微地描述了一对恋人幽会的场景，缠绵悱恻，隐匿若藏，近乎私密的"一夜情"，摘句如下：

> 帐悬双翡翠，枕贴两鸳鸯。
> 鬓松遗彩钿，衾乱失银珰。
> 巫峡深如许，阳台夜未央。
> 惜别留三弄，招魂赋九章。
> 去去星河隔，行行牛女望。
> 晚亭萤上下，宿草径微茫。

此诗特地冠以"为友人写梦"的篇名，似乎是有意遮掩。有为人代劳的，有为人受过的，未曾听说有代他人做梦的。

那么，这首诗究竟写在哪年哪月？诗人自己后来的标记并不完全可靠；诗中情景完全是诗人的虚构想象，还是亲身经历？恐怕以后也很难考证了。

如果是诗人亲历，那么幽会的这位女主角又是谁？总不会是自己的太太刘女士吧。

传闻中的另一位女性叫陈淑卿，她是蒲松龄的朋友王敏入的妻子，蒲松龄曾经为她写过一篇声情并茂的文章：《陈淑卿小像题辞》。

王敏入，字子逊，号梓岩，多才多艺，早年得中秀才，比蒲松龄大十几岁，也算是地方上的名人。明清易代之际的社会动乱中，王敏入与一位叫陈淑卿的女孩子出生入死、身历数劫、受尽磨难后最终结为夫妻，而陈淑卿却不幸早夭。蒲松龄在这篇骈文中记述了这对苦难鸳鸯的悲惨遭遇，并投注了无限的同情与哀伤。

蒲松龄写作这篇文章是受朋友王敏入所托，抑或自己有感而发，已经无可查证，这并不影响这篇文章的文学价值。

但是，由于这篇文章中陈述的情节与《淄川县志·人物志》中记载的事实并不完全一致，于是有学者竟浮想联翩，将陈淑卿说成是蒲松龄的情人，甚至是"第二位妻子"，把一盆清水搅成了浑水。

故事的梗概大致如下：

明末淄川一带外敌入侵、流寇作乱，杀人如麻。少年王敏入、陈淑卿也随同众人逃往山林。黄昏时，乱兵向人群射箭，不少人中箭而死，陈淑卿见王敏入身穿白衣目标明显，就脱下自己的青衣覆在敏入身上保住了他的性命。二人因此生情，于兵荒马乱中未婚同居：

> 倥偬搭面，送神女于巫山；仓猝催妆，迎天孙于鹊渡。片时荒会，遂共流离；一点雏龄，便知恩爱。寄八禩之襟带，不为秋寒；脱半臂之锦绔，非怜夜冷。

不料二人返回家乡后，淑卿却被安上"因乱成婚，为欢废礼"有失女德妇道的罪名，被公婆驱赶出家门。淑卿受此凌辱身心交瘁，多亏敏入不弃不离，仍然与淑卿时时暗中幽会，互通款曲。蒲松龄在文章中写道：

> 青鸟衔书，频频而通好信；红袗系线，依依而返旧庐……红
> 豆之根不死，为郎宵奔；乌臼之鸟无情，催侬夜去。

不幸的是，陈淑卿年纪轻轻竟撒手人寰，有情人偏偏遭遇冷酷无
情的命运。斯人已逝，苟活的敏人却陷入茫茫无期的悲怨之中：

> 香奁剩粉，飘残并蒂之枝；罗袜遗钩，凄绝断肠之草！半杯
> 浆水，呼小岁之儿名；一树桃花，想当年之人面。

按照常理，《陈淑卿小像题辞》应该是在淑卿辞世后，敏人请求
好友松龄为之代笔的。

有人会觉得奇怪：代笔也能写得如此动情？死去的既不是自己的
情人，又不是自己的老婆，干嘛如此掏心掏肺、肝肠寸断？

因此，我们的有些学者就认定作者必定"别有用心"，实则是偷
梁换柱悼念自己的某个女人。

这真是小觑了蒲松龄。

我倒是认为蒲松龄深情哀悼朋友亡妻的举止不但是可信的，也是
可贵的，恰恰表现出一位真男子的胸襟怀抱。

这里让我插进《晋书》中的一个故事：阮籍邻家的一位闺女长得
美丽动人，未嫁身亡。阮籍与她家无亲无故，甚至也不曾和这女孩说
过一句话，俗谓"八竿子打不着"，却来到女孩的灵前大哭一场，"尽
哀而还"。这一举动很有些惊世骇俗，史家对阮籍的评价是"其外坦荡，
其内醇厚"。

阮籍在哭什么？他是为一条年轻生命的消失、为一位美丽女性的
早夭感伤。与蒲松龄哭陈淑卿一样，这是一种天地间醇厚的大爱。

　　当代哲学大师马尔库塞①说: 由生物性的性欲演进到人类的爱欲, 这爱欲就不再局限于男女之间的私情, 也不再局限于家族、家庭的血统之爱, 而是扩展到对世间所有人的爱、对自然万物的爱, 即所谓大爱无疆。

　　由此观之, 蒲松龄和阮籍、汤显祖、曹雪芹一样, 才真正是天地间的"情种", 人世间的"暖男"。

---

　① ［美］赫伯特·马尔库塞（Herbert Marcuse, 1898—1979）, 德裔美籍哲学家和社会理论家, 西方马克思主义思想家, 新左派的重要代表人物。著有《爱欲与文明》《审美之维》《单向度的人》。

情色与爱欲

　　六十年前，我还在开封一高上中学，学校那时在东司门，距离书店街很近。穷学生逛书店，总是看得多，买得少。记得有一个月省吃俭用买下两本书，一本是唐弢的《燕雏集》，一本是黄秋耘的《古今集》，两位文学评论家的文字风格就成了我日后从事这一行当的底色，真是一生受用不尽。

　　日前整理旧书，发现《古今集》仍在，而且其中竟有一篇评论《聊斋志异》的文章《寒夜读聊斋》，其中谈到蒲松龄笔下情色与爱欲的描写。

　　书中说道：《聊斋志异》最令人击节赞赏之处，就是作者能够用寥寥几笔，就活灵活现地勾勒出一幅幅人情世态的速写画。特别是在一些恋爱故事中，往往借助于人物的一两个小动作或者一两句随随便便的谈话，就把小儿女初恋时缠缠绵绵的心情神态，抒写得细腻入微，淋漓尽致。例如，在《阿绣》中写少年刘子固暗恋杂货肆中的少女，暗藏少女的舌痕、唾迹：

　　临行所市物，女以纸代裹完好，已而以舌舐黏之，刘怀归，不敢复动，恐乱其舌痕也。积半月，为仆所窥，阴与舅力要之归，意惓惓不自得，以所市香帕脂粉等类，密置一箧，无人时，辄阖户自检一过，触类凝思。

　　记得郁达夫小说中有类似的情节：一位抑郁内向的男青年钟情杂货铺的少女，情不自禁，到少女那里买了一根针，回来后想着针上留有少女的芳泽，用那针在手指上刺出一个血珠。

　　蒲松龄与郁达夫的这些描写几乎没有出现与性直接相关的用语，然而，性欲、情色、爱意、思恋充盈纸上，实乃书写情与爱的高手。

　　黄秋耘书中接着又举出一例，蒲松龄在《王桂庵》中，写王桂庵追求邻舟的姑娘：

　　王樨，字桂庵，大名世家子。适南游，泊舟江岸。邻舟有榜人女，绣履其中，风姿韵绝。王窥瞻既久，女若不觉。王朗吟"洛阳女儿对门居"，故使女闻。女似解其为己者，略举首以斜瞬之，俯首绣如故。王神志益驰，以金锭一枚遥投之，堕女襟上；女拾弃之，若不知为金也者。

　　金落岸边，王拾归，益怪之，又以金钏掷之，堕足下，女操业不顾。无何，榜人自他归。王恐其见钏研诘，心急甚；女从容以双钩覆蔽之。

　　榜人解缆，顺流径去。王心情丧惘，痴坐凝思。

　　这简直就是一段教科书级的"撩妹"文字。世家公子的情急、情痴，渔家女儿的善良、聪慧，丝丝入扣、细致入微。

性爱，是文学的永恒主题，性与爱的描写在全世界的文学江湖中铺天盖地，其真假良莠、优劣高下如何区分，历来是文学评论家的一个难题。

米歇尔·福柯[1]曾故作骇人语：与"性"的小秘密相比，世界上所有的谜对我们而言都变得微不足道！

性，看来明明白白，实际上竟如此深奥吗？

记得二十世纪八十年代在舟山群岛的一次笔会上，我曾经就性的描写讨教大作家王蒙先生，他也只是说：有些人可以写得很露，但你并不觉得淫秽；有些写得掩掩遮遮、吞吞吐吐，给人的感觉却很是卑污、猥琐。大意如此。

《聊斋志异》中有些写情爱的文字也是很"露"的，如《巧娘》中的一些情节与细节。

广东一家绅士的儿子名叫傅廉，已经十七岁了，长得聪明俊秀，却是"天阉"，天生的性无能，远近的人们都知道，没有人家愿意把女儿嫁给他。傅廉因为逃学流落到荒郊野外，遇到妙龄女鬼巧娘一见钟情。巧娘邀其上床共度春宵，尴尬事随之发生：

> 室惟一榻，命婢展两被其上。生自惭形秽，愿在下床。女笑曰："佳客相逢，女元龙何敢高卧？"生不得已遂与共榻，而惶恐不敢自舒。未几，女暗中以纤手探入，轻捻胫股。生伪寐，若不觉知。又未几，启衾入，摇生，迄不动。女便下探隐处，乃停手怅然，悄悄出衾去，俄闻哭声。生惶愧无以自容，恨天公之缺陷而已。

---

[1]　米歇尔·福柯（Michel Foucault，1926—1984），法国哲学家、历史学家、社会思想家，法兰西学院教授。著有《疯癫与文明》《性史》《规训与惩罚》《知识考古学》等，被誉为法国当代最光彩夺目的知识分子。

哭声惊动了老狐狸精华姑，问巧娘哭什么。巧娘说活着的时候嫁的丈夫是"天阉"，死后做了鬼找的情人又是"天阉"，自己好命苦！华姑急人之难，说我来看看吧。

> 遂导生入东厢，探手于裤而验之，笑曰："无怪巧娘零涕。然幸有根蒂，犹可为力。"挑灯遍翻箱簏，得黑丸，授生，令即吞下，秘嘱勿吪，乃出。生独卧筹思，不知药医何症。比五更初醒，觉脐下热气一缕，直冲隐处，蠕蠕然似有物垂股际；自探之，身已伟男。心惊喜，如乍膺九锡。

少年傅廉恢复了性功能，简直比受了皇帝的封赏还高兴。接着自然是云雨再试，双双皆称心如意。

明代后期，朝野淫风泛滥，才有《金瓶梅》问世，虽属文学名著，仍不免深涉淫滥。

《巧娘》故事情节曲折萦回，文势抑扬顿挫，人物形象栩栩如生，是《聊斋志异》一书佳篇中的佳篇，性爱描写偶有"露点"。然而纵观全篇，性里存性情，欲中显爱意，好色而不失之淫，俗而不失其雅，这不只是文字的功夫，还应该基于作家的人格与价值观。

性欲，是生物界的原始生命力，是人与人之间最自然的关系。但随着人类社会的"发展进步"，有关性的问题变得越来越复杂，莎丽·海特①200余万字的《性学报告》也不过是人类性行为的冰山一角。

原本最"自然"的关系已经变得最不自然，其中固然有自然的升华，

---

① 莎丽·海特（Shali Haite），美国当代杰出的性社会学家和历史学家，本世纪对于性学研究做出最大贡献的学者之一，曾主持全美规模的性社会学问卷调查。

同时也有自然的沉沦。

表现在文学艺术创造领域，就出现了"性欲"与"爱欲"、"色情"与"情色"的不同说法。

当代心理学家罗洛·梅①曾经对"性欲""爱欲"做出学理上的区分，他认为：性欲可以用生理学的术语来定义，主要是身体里生物本能紧张程度的增加与释放；而爱欲则不同，他是性行为的意义的体验，不仅是神经生理学方面，而且还属于美学与伦理学领域。

爱欲当然不会绝缘于性欲。如果说性欲是生命的原动力，而爱欲却掌握着方向盘。性欲是从后边推着我们，而爱欲则是在前面拉着我们。

他遵循弗洛伊德的说法，爱欲是性欲的升华，将生物性的能量转化为精神性的能量，为人类行为开辟出新的空间。爱欲可以激发人的求知欲、创造欲，成为孕育文学家、艺术家、发明家的温床。爱欲促成美德，引导人们追求高尚。

爱欲，是性欲的形而上层面。

而性欲则是一种生理学意义上的与"器官肿胀"相关的操作，目的很单纯，即达到"高潮"。

"爱欲"则不然，"相见时难别亦难，东风无力百花残。春蚕到死丝方尽，蜡炬成灰泪始干"。这是唐代李商隐的诗，写尽男女间的缠绵悱恻、忠贞不渝。

至于"色情"与"情色"，在文学艺术创作领域，情色常常被认为是健康的，可接受的，而色情则往往被认为是淫秽的，不健康的。学界有人如此区分：色情往往是缺乏情感交流的，利用人类的原始欲

---

① 罗洛·梅（Rollo May，1909—1994），美国人本主义心理学创建者之一，著名存在心理学家和心理治疗学家，著有《存在主义心理学》《爱与意志》等。

望卖弄技巧、吸引读者或观众；而情色虽然也总是要立足于性爱，但最终还要表现出性欲之外的心灵活动、道德追求、审美趣味。

对照前边关于"性欲"与"爱欲"的区分，再来甄别"色情"与"情色"可能就会显得较为容易些。

蒲松龄于 1715 年辞世，他身后的三百年，正是西方世界由中世纪转向现代工业社会发展过渡的三百年。中国社会现代化的进程起步晚，但在最后的一百年已经尾随赶上。

时代发生了天翻地覆的变化，两性关系比起蒲松龄生活的时代无疑也已经发生了巨大变化。可惜，变化给当代人带来的并不都是理想的、美好的。

忘不了于坚的一首小诗，大意是早年的青年男女谈恋爱，总是会选择月光下、小溪边、树林里、草地上，微拂的清风、神秘的星空，两性间荷尔蒙的吸引在略带神秘的自然环境中自然地进入诗的意境。如今，由于生态环境的恶化，空气变得浑浊，溪水散发出恶臭，星月被雾霾掩去，甚至树林、草地也已经被房地产商铺上钢筋水泥！原来的爱欲乃至性欲还能够正常发挥吗？

恋爱开始进入工业时代、高科技时代。

不少青年男女谈情说爱的场所变成在汽车里，戏谑的叫法为"车震"。

凑巧，马尔库塞对"在草地上做爱与在汽车里做爱"有过一段高论：在草地上做爱与在汽车里做爱不同。前者，环境分担并引起性亢奋，而且势必被赋予爱欲特征，这是一个不受压抑的升华过程。与此相对，机械化的环境却阻止力比多自我超越。由于在扩大满足爱欲的领域方面受到强制，力比多超越狭隘性行为的能力和"多样性"变得愈来愈少，而狭隘的性行为则得到加强。

由于降低爱欲能力而加强性欲能力，技术社会限制着升华的领域，同时它也降低了对升华的需要，人们所渴望的东西同准许得到的东西之间的张力似乎已大大减弱，现实原则不再要求各种本能需要进行彻底而又痛苦的改造。

20 世纪英国小说家戴维·赫伯特·劳伦斯以抵制、批判工业社会著称，他的名著《查泰莱夫人的情人》就写有主人公在荒野"偷情"的情境，可谓惊心动魄！

司马迁的《史记》中记载，我们中华民族的圣人孔夫子，也是他父母"野合"结出的硕果。

野合，男女间野外的亲密交合，本是原始部族的日常生活，一直延续到孔子出生的春秋时代，还一度成为《周礼》中官方鼓励、维护的条文："仲春之月，令会男女。于是时也，奔者不禁。若无故而不用令者，罚之。"不离家野合还要接受处罚，今天看来很有些匪夷所思。有学者分析，这与发展经济、增长人口有关。在野外载歌载舞的自由奔放，有利于男人女人激情的焕发，有利于多生多育、优生优育，这对于视"子女布帛"为最珍贵财富的农业社会来说，当然也是一个事关国民经济的大事。

蒲松龄生活的明代末年，"野合"已经不再是政府关心的事，许多性爱的故事已经转换到城市里的花街柳巷，沾染上卖笑买欢的市场气息。然而，《聊斋》中演绎情色与爱欲的故事，仍然有许多发生在荒野、颓宅、废墟，甚至古墓，像前文提到的《巧娘》，男女主人公萌生恋情的背景就是星月已灿、芳草迷目、松声谡谡、宵虫哀奏的旷野。如同电影《倩女幽魂》中那座云遮雾绕的深山密林，为一对青年男女的性爱增添许多紧张、热烈的氛围。

"箫鼓追随春社近，衣冠简朴古风存。"蒲松龄先生在蒲家庄写下的《聊斋》，还是颇具简朴古风意趣的。

时至如今，性爱中的"古风"已经荡然无存。

三十年前，一位才貌双全的年轻诗人，偕同美丽贤惠的妻子，另加一位热情奔放的情人，背离喧嚣的现代社会，来到南太平洋一个林木茂盛的岛上，将世界关在门外，自己动手垦荒地、盖房子、挖野菜、捡海贝、砍木柴、烧陶器，以此抗拒物质社会、技术社会对情感世界、文学天地的污染。

这本是一篇令人神往的现代版的"聊斋故事"，无奈时代转换，人心不古，情爱变调，故事最终演砸了。情人独自离去，诗人砍死妻子又自缢而死。

伴随高科技的迅疾发展，更为"要命"的问题出现了。一位常年在上海高校教书的老友日前对我谈起，现在的青年沉溺于网络上的虚拟世界，对现实生活中的异性越来越冷漠，不但不愿意结婚，甚至懒得恋爱，不像我们的前辈季羡林先生，年轻时天天想着如何多结交一些女性。如果真是这样的话，那就是说现代人的生命内驱力在消竭，人体的内在自然被异化，人类个体潜意识中的野性被完全驯化。青山不再青翠，生命之火难以燃烧，无论对于个人还是民族，这可都是一个天大的问题！

情色和爱欲，或许已经面临前所未的麻烦，当下急需的是对历史的回顾、对时代的反思、对人类自己行为的反省。

齐人之福

《莲香》无疑是《聊斋志异》中的长篇，也是名篇。蒲翁用四千多字的珠玑文字叙述了一个人、鬼、狐三者生死相恋的凄艳故事，主人公莲香被视为作者理想女性的诗意升华。

故事情节曲折宛转，简言之：狐仙莲香和鬼女李氏共同爱上了书生桑子明，莲香在先，李氏随后，由最初的猜忌、防范，到莲香的主动示好、仗义施救，三人琴瑟和谐、环佩共鸣。莲香生下一子后死去，李氏视如己出，每逢清明必抱至坟前哭祭。蒲翁写到这里情犹未尽，续写人、狐、鬼的未了情，让鬼女返魂托生为少女张燕，让狐女死后转生为韦氏少女，三人再结秦晋，死时白骨合葬一穴，生时红颜共处一室。

蒲翁说这个故事，原本是他在南下途中听别人讲述的。对此生死不弃、相依相恋的男女之情，他得出的结论是：人世间许多正人君子徒有其表，尚且不如一只狐狸、一个鬼魂！

蒲翁颂扬的是典型的一妻一妾故事。这与现代人的恋爱观是相违背的，与现代的《婚姻法》是不相容的。

而这样的故事，在蒲松龄笔下为数真是不少，除了《莲香》，还有《小谢》《香玉》《连城》《江城》《嫦娥》《狐妾》《恒娘》《巧娘》《宦娘》《邵女》《西湖主》《陈云栖》等。

"一妻一妾"，在汉语里还有一个代名词"齐人之福"①，典出《孟子》："齐人有一妻一妾而处室者。"通常认为，一妻一妾属于男子的专利、男人的福利，为现代女权人士所鄙视。一妻一妾又是封建制度的法权，自然为革命知识分子所不容。

查阅一下我的老师那一代人，在二十世纪五十年代发表的研究文章多站在阶级斗争的立场对一妻一妾的所谓"齐人之福"严加批判：《聊斋》中的此类作品把妇女置于男人的附属地位，无不夹带玩弄女性的成分，作者在男女关系上庸俗的思想证明了作者受时代和阶级的局限是多么严重！

然而，《莲香》中的美好人性和艺术魅力，仍然能够突破法制管束与阶级分析的藩篱，获得读者的同情与赞美。人们从阅读中感受到的莲香，善良、友爱、诚挚、智慧，她的博爱基于一种利他性的善良。她的善良与智慧终将情敌化为闺蜜，将女人间的嫉妒心化为手足之情，这或许更为接近蒲翁的本心。

---

① 《孟子·离娄下》：齐人有一妻一妾而处室者，其良人出，则必餍酒肉而后反。其妻问所与饮食者，则尽富贵也。其妻告其妾曰："良人出，则必餍酒肉而后反；问其与饮食者，尽富贵也，而未尝有显者来，吾将瞷良人之所之也。"蚤起，施从良人之所之，遍国中无与立谈者。卒之东郭墦间，之祭者，乞其余；不足，又顾而之他，此其为餍足之道也。其妻归，告其妾，曰："良人者，所仰望而终身也，今若此。"与其妾讪其良人，而相泣于中庭。

　　我的同代人、《聊斋志异》研究专家于天池教授在对《莲香》的解读中，对莲香同样持有同情、怜惜之意，他借王士祯之口夸赞："贤哉莲娘，巾帼中吾见亦罕，况狐耶！"他同时承认"二女共事一夫亲如姐妹"的关系是"复杂"的，鬼女寻爱、狐精救人虽然出于蒲松龄的杜撰，却浪漫有趣。读懂此篇，也就拿到了解读《聊斋志异》的"不二密钥"！

　　"齐人之福"，说到底，还是一个男女之间既古老又鲜活的两性关系问题。社会的"发展进步"给男女关系带来的并不都是"进步"，而是更为复杂的现实。一千年后即使阶级斗争消失了，男女之间的"斗争"也不会停止。

　　每天你只要打开互联网，满屏图文并茂、真假莫辨的两性秘闻、男女情事就会扑面而来，让你躲闪不及，庞大的信息量超过以往历朝历代，其格调、品味与《聊斋》中发生的故事无法同日而语，比起明清时代的言情小说也还要低几个品级！担心污染了读者的眼睛，这里就不举例了。

　　有一种说法，人类的两性关系与婚姻制度是由社会的经济状况制约与规定的，曾经历了杂婚制、群婚制、对偶婚制、多偶婚制、一夫一妻制几个阶段。

　　杂婚，两性关系不受任何文化因素制约，可以随便发生。人类诞生之初，生存环境恶劣、生产水平低下、个体寿命短暂、幼儿死亡率极高，这样任意的性交几乎与动物无异，有益于维护种群后代的数量。

　　群婚，指原始社会中相对固定的一群男子与血亲之外的一群女子相互交配的婚姻形式，一个男人或一个女人同时都可以拥有多个性伙伴。婚姻对于直系血亲的规避，避免了近亲繁殖引起的人种病变，有利于部落的强盛。

　　对偶婚，存在于个体私有的家庭经济尚未成型的母系氏族公社。不同氏族的成年男女，在两相情愿的前提下维持同居关系。男女双方分别可以拥有多个相对稳定的性伴侣，所生子女"只识其母，不识其父"，由群体共同抚养。

　　一夫一妻制，被认为是"文明社会"制定的婚姻制度。严格的一夫一妻制被规定为：一个人一生只能结婚一次，只能与一个异性结婚；性行为只在两个人之间发生，不允许存在第三者；子女只能是夫妻二人交配的结果。

　　一夫一妻制的优越性是显而易见的：无论贵贱贫富，每人只能拥有一个配偶，婚姻权利人人平等，有利于社会稳定；子女只能是婚生的，保证了子女遗传基因的确定性及个人私有财产继承的合法性，同时也就维护了发展社会经济的积极性。

　　由此看来，一夫一妻制恰恰是个体经济私有制的产物，并不是哪个阶级的专利。俄国社会主义革命胜利初期，以柯伦泰①为代表的部分激进共产主义革命者，就曾主张消灭家庭，让女性充分拥有性的自由选择权利。

　　人类学家指出，自然界绝大多数的哺乳动物都不是"一夫一妻"的，人类并不具备一夫一妻的基因，一夫一妻制并非自然形成的，在

① 亚历山德拉·米哈伊洛夫娜·柯伦泰（Александра Михайловна Коллонтай，1872—1952），苏联共产主义革命者，苏维埃社会福利部部长，世界历史上第一位女性政府部长。1922年进入外交人民委员部，历任多国公使。曾荣获列宁勋章、劳动红旗勋章。她又是作家，对待两性关系持自由开放态度，强调性爱的唯一基础是感情交流，而一夫一妻的家庭婚姻制度是对女性的变相奴役，因此被西方奉为女权主义者先驱。她在苏联国内一度遭到批判，她的两位情人在斯大林开展的大清洗运动中遇害。她的小说《三代的爱》《姊妹》《赤恋》曾被夏衍、周扬等人翻译介绍到中国。

漫长的人类社会演化史中，一夫一妻制度甚至也不占据主流地位。相反，一夫一妻制是人类文明对人类自然属性的约束、克制、驯服。只是相对于其他婚姻家庭制度，一夫一妻制更有利于社会政治生活的稳定与社会经济生活的发展，所以，无论东方还是西方，现代文明社会无不坚定维护一夫一妻制。

据说第二次世界大战后，战胜国苏联与战败国日本，都面临男人大量伤亡、男女比例失调的严重危机。然而，即使到了这步田地，都不敢松绑一夫一妻制，而宁可将女性法定的结婚年龄降至 16 岁，甚至 13 岁！

一夫一妻制，成了现代文明社会的"压舱石"。但在人欲横流的当今，现代社会的夜行船仍然不免为"男女关系"的风浪颠簸摇摆。一夫一妻制或明或暗地受到来自各个方面的侵蚀。

现代人社交空间大大拓展，农村青年也不再像他们的祖辈们那样经年累月地窝在自己的三间茅屋里过日子，而是背井离乡、远走他方、四海为家，传统的家庭生活濒临解体。

随着社会开放程度的提升，所谓"男女授受不亲"的界线早已瓦解，两性接触的机会增大。以往，校园里"公主楼""王子楼"戒备森严，如今青年男女合租一套公寓房、日常起居在同一屋檐下，已成时尚。婚前同居、奉子结婚甚至还受到双方家长的鼓励。

现代人情窦开得早，婚纱披得迟，男男女女可以多次恋爱。据西方国家统计，一个人一生中亲密交往的异性伙伴在 10 位左右。

同是一夫多妻，《金瓶梅》中的西门庆与其妻妾的故事成为卑污淫乱的渊薮，"西门庆"从此成为"渣男"的代号。

"帝子降兮北渚，目眇眇兮愁予""斑竹一枝千滴泪，红霞万朵百重衣"，虞舜与娥皇、女英一妻一妾的传说，在伟大诗人屈原、伟大领袖毛泽东笔下都成了讴歌吟诵的对象。

　　贵为清末皇帝的溥仪，不过一后二妃，比起他的佳丽三千的前辈们，其后宫是历代皇帝中最"简朴"的，然而却难以维持清静：正宫娘娘先是出轨后又精神错乱，妃子文绣与他闹离婚断绝关系，唯一心爱的妃子谭玉龄死于非命，最终沦为名副其实的"孤家寡人"！

　　清末改革家康有为提倡男女平等、一夫一妻，可自己却娶了一妻五妾，55岁时将18岁的日本女佣收房为四夫人，62岁又迎娶了杭州西湖一位妙龄浣纱女。"康圣人"在主张一夫一妻的同时，又倡导婚姻自由，他的《大同书》中就明确写道："太平大同之世，凡有色欲交合之事，两欢则相合，两憎则相离。"大思想家也是博爱的情圣，一生能够与六位女性共结连理、欢处一室，始终不弃不离，徐悲鸿还为他画过一幅《妻妾成群图》，比起"可怜"的末代皇帝，真可谓"艳福齐天"了！

　　还有一位大家都知道的文化名人马寅初，生于清朝末年，做过北京大学的校长，曾因提倡计划生育获咎。然而他自己的生育却不曾计划，他曾拥有一妻一妾，妻妾关系融洽，合力为他生下八个儿女。他的朋友胡适之在早年的日记中记下了这样一段话："饭后与马寅初同到公园……寅初身体很强，每夜必洗一个冷水浴。每夜必近女色，故一个妇人不够用，今有一妻一妾。"胡先生的话里明显带有几分奚落，也许还有几分艳羡，他自己是守着唯一的太太白首偕老的。

　　当代一个"二女共侍一夫"的"佳话"发生在台湾，其中的"小三"是曾经执导过《婉君》《在水一方》《庭院深深》《新包青天》等影视的女导演刘立立。她与导演董今狐因爱生情，董今狐的结发妻子王玫最终被刘立立的善良、诚挚、真率感动，毅然将立立接到家中，三个人开始了长达四十多年的"以沫相濡"的共同生活。

在动物界，同性之间的嫉妒、殴斗、厮杀，强者是"大丈夫"，拥有无限交配权，那是为了繁衍出强健的后代，是由其自然属性所决定的；人类男女关系中的性嫉妒也是由这一生物性遗传所支配的，只是要复杂得多。刘立立与王玫两个女人之间的情义，该是对这一自然法则的超越。她们共同的朋友琼瑶把这段近乎《聊斋》的传奇故事写成小说《握三下，我爱你》，还拍成了电影。

在我的孩提时代，曾有幸见过"一妻一妾"这种旧时代的遗存。

我家左邻，住的是一位律师，我称作王奶奶的正房夫人不会生育，律师将家中使唤的丫头收房为姨太太，我们小孩子都喊她姨奶奶。姨奶奶果然不负众望，生下一男二女，儿子又生下四男四女，堪称"瓜瓞绵绵，尔昌尔炽"了。

我家西边擀毡作坊的大掌柜，人高马大，年轻时从风月场赎回一位姑娘。我上小学时她已经四十来岁，模样俊俏，性格开朗。市井老少爷们都喜欢和她开开玩笑，大掌柜不但不生气，反倒觉得很有面子。

蒲松龄的家原属小康，他老爸也娶有一妻二妾，坐享齐人之福，即使后来家道坠入贫困，也未见闹过什么纷争。

蒲松龄只有一位青梅竹马的太太，是刘国鼎老先生家的二姑娘。后世研究者似乎心有不甘，总想为蒲松龄发掘一位如夫人，终究实证不足。

但蒲松龄对顾青霞刻骨铭心的婚外恋情并非虚谈，"宁料千秋有知己，爱歌树色隐昭阳"。这一婚外恋情似乎也并没有影响蒲公对发妻的感情，夫人先他而去，蒲公过墓而泣："百叩不一应，泪下如泉涌。汝坟即我坟，胡乃着先鞭？"八首悼亡诗，一篇祭妇文，情真意切，催人泪下！

细品《孟子》中一妻一妾的故事，那位齐人实际上是一位虚头巴脑、浑浑噩噩的渣男，倒是两位女性实事求是、深明大义、团结一致教导这位窝囊废丈夫。"齐人之福"改为"齐人之妇"才更切题。

抛开同性恋暂且不论，婚姻制度是社会为男女两性关系制定的一种规约。一夫一妻制是世界上文明社会一致认可并普遍实施的婚姻方式，相对于人的生物性而言，不一定就是最完美的，但相对于人类历史上存在过的其他婚姻方式，目前仍然是最可实施的。

读《聊斋》，可以看出蒲松龄的理想的婚姻境界是一妻一妾——一位端庄贤惠的女人，再加一位聪慧娇美的女人。就像《聊斋志异·陈云栖》中讲述的那位男子真毓生，同时拥有云栖、云眠两位女子。这样的"模范家庭"，在过往时代当然是存在的。但也不乏小说《邵女》《江城》中刻画的那种一妻一妾的反面例证，三角关系化为三尖两刃刀，家庭男女成员恶斗不已，人人伤痕累累，用蒲松龄的话说"如附骨之疽，其毒尤惨"。这样的家庭也为数不少，"齐人"不但没有丝毫幸福可言，反而陷入人间地狱。

当代女权主义者对于一妻一妾的齐人之福痛加挞伐，主要是性别上的不平等，男人多占了珍贵的性资源。

如果一妻多夫呢？

在新中国，直到20世纪50年代，在四川凉山彝族自治州闭塞的俄亚地区，仍然存在着"一夫多妻"或"一妻多夫"的婚姻方式，即"伙婚制"。为了弥补此类家庭性生活的失衡，同时又设立了"安达制"。

"安达"，是"情人"的意思。成立了家庭的妻子、丈夫，仍然可以自由地和其他的男人、女子建立安达关系。据当地73岁的老人拉木加若说：我们年轻的时候，安达关系很流行，每个人找的安达比现在多，比较出众的小伙子或姑娘，一年就有七八个安达，生育的子女，为社会所公认。在这样的情况下，夫妻关系的建立似乎仅仅是为了家庭经济生产的需要，而安达关系成了爱情的主要达成方式。

据曾经在俄亚实地考察的人类学家宋兆麟先生介绍，实施"伙婚制"与"安达制"相结合这一生殖制度的纳西族，其村社生活是质朴的、安定的、团结的、和谐的。男女之间的性关系完全是建立在男欢女悦、相互吸引、相互爱恋基础上的，几乎就像少年人的"玩耍"一样，与权力支配、金钱诱惑无涉。这里没有强奸、仇杀的案例，甚至连因嫉妒引发的干预都会受到舆论的嘲笑。私生子，即所谓"杂种"不受歧视，成年后仍然能够当家做主。在纳西族的村社里，妇女受到尊重，妇女的地位比男人还高，当地人甚至把每年冬春之际的这段野合高峰期称作"妇女节"。[①]

原本男权至上的"齐人之福"，在俄亚人这里已经不存在性别的差异，男人、女人都可以拥有。

宋兆麟先生看到的该是原始部落时代男女关系的余绪，如今也已经是翻过去的历史一页。

未来的男女关系将走向何方？

20 世纪 80 年代，一群男女文学青年聚会，酒足饭饱后一通胡扯八道，不知怎么就扯到婚姻家庭上。

于是拼对出一种新颖的"婚姻模式"：18 岁的女孩要找 38 岁的熟男结婚，成熟的男人既是丈夫又是导师；18 岁的男孩要配一位 38 岁的女士，既当妻子又当姆妈；每段婚期 20 年，到期就要分手，不愿离婚的要到法院特别申请，有待批准。然后是 58 岁的男女结合开始第三次婚期。

从日常生活看，仍是一夫一妻；从一生履历看又是多夫多妻，男

---

① 参见宋兆麟：《共夫制与共妻制》第 36 页，上海三联书店 1990 版。

女平等，老少无欺。

　　20年后夫妇进入古稀之年，由于男人的寿命短于女性，年迈的女人多于年迈的男人，此时可以开放一夫多妻制，做到人人老有所依。

　　说到这里，首先是一位男性不干了，他说宁可种两棵树也不耐烦守着两个絮絮叨叨的老太婆。

　　女性们也纷纷反对，说情愿喂一头猪也不愿意侍候一个糟老头子！

　　看来，完美的婚姻家庭制度依然在遥远的地平线之外。

为女性造像

　　二十世纪八十年代，我刚刚介入文艺心理学研究时，我的朋友李小江女士[①]问我：在文艺心理学领域，女性与男性有何不同？看着我的一脸茫然，小江得意地笑出了声。那时，小江的性别学研究也是刚刚起步，随后在她的专著《性沟》的开篇，就首先拿我开涮，这也是我大男子主义的咎由自取。

　　在后来的生态文艺学研究中，对女性的关注就成为我的一个重要视角。在我的《生态文艺学》一书中，我曾对女性大唱赞歌，以矫正自己作为男性的偏见：女性与男性之间的差异不仅存在于生物方面和生理方面，还存在于心灵的最深处与精神的最高处。女人比男人更受

[①]　李小江（1951— ），中国性别学研究开拓者。曾任加拿大麦吉尔大学、美国国家自然历史博物馆、美国哈佛大学费正清东亚研究中心、日本御茶水女子大学访问学者和特聘教授。著有《夏娃的探索》《性沟》《解读女人》等；主编《妇女研究丛书》《性别与中国》《20世纪（中国）妇女口述史》等。

本能、感觉、情感左右，是传统、习俗的保护者。女人是更契合大地、更具备植物性的生物，比如一棵树，她自己就是她的身体，就是那棵开花结果的树；而男人更像一头动物，比如一只猴子、一条狗，而且他的身体还并不总是属于他自己，身体只是被他自己的欲望牵引的一只猴子、一条狗。德国杰出的思想家舍勒指出：工业社会是一个"男权社会"，西方现代文明中的一切偏颇，一切过错，一切邪恶，都是由于女人天性的严重流丧、男人意志的恶性膨胀造成的结果。

而在中国，却总是把这恶行赖到女性身上，说是"红颜祸水"。

既然世界上多半的恶是由男性酿造的，那么，要想让我们这个世界变得好一点，男性就要学会尊重女性，男人必须首先变得更好一些。

蒲松龄并不是当下意义上的"女性主义者"，《聊斋志异》不时会表现出一些男权思想，但也不难看出他对女性的同情与尊重、倾慕与赞美。诗人、作家的天性又总能使他深入女性的内心做"换位思考"，蒲松龄实在是封建时代女性们难得的一位"男闺蜜"！

如何塑造女性形象，对于一部文学作品来说至关重要。

蒲松龄的《聊斋志异》，写了大量女性，形象饱满的估计不下百位。与中国古代文学四大名著相比，不但数量占优势，文学品味与审美价值同样占有优势。

罗贯中的《三国演义》，是演绎东汉末年那段历史的。女性在中国历史上本来就少有地位，通观全书，《三国演义》中能够让人留下深刻印象的女性也就两位：

一是孙权的妹妹孙尚香；

一是王允的义女貂蝉。

孙尚香被哥哥拿来做诱饵，钓刘备上钩。不料阴谋搞砸了，弄假成真，赔了夫人又折兵，好端端一位国色天香白白成了政治阴谋的牺牲品。

貂蝉，被东汉末代皇帝的权臣王允收为义女，随后便利用她的美色、利用吕布将军的好色，巧施美人计加连环计，杀了另一位权臣董卓。据说，功成后的受益方由于担心有人再拿貂蝉故伎重演，就让这位可怜的花容月貌在人们的视线中永远消失。

在罗贯中的《三国演义》中，两位女性不过是这架庞大战争机器中的小零件。同时，也可以说是男人们相互缠斗、绞杀的工具。

施耐庵的《水浒传》，铺展北宋末年底层民众的造反行径，书中的女性比起《三国演义》多出几位，而且多半还是蒲松龄的乡党山东姑娘。

这里的女性约略可以分成两类：

一类是杀人的：猎户解珍的表姐"母大虫"顾大嫂；开黑店卖人肉包子的孙二娘；乡镇联防队女队长扈三娘。其中最光彩的当属扈三娘，武艺超群，英姿飒爽，这位女中豪杰最终还是被梁山泊的最高领导当作人情送给下属——一位矮个子头目。

一类是被杀的：被小叔子武二郎杀掉的潘金莲；被丈夫宋江杀掉的阎婆惜；被丈夫杨雄伙同朋友弄到翠屏山杀掉的潘巧云。男人们杀她们就如同杀鸡、屠狗一般，杀得很血腥、很龌龊、很难看。被杀的理由则是偷情、通奸、告密、谋害亲夫。站在男人的立场都是罪不容赦。她们死了，灵魂还被泼上污水。

吴承恩的《西游记》中的女性，有一点倒是与《聊斋志异》中的许多女性相似：她们都不是人世间普通的女子，而是山间野物，动物或植物的化身。

吴承恩称之为"兽孽禽魔"；

蒲松龄称之为"狐鬼花妖"。

　　在《西游记》中，这些"女性"妖魔有老鼠精、兔子精、蝎子精、蜘蛛精、白骨精，一律都是害人精。"金猴奋起千钧棒，玉宇澄清万里埃"，仿佛只有将她们彻底消灭，人类世界才能够舒心、太平。

　　那位二师兄更不守道上规矩，偷看温泉里蜘蛛精们的红颜朱唇、玉体酥胸，看得神不守舍，竟变成一条大鲶鱼在这些女娃的腿际、裆间钻来钻去占了许多便宜，随后打杀起来仍能痛下狠手，忘了自己原本也是畜类，有点太下作了吧？

　　《红楼梦》是女儿国，曹雪芹是为女性造像的高手、妙手，自然不能与罗贯中、施耐庵之流的大男子主义者同日而语。但我仍然觉得，《聊斋》中的女性与《红楼》中的女性仍然可有一番比量，就审美价值与艺术魅力而言，可说是风光不同、各有千秋。

　　只是历来为曹先生站台、背书的人太多，林黛玉几乎成了国人的口头禅；而人们对于蒲先生的关注尚且远远不足，对他笔下那些"狐狸精"的蕴含还缺少更多发掘。

　　依我看，曹、蒲二人起码在三个方面显示出为女性造像的不同：作者身份、叙述视角、人物的活动环境。

　　先说身份。

　　曹雪芹本为皇亲国戚，自幼生长于诗书簪缨之族、钟鸣鼎食之家，虽然后来家道败落，穷到喝稀饭就咸菜的地步，但瘦死的骆驼不倒架，贵族的清节与傲骨仍在，下笔著文依然透递出宫掖与庙堂氛围。

　　蒲松龄祖上曾有人做官，官不大，况且已是三代以前的往事。他自己有段时间也曾为官场的朋友做幕僚，当过文案秘书，接触过一些形形色色的地方官绅。通观其一生，他的主业只是乡村民办小学教师，高雅些的叫法是"乡先生"，凭着微薄的束脩养活一家老小，勉强维持温饱。

身份的不同，选取的女性描写对象自然也不同。在曹雪芹，多为仕女、名媛、宝眷、命妇。在蒲松龄，则只能是村姑、民女、舞姬、娼妓、大户仆妇、小家碧玉。

其次来看看视角。

曹雪芹与蒲松龄都是具有"女性主义"倾向的古代作家，他们尽力为中国农业时代的女性唱赞歌，但选取的视角有所不同。

农村民办小学教师的身份，几乎注定蒲松龄在创作他笔下的这些女性形象时自然地选取"平视"的视角，那些鬼狐花妖看似离奇古怪，写起来其实如同他自己的亲戚朋友、左邻右舍，不外乎陈年旧事、家长里短、道听途说、闲言碎语。给读者的感觉，这些孤魂、野鬼、花妖、树妖、狐狸精，不但不可怕，反而就像少年时代的同桌、青年时代的初恋、出租屋里的情人、邻村的大姐小妹一样可亲可爱。

落魄的贵公子曹雪芹，遥想当年花前月下、灯红酒绿中的姐姐、妹妹、丫鬟、侍女，"千红一哭""万艳同悲"，锦绣年华犹如镜花水月，统统化作一声深沉的叹息，曹雪芹的视角是一种由上而下的"俯视"。当代人读《红楼梦》，宝钗、黛玉、紫鹃、鸳鸯令人感动，总归是戏曲、影视中的人物，你大概不会把她们当作自己的姐妹和女佣。

不同的还有人物活动的环境。

《红楼梦》中人物活动的环境是一个封闭的空间，一个看似美丽高雅的人造空间——"大观园"。一位乡下过来打秋风的刘姥姥，进了大观园竟如同天外来客，顿时成了众人围观的稀罕物。

这个大观园虽然富丽豪华，究其实质也还是一座严严实实的大笼子，伟大诗人陶渊明避之唯恐不及的"樊笼"。

大观园里的年轻女性很少与外界发生关系，个性美女晴雯姑娘后来倒是走出了"樊笼"，不幸那也成了她的末日与死期。

外界女孩贸然闯进大观园也很危险。桀骜不驯、宁折不弯的尤三姐不情愿地钻进了这个大笼子里，未几便被一群"臭男人"揉搓至死。

细品之，可爱的黛玉姑娘如若不是进了大观园，或许还不至于小小年纪便呕心沥血、命丧黄泉。

从生态学角度来看，一个封闭的系统对于生命的存活是绝对不利的，尤其是不利于高级生命的健康存活。

据说，稀树草原上的野生大象可以活上六七十岁，动物园里圈养的大象一般只能活三十岁。

再看《聊斋志异》，小说家蒲松龄笔下女性们活动的环境许多都是开放型的，从庭院巷陌、市井村落到山野丛林、江河湖海，甚至"上穷碧落下黄泉"，从阴曹地府到天庭云霄。

那些少艾与娇娃，往往凭借其本尊源自"青林黑塞"的法力与野性，便获得跋山涉水、上天入地的自由。这中间便有不甘为娼的狐女"鸦头"、爱花成癖的鬼女"婴宁"、生死不渝的牡丹花仙"香玉"、隐居深山的"翩翩"、知恩必报的獐女"花姑子"，她们往往能够死里逃生、死而复生，其顽强的生命力一如旷野中生生不息的精灵。

女性，是文学批评的重要话题。女性主义文学批评，志在破除男性的强权，弥合男性、女性之间顽固的二元对立，在二十个世纪已经形成一股强劲的文学思潮。

《时间简史》的作者赫拉利[1]说：历史上最大的难题之一，就是为什么男人会统治女人。人类社会的几乎所有权力，如皇权、族权、政权、

---

[1] 尤瓦尔·诺亚·赫拉利（Yuval Noah Harari, 1976— ），牛津大学历史学博士，现任耶路撒冷希伯来大学历史系教授，全球瞩目的新锐历史学家。2012年首次出版《人类简史：从动物到上帝》成为超级畅销书，已翻译成30多种文字出版发行。

财权、军权、法权全都掌握在男性手中。他说有许多事情我们还搞不懂，有许多事情我们做错了，我们必须不断地纠正自己。

如今，女性又成为生态批评的话题。

女性生态批评家们认为：在女人身上，物种的属性与个体的属性是有机共生的。女性的灵魂更契合大地，拥有与自然统一体牢不可破的关系。曹雪芹将女性视为"水"，蒲松龄将女性幻化为草木鸟兽，无意中都促使了弱势的女性与大自然结盟。

综上所述，仅就文学创作中的女性造像而言，无论从审美观念、艺术魅力，还是从前沿生态批评理论的价值尺度衡量，《聊斋志异》显然均高于《水浒传》《西游记》《三国演义》。

相对于《红楼梦》中那些已经成为文学经典的女性形象，《聊斋志异》中的女性造像显然有更开阔的阐释空间。

鬼狐花妖化身的婴宁、连琐、娇娜、翩翩、小翠、阿绣、阿宝、阿纤、红玉、青凤、竹青、细柳、陈云栖、白秋练、孟芸娘、聂小倩、封三娘、辛十四娘等，比起《红楼梦》中的黛玉、宝钗、探春、迎春、妙玉、湘云、晴雯、司琪、袭人、香菱、紫鹃、雪雁等，或许在形象的复杂、细腻、丰满、充盈以及思想的深度上仍有差距，这往往也是短篇小说与长篇小说之间的差别。但就形象的鲜明生动、个性的别致超拔以及她们与天地自然的有机关联来说，《聊斋志异》中的女性形象实在还有太多的可圈可点之处。

当代作家中也有一位为女性造像的高手，笔下的女性也多是美丽多情、聪颖善良、爽朗豪迈、勤劳勇敢的乡野青年女性，属于乡土大地上天然、质朴的精灵。这位作家就是孙犁。

中国当代读书界都认为孙犁的文学品味高出一般作家，孙犁自己却说他的文学创作得益于《聊斋志异》。他是在战争年代颠沛流离的日子里花费多年的时间读完《聊斋》的，他最喜欢的篇章是《阿绣》《小翠》《胭脂》《白秋练》《陈云栖》，这些篇章的主人公都是可爱的女性，在孙犁的小说中我们不难发现这些女性的身影。

当下的人类社会想要变得更好一些，长期占据主导地位的男性首先要变得好一些；理想的社会是将男性与女性融入同一个相互尊重、相互扶持、互补互生、互为主体的有机生命共同体中。

男女的和谐，是阴阳的和谐，是乾坤的和谐，当然，也是世界的和谐。

为乡土代言

　　猪栏积粪在秋夏，牛栏积粪在春冬，至夏则上山牧放，不在栏中矣。宜秋日多锛草根，堆积栏外，每以尺许置牛立处，受其作踏，承其溲溺，既透则掘坫栏中，又铺新者。一冬一春，得好粪无穷，又使牛常卧干处，岂非两得！

　　这是蒲松龄编写的《农经》中关于沤粪的一段文字。这样的文字，罗贯中、汤显祖、孔尚任、曹雪芹都写不出来，只能出自生于乡土、长于乡土的蒲松龄的笔下。

　　在我还是少年时，河南省文化艺术界的精英人士推出一台唱遍全国的豫剧《朝阳沟》，主题叙事是城市与乡村的二元对立，编剧杨兰春先生的立场偏向于乡土。剧中人物二大娘善意嘲笑城市里下乡的女学生：摘一片树叶夹在书里，捡块石子儿装在口袋里，说明那时的青年学生对乡村田野还怀有一些憧憬。

　　二十世纪八十年代，校园还曾寄情于《乡间的小路上》，缤纷的云彩，暮归的老牛，牧童的歌声，隐约的短笛，让思绪在晚风中飞扬。

　　进入二十一世纪就变了样，一天傍晚，我和几位学生在苏州星湖街散步，雨后的夕阳照射在路边的树林里，色彩斑驳、光怪陆离、凄美动人。我已经看得心旷神怡，而我的学生们对此却视而不见，倒是对路旁停着的一辆兰博基尼赞叹不已，让我顿时感到无限失落。

　　在"城市化"的滚滚车轮的碾压下，乡村已经衰败，成为一具"空壳"。

　　而高速发展的城市，积弊如山。且不说城市人焦虑、疲惫、抑郁、颓丧的精神状况；一场突如其来的大雨，都会给城市人带来"灭顶之灾"！

　　法国学者阿莱格尔[①]在其《城市生态，乡村生态》一书中写道："如果说大浮冰上的企鹅的命运或喜马拉雅山中老虎的命运确是令人不安的话，那么拉各斯、那不勒斯、洛杉矶、达卡或墨西哥城的市民的命运起码是同样令人不安的！"

　　世界生态运动的先驱小约翰·柯布[②]断定：乡村文明的复兴是一个全球性的运动，一个世界性潮流。相比巨型城市中的区块，乡村小镇更可能形成健康社区。我们在衷心呼唤城市生态的同时，还应该重新建立一个新的乡村生态。

　　乡村，是旷野与城市之间的缓冲地段，它既是人类活动的场域，又是大自然的留守地，其中蕴藏着质朴的人性与蓬勃的生机。良好的乡村生态维系着人类与自然之间微妙的平衡，维系着人类的理智与情

---

① 克洛德·阿莱格尔（Clande Allègre，1937— ），法国前教育部部长，科学家，著有《城市生态，乡村生态》等。

② 小约翰·柯布（John B.Cobb, Jr, 1925— ），美国人文与科学院院士，过程哲学家，著名后现代思想家。美国过程研究中心创会主任，美国中美后现代发展研究院创始院长。代表作有《生命的解放》《可持续的共同福祉》《21世纪生态经济学》。

感、认知与信仰之间微妙的协调。美国环境伦理学家罗尔斯顿认为，在城市、乡村与荒野这三种环境中，乡村扮演着引导人们思考文化与自然问题的重要角色。

乡村的土地，要比钢筋水泥建构的城市蕴藏着更多的魅力。生态心理学家莫斯科维奇①曾从精神的向度描述乡村的自然：这是一种模糊而神秘的东西，充满了各种藏身于树林中、潭水下的神明和精灵。星辰与动物都拥有魂魄，它们与人类相处，或好，或坏。

对照蒲松龄的《聊斋志异》，我们便可以看到莫斯科维奇珍视的那些"神明"和"精灵"，同样存在于中原大地的山丘、溪流、星夜、霜林、老宅、废墟、野坟、祠堂里，存在于狐兔出没、鬼魂游走的原野里。

蒲松龄的文学创作，显然是继承了《楚辞》《山海经》以及魏晋时代志怪、志异的神话思维方式。按照梭罗的说法，神话思维属于原始性思维，"神话所表达的，不再是历史或传记，而是自然本身"。"神话不仅是自然的文学表达，更是野性的表达。""大自然中野生动物的灭绝，是与人类心灵中野性的消失同时发生的。"理查德森撰写的《梭罗传》显示，梭罗喜欢独自面对落日、荒村、坟场抒发他对于时光、自然、人生的感慨。他偏爱所罗门轮回转世的故事，喜欢奥维德②作品中少女变树、撒旦变人的情节，这类同于蒲松龄的"秋坟鬼唱"。

---

① 塞奇·莫斯科维奇（Serge Moscovici，1925—2014），法国著名思想家、社会学家、生态心理学家。代表作有自然三部曲：《论自然的人类历史》《反自然的社会》《驯化人与野性人》及《还自然之魅》等。

② 奥维德（Publius Ovidius Naso，前43—约17），古罗马诗人，一生不得志而发奋写作，留下大量作品。代表作《变形记》共15卷，包括250个神话故事。所有故事都始终围绕"变形"的主题，借助人、神的变形表达万物之间的普遍联系。《爱的艺术》描写性爱的意义与技巧。《岁时记》表现宗教节日、祭祀仪典中的民间风情。

　　这位美国自然主义哲学家、超验主义文学家的言行，同样可以在蒲松龄的文学创作中得到印证。蒲松龄对于青林黑塞、鬼狐花妖的一往情深，也可以视为站在乡土的立场上对自然的呼唤，对野性的呼唤。

　　作家阎连科最近在一篇文章中深深叹息：乡土把聊斋给弄丢了！他说：

　　　　少年我走过的每一条乡间小路上，都盛开着聊斋暗艳的花朵并叽叽砰砰响出聊斋那神秘的寂鸣与惊悚。后来我离开那儿了，聊斋不知是被我丢在了荒野和檐下，还是它随着我的离开到了都市后，被一点一滴地从口袋掏出来，作为都市繁华的记忆路标扔在了路道上。而当我熟悉了都市的街道和生活后，也就无暇去把扔掉的聊斋捡拾回来了。

　　　　聊斋被我弄丢了。

　　　　聊斋被我和我相类似的所有人，共同携手弄丢了，如不约而同的无意识，把记忆抹杀在了没有形式的必然里。

　　乡土与乡土的记忆里没了聊斋，没有聊斋的乡土还算得上乡土吗？乡土与乡土里的聊斋被现代人弄丢了，被现代化的进程弄丢了。何止是弄丢，是糟践了。

　　乡土聊斋意味着大地的精魅与秘奥。

　　乡土聊斋的丢失体现为工业时代、商业社会对世界的"祛魅"。

　　由启蒙运动发轫的"祛魅"，一方面祛除了千万年来沉积在人类心中的所谓愚昧和迷信；同时也祛除了人性中长期守护的信仰与敬畏。现代人变得越来越狂妄自大，越来越工于算计，越来越机灵、聪明，也越来越不讲操守、不讲信誉。如今已经又有人呼唤"时代的复魅"

（reenchantment of the world），当然，"复魅"并不是要人们重新回到人类原初的蒙昧状态，"复魅"的切实目的在于打破人与自然之间的人为界限，把人与自然重新整合起来，把自然放到一个与人血脉相关的位置上去。

如此"复魅"，是对人与自然破裂关系的精神修复，已成为呼唤生态时代的先声。蒲松龄的《聊斋志异》中呈现的这一魅力充盈的文学境界，将由于生态时代的到来被赋予新的含义。

当代意大利哲学家阿甘本[1]指出：自启蒙运动与工业革命以来，人类社会的发展一直在追求将自己从大自然中剥离出来，如果继续这样走下去，可能会走进一条死胡同，走向人类历史的终结。

这是因为"人类"是一个生物学的概念，人类是属于自然的，人类的本性是其自然性，人类原本是在原乡的水土中生长发育出来的，而不是在车间流水线上组装起来的。当人类完全脱离自然，比如当人类凭借自己的智力真的能够再造出一种人类——机器人时，原本属于人类的历史也就中止了。此时的人不再是人，要么是会思考的机器，要么是非人非兽的怪物。

回归乡土，也是回归自然，回归人的本心、本性，事关地球人类今后的前途与命运。

我国当代生态美学家曾繁仁教授[2]将回归乡土视为"家园意识"的

① 吉奥乔·阿甘本（Giorgio Agamben，1942— ），意大利维罗纳大学美学教授、法国国际哲学学院教授、美国伯克利大学教授。他独特的文学理论、欧陆哲学、政治学与宗教研究使他成为当代最具挑战性的思想家之一。代表作有《例外状态》《语言的圣礼》《奥斯维辛的残余》《敞开：人与动物》。

② 曾繁仁（1941— ），山东大学原校长，山东大学文艺美学研究中心主任、生态美学学科奠基人。著有《生态存在论美学论稿》《生态美学导论》《生态文明时代的美学探索与对话》等。

萌发，他说："家园意识"不仅包含着人与自然生态的关系，而且还意味着人的本真存在的回归与解放，使心灵与精神回归到本真的存在与澄明之中。这是一种审美的终极关怀，是从宏阔的宇宙整体与长远的人类未来出发的一种将关爱自然与关爱人类相结合的生态审美境界。

中国古代小说中的四大名著：《三国演义》敷演国家层面的政治军事斗争；《水浒传》讴歌游侠流寇的揭竿造反；《西游记》讲述西天取经过程中的神魔较量；《红楼梦》伤悼贵族之家的沦落衰败。《聊斋志异》不在四大名著之列，但也享有"名著"的声望，与四大名著都不相同，《聊斋志异》是写乡土的。

为什么蒲松龄正值青壮年却不愿意留在经济繁荣的淮扬官场分一杯羹？官衙的薪俸比起坐馆的束脩毕竟要丰厚一些，既是上司又是友人的孙蕙待他不薄，更有上流社会杯觥交错、倚红偎翠的交际活动，而这一切都留不住他。不到两年，他就匆匆返回蒲家庄甘愿做一位清贫的乡先生。

这一切都源自蒲松龄对于乡村生活深厚的感情，对于乡土的热爱。有趣的是，蒲松龄热爱乡土，却又不舍科举进阶。终年在农家院操劳的妻子反倒看穿了世俗偏见，劝他说：山林自有乐地，何必长年忍受那种精神折磨！

蒲太太说的"山林"，也是"乡土"。

秦汉以来的中国"乡土社会"，是由底层的"乡民"、上层的"乡绅"、浮沉于二者之间的"乡先生"三部分成员构成。蒲松龄这位乡间知识分子，既是劳作于畎亩沟垅间的"田舍郎"，又是常驻士绅府第的塾馆教师。在乡居生涯中他下接地气，对底层乡民的辛劳与困窘、欢乐与苦痛有着切身体验；上承天风，熟读儒家经典、深研中华精神文化、悉察王朝统治的运作与操控。可以说他的生命活动全方位地覆盖了淄川乡土。谱写乡土文化，蒲松龄可谓不二人选。

对蒲松龄生平与《聊斋》有着悉心研究的汪玢玲教授指出，蒲松龄关心农村底层民众疾苦，想村民之所想，急村民之所急，为村民利益建桥铺路、兴修水利，为村民利益仗义执言不惧得罪权贵。他充分利用自己的文化知识参与当地的救灾、治虫行动。为了提高农业生产效益、开发多种经营、提升乡村教育水平、保障村民的医药卫生，他编写了《农桑经》《药祟书》《日用俗字》；为了改良乡间风俗、开展健康的文化娱乐活动，他为乡间民众写对联、写喜帖、写俚曲、写唱本，因而受到乡民们高度的信任、尊重与爱戴，把他当作自己的知心人，"桑枣鹅鸭之事，皆愿得其一言以判曲直"。

乡土，对于蒲松龄如水之于鱼，正是"乡先生"这一特殊身份，成就了中国历史上这位为乡土立言的伟大文学家。

本文说到的乡土社会，几近于农业社会。所谓"乡土"与现代意义上的"农村"并不完全等同。

古代的农村与城市并不那么界限分明，城市里边有农户，乡镇之中有市井。看看《清明上河图》，出来城门便是林野农舍；进得城来依然是手推肩挑、牛牵驴曳，那可是北宋的京都开封！直到我小时候，开封城内的城墙里边还有人开荒种地、张网捕鱼，城郊的街衢也有不少的油坊、粮行、饭馆、客栈。我家院子南屋住的王老五是乡下人，来到城里开磨坊，生意冷清不赚钱，就又牵着他的驴、驮着他的两个小子回乡下去了，来去自由，没有什么户籍限制。

那时的乡下人也不像现在，人人都想往城市里跑。据历史学家王汎森考证，在蒲松龄生活的明末清初，战乱后经济一时难以恢复，社会风气由奢转朴，有良知的士大夫以城市为习染污秽、轻薄狂躁之地；而视乡村为素朴纯净之境。像大思想家顾炎武，宁可一天三顿喝稀饭，立誓不入城市。回避城市，留恋乡村，隐居林下一时蔚然成风。

春秋末年，中国社会礼崩乐坏，世风沦丧，人心浇薄。孔老夫子对此痛心疾首，撂下一句狠话"礼失求诸野"，古朴的民风、良善的人性、淳厚的道德在乡野间尚有遗存，为拯救时代的凋敝指出了方向。

对于中国人来说，乡村不仅仅只是生产粮食的地方，它还是中华民族文化的源头、精神故乡。村头的一棵古树、一口老井，都凝结着几代人的情绪记忆。镇上的一座小庙、一座牌坊，关乎一方百姓的精神寄托。一座美好宜居的村落：溪流纵横的田野、有机轮作的耕地、林中放养的牛羊、狐狸藏身的山丘、松鸡栖息的沼泽、鲤鱼嬉戏的河流以及院前的疏篱菊花，都流淌着民族文化的血脉。

蒲松龄在《婴宁》一文中，曾对一座山间村落做出这样的描述：

> 望南山行去约三十余里，山峦环绕，空翠爽肌，寂无人行，止有鸟道。山谷底下，丛花乱树掩映中，隐隐有一小村落。下山入村，舍宇不多，虽然都是茅屋，倒是整洁雅致。门前皆绿柳，墙内开满桃杏花，中间杂以翠竹，野鸟啁啾其中。门前有块光洁的巨石，可供坐卧休憩。房后有园半亩，细草铺毡，杨花糁径；另有草舍三楹，花木四合环绕，白石砌就的小路，路边落花缤纷落满台阶；瓜棚豆架遮住半个庭院，窗外海棠的花枝竟探入室内来。

这该是中国乡土社会正常岁月的生存环境，处处可以见出人与生物圈的和谐，海德格尔向往的"诗意地栖居在大地上"不过如此。

中国乡土文化的核心是"耕读"。"耕"是田间劳作；"读"是心灵陶冶。"耕读文化"是物质与精神的有机渗透，是"田园"与"诗意"的美妙结合。而中国古代伟大诗人陶渊明作为田园诗的创始人，正是这一文化的代表人物。

由于"耕读传家"的传统，古代的乡村总能够聚集一些优秀知识精英，明末清初的临淄县，就有蒲松龄、张笃庆、李希梅、袁宣四、毕际有、高珩、唐梦赉。他们中有的是科考落第的书生，有的是告老返乡的官员，或以诗结社，或以文会友，品茗清谈，把盏吟思，在当地形成一个精英文化群体。在现代农村反而没了这种可能，即使通过行政手段组织"知识青年上山下乡"，效果并不好，"知识"仍然难以在乡土扎下根来。

传统乡村生活是多元的、丰富多彩的，物质生活与精神生活并重。春播秋收、昼耕夜绩、渔猎放牧、坐铺行商、设帐课徒、节庆盛典、社戏庙会、婚丧嫁娶、弄璋弄瓦，这些在《聊斋志异》以及蒲松龄其他诗文中全都有生动的表现。现代城市生活看似繁花似锦、光怪陆离，其功能则是齐一的，千头万绪总是指向一个目的：赚钱。当下，被捆绑在流水线、被封闭在写字间里的蓝领、白领，其幸福指数，并不一定比《聊斋》里的娇娜、婴宁、王六郎、马二混、奚三郎们更高。

乡土，是驯化了的自然，乡民们仍然土里刨食儿、靠天吃饭，人与其他生物虽然有冲突，但大致能够互生互存。乡村的泥土是柔软的，人心也是柔软的，所谓"仁爱施与禽兽"。农历十月初一是"牛王爷"的生日，这一天牛鼻子不再穿绳，加餐精细饲料，酬谢耕牛一年的辛劳。现代大都市的地面全都硬化了，人心也变得冷漠起来，老年人摔倒在地，竟然没有人敢于上前扶一把。

传统乡土社会相应还是比较单纯的，"好人""坏人"似乎写在脸上。哪个村子出了个小混混或小霸王，四邻八乡都知道，瞒也瞒不住。《聊斋》中的名篇《画皮》，恶魔矫饰伪装冒充美女骗人；《单道士》中的韩生心怀叵测希望学到隐身术，费尽心机均未能得逞，反而身败名裂。伪饰与隐身，在电子网络时代太容易做到，隐身的网络暴民伤天害理全无忌惮。《念秧》中的贼人团伙作案，男女老少齐出动，设圈套、布疑阵、费尽周折方才骗取赶考举子们的一点银子。这比起如今的传销团伙、金融诈骗动辄千万、亿万，连小儿科都算不上！

　　蒲松龄笔下的《聊斋》故事许多都是以"大团圆"结局的，这与现实生活中发生的事件往往并不符合，所以常常受到批评家的非议。不过，"大团圆"也是中国传统思维方式的体现。中国的传统思维不是直线的而是循环的，治乱兴衰、分分合合、周而复始，终归是一个圆。这种思维方式与宇宙图像更为吻合：天体是圆的，地球是圆的，宇宙的运行轨迹是圆的，生命的整体活动被唤作"生物圈"，也是圆的。人世间的"大团圆"虽然并不总能实现，作为一种理想，一种良好的心愿也还是可以理解的。

　　蒲松龄的《聊斋志异》以500篇的恢宏体制，以细腻、生动、多姿多彩、婉转自如的文笔，描绘了古代中国以大中原为核心的山川大地、乡村市井、飞鸟走兽、士农工商、阴间阳世、科场官场，抒写下日常生活中发生的兴衰福祸、生离死别、因缘际会、喜怒哀乐。

　　他于青林黑塞、昏灯萧斋之下呕心沥血为大地万物发声，为乡土民众代言，扶弱抑强，惩恶扬善，识忠辨奸，倡廉斥贪，祛邪守正，解困纾难，展露灵魂深处的奥秘，探求人性本真的内涵，描绘出一幅幅乡土生活中不同阶层、不同个体的生动画面。《聊斋志异》堪称往昔乡土社会的一部百科全书。

　　建设性的后现代应该继承前现代的优良传统。新农村建设可以从传统文化中的乡土意识汲取精神营养。

　　乡土，象征着人与自然的和谐相处；返乡，便意味着回归地球生态系统。

封建与迷信

许多年来，"封建"与"迷信"成为人们评论蒲松龄与《聊斋志异》时惯用的两把尺子。

褒扬者赞誉《聊斋志异》反映了封建社会的根本矛盾，揭露了封建统治的黑暗、封建官府的残酷，抨击了封建制度的腐朽、封建礼教的束缚，反抗了封建婚姻的禁锢、封建伦理的荼毒，破除了封建迷信的习俗。

贬抑者指责蒲松龄不时在其作品中维护封建宗法观念，歌颂封建皇权，留恋封建科举制度，宣扬封建迷信思想，歌颂忠孝、贞节、一夫多妻等封建伦理道德。

两方面的例子都可以举出很多，经常提到的有：《促织》《画皮》《席方平》《司文郎》《考城隍》《石清虚》《婴宁》《小谢》《连城》《莲香》《聂小倩》等。当二者之间相抵牾时，便归结为作者世界观中存在的矛盾。

论者操持的"封建"与"迷信"两把尺子，似乎是"橡皮筋"做的，讲起来面面俱到，使用起来伸缩自如，看似得心应手、黑白通吃，实在经不起进一步推敲。评论文章如果赖以立足的基本概念莫衷一是，纵是百卷华章也难掩骨子里的困乏。

关于"封建"与"迷信"这两个概念，学术界早就有比较一致的认识。事关《聊斋》的阐释与评判，这里不得不多说两句。

先说说"封建"。

"封建社会制度"是从欧洲史学界引进的一个概念，指西欧中世纪出现的一种社会制度，最高统治者按照公爵、侯爵、伯爵、子爵、男爵地位高低不同，将国土与人口分封给亲族或亲信，由他们建立一个个相对独立的王国，土地与子民都成了他们可以代代传继的私有财产。这些不同等级的封建领主则以进贡纳税、必要时出兵从征效忠最高统治者。

在中国历史上，唯独周代的 800 年与这种"封建制度"有些相似，周天子将土地、人口分封给他的子弟或做出重大贡献的部下，这些人便成为独居一方的诸侯，拥有自己的属官、法律、军队、税赋，且可以代代世袭，属于统治集团大家庭的有机组成部分。

到了秦始皇横扫六合、消灭掉周代的所有诸侯国，皇帝就大权独揽，将普天下的土地、人口全部归他一人所有。然后由他委派各级臣僚到全国各个郡县充任治理的"干部"。这些官员为皇帝当差，唯皇命是从，是皇帝的奴仆、工具。他们只有行政权并不拥有政权，官员的命运全在皇帝的掌控之中，即"君叫臣死，不敢不死"。

史学家将前者称作"封建制"，后者称作君主专制下的"郡县制"，二者的性质是截然不同的。

从秦代以下，中国就不再是原本意义上的封建社会。

然而，在日常用语中，我们常常把中华人民共和国建立前的历代王朝一律视为封建社会，周代以前的殷商时代是氏族封建社会，结束了清王朝统治的中华民国是半封建社会，"封建社会"与"旧社会"

几乎成了同义词。在"万恶的旧社会"这一前提下，原本是学术用语的"封建社会"也就成了一个贬义词，各种愚昧、腐朽、落后、反动的制度和思想、文化、习俗都可以装进"封建社会"这个大箩筐里：封建统治、封建军阀、封建官僚、封建文人、封建思想、封建礼教、封建迷信、封建婚姻、封建流毒、封建余孽，等等。

《聊斋志异》好，好在揭露批判封建制度；《聊斋志异》有缺陷，缺在对封建社会批判不彻底。

这样的评判与指责实在难为了蒲松龄！

平心而论，除了个别短暂的极端时期，任何一个社会制度，都不可能好得完美无缺，坏得万恶不赦。"好"与"坏"将同时存在于同一个社会制度中。

就论者所说的"封建社会"而言，固然有鲁迅先生早年揭露批判的"吃人"的残酷的一面；也不乏史书记载的太平盛世：牛马遍野，粮食充裕，路不拾遗，夜不闭户，民众互相帮助如亲友，普天之下无穷人。这还不是人们津津乐道的"贞观之治"，而来自干宝修撰的《晋纪》中的"太康盛世"。

自从关注生态问题以来，我对人类社会发展阶段的区分开始采用原始社会、农业社会、工业社会、即将来临的生态社会的说法。我认为这样命名的好处是凸显了人与自然的关系，便于将人类历史置于自然环境的大背景、长时段之下进行系统思考。

后来，我看到备受世人青睐的大卫·克里斯蒂安的《极简人类史》[①]一

---

① 大卫·克里斯蒂安（David Christian），历史学家，毕业于牛津大学，国际大历史协会主席。他将人类历史置于地球乃至宇宙演化的宏大背景之下，俯瞰人类历史发展全貌。《极简人类史》(*This Fleeting World: A Short History of Humanity*) 是其诸多著述中的一种，2016 年翻译成中文由中信出版社出版发行。

书有着近似的说法：采集狩猎社会、农耕社会、工业社会。这其实也是着眼于人在宇宙间的位置、人与自然的宏观视野。人们赞誉说，该书便于系统地理解并讲述"人类共同的故事"。

克里斯蒂安在他的书中指出：农耕时代以其绚丽的多样性著称于世，其丰富程度不但超过了采集狩猎时代，也超过了现代工业社会。交通的落后与通信技术的局限有效地保持世界不同地区的隔离，也就确保了各地区都能沿着自己的独立轨道发展。

克里斯蒂安所说的"农耕时代"，正是蒲松龄生活的时代。如此看来，对蒲松龄与《聊斋志异》的阐释就不一定非要局限在"封建"与"反封建"的框架之中了。在"农耕社会"的框架里挖掘《聊斋志异》的文化蕴藏、探讨蒲松龄时代的社会生态，解读蒲松龄先生的精神生态，或许会展现另一派不同的景象，这也是本书的努力方向。

下边，再说一说"迷信"。

《辞海》中的权威定义为：相信星占、卜筮、风水、命相、鬼神等的愚昧思想，泛指盲目的信仰或崇拜。

又是"愚昧"，又是"盲目"，迷信注定是一个贬义词了。

史学家据考古资料研究的结果指出：商代社会奉行的最高政治原则，就是依据上帝鬼神的意志治理国家。上至王公贵族，下至黎民百姓，所有家国大事无不靠占卜决定，靠祈祷化解，巫、史作为执行占卜的神职人员在商朝社会生活中拥有崇高地位。难道我们能够说商代社会整个是一个愚昧、盲目的时代吗？

况且，中外学者几乎全都认同原始巫术不但是宗教的源头，也还是医学的源头，怎么能够笼统地斥之为愚昧的东西呢！

《聊斋全图》第三十一册《辛十四娘》插图

关于农业社会，著名历史学家汤因比①说得更为确定：从根本上讲，农业既是一种经济活动，也是一种宗教活动。在中国，高高在上的皇帝每年都要在御用的天坛、地坛举行隆重的宗教仪式，祈祷国泰民安；底层的百姓也会在玉皇庙、龙王庙、土地庙这些掌管天空、水源、土地的神祇门前焚香上供、奏乐唱戏，祈求风调雨顺、五谷丰登。

此时的国运与民生，全都维系在"迷信"之上呢！

农业社会生产力低下，人们基本上是"靠天吃饭"，社会赖以支撑的知识体系是"有神论"。商代以下，中国的农业社会从整体上看就是一个"尚鬼""尊神"的社会。我的童年时代是在当时的省会城市开封度过的，就在我家居住的那条小街，方圆一公里内就有土地庙、关帝庙、泰山庙、眼光庙、火神庙、二郎庙、三义庙、三圣庙、十二祖庙、观音寺、延寿寺、开宝寺等崇拜神灵的场所。

有人说孔夫子并不多谈鬼神，但孔子本人还不是长期以来被全体国民奉为神灵，"文庙""孔庙"遍布全国各地，至今香火不断。

蒲松龄显然是一位有神论者。在他的文集中募修寺庙、记述神迹的文章比比皆是。如：募建关帝庙、龙王庙、报恩寺、白衣阁、药王殿；如碑记城隍庙、文昌阁、玉谿庵、五圣祠、放生池等。在《王村募修地藏王殿序》中，开端便劝人礼佛向善、修福积德："盖以斋熏讽呗，是谓善根；建刹修桥，厥名福业。三生种福，沾逮儿孙；一佛升天，拔及父母。"显然是发自内心，绝非虚文。

同时，蒲松龄又反对假借宗教信仰蛊惑人心、敛取钱财、贻误农事。他曾经呈书淄川县官府，请求查禁巫风淫祀，以维护民风纯良、社会

---

① 汤因比（Arnold Joseph Toynbee，1889—1975），英国伦敦大学教授，曾被誉为近代以来最伟大的历史学家，曾两次访问中国。著有《历史研究》《人类与大地母亲》。

安定："严行禁止，庶几浇风顿革，荡子可以归农；恶少离群，公堂因而少讼。"

不过，在"正信"与"迷信"之间，要准确地划清界限，并非易事。

至于"鬼"，我很赞同钱穆先生[1]的诠释，他并没有简单地将相信鬼的存在归为愚昧、迷信，而认为是一种不难理解的心理现象：农耕时代的人们都确实认为有鬼神，这事情也很简单。在农村经济条件下过日子，一个人穿的衣服，尤其是男人的长袍、女人的棉袄，几乎是要穿几十年乃至一辈子的；家里的器具，一张桌子、一把椅子、一方砚台、一支烟袋锅，往往也要用一辈子；居住的房屋，卧室永远是那间卧室，书房永远是那间书房。家人相聚几十年，祖父死了，父亲接下来，走进卧室，走进书房，看见那床铺、衣物、书桌、椅子、砚台、烟袋，哪有不想到父亲的？于是，父亲的阴魂不散，所谓鬼也就流连在那卧室、那书房里。人世上少了他父亲这个人，却补上父亲一个鬼，这是人类心理上极自然的事。

现代工业社会一切都变得紧张而混乱，一个人可以居无定所满世界跑，今年在海口，明年到苏州，后年又到了西安、济南，甚至墨尔本、曼哈顿，已经不再世代居住在同一座老宅里。现代社会社交频繁，活着的人中，邻里乡党、亲戚朋友已经日渐疏远淡漠，谁还会惦记一个死去的人！现代社会消费主义盛行，一年里要更换好多套衣服、十多

---

[1] 钱穆（1895—1990），中国历史学家、思想家、教育家，中国学术界尊之为"一代宗师"。先后任教于燕京大学、北京大学、清华大学、北平师范大学、西南联合大学、齐鲁大学、武汉大学、浙江大学、四川大学、云南大学、江南大学。1949年赴香港，创办新亚书院。1967年迁居台北，后任中国文化书院史学教授。在台北逝世，归葬太湖。代表作有《先秦诸子系年》《国史大纲》《中国思想史》《湖上闲思录》等。

双鞋子及其他日常用品，这些东西用过就扔，很少能够继续贮存个人的生命信息。所谓的"鬼"，已经不能在这些环境里与物品上显现"灵光"，以往的鬼魂在现代人心中已经无处藏身。

不过，同时在人们心灵中消失的，不只鬼魂，还有亲情的芳菲、回忆的温馨。

以往的时代倡导"慎终追远"，认为这样可以使"民德归厚"。于是在官方、在民间都有繁琐的祭祀祖先灵魂的仪式。如今倒是便捷，追悼会上的哀乐刚停住，焚尸炉里的青烟尚未消散，一切便完事大吉。一死万事空，鬼没有了，神没有了，人们关注的只是个人在世的福利，于是"民德"也真的日渐浇薄起来。

信鬼、信神是认知领域的问题、是自然的心理现象，虽然并不科学，但也不能归之于邪恶，甚至也不能归之于愚昧。我母亲、我母亲的母亲，全都一辈子相信鬼神的存在，相信"举头三尺有神灵"，但她们又都是非常善良、非常慈爱、甚至还是非常聪慧的人。

在对待"鬼神"的认知与态度上，我想，蒲松龄先生该与我的母亲、外婆相差无几，他们都是中国农业时代精神文化遗产的继承者。

如果说"迷信"有害，那么，科学带给人们的也并非全是福音。现代世界的杀人利器，从迫击炮、轰炸机、喷火器、毒气弹、原子弹、核潜艇到装有六把利刃的制导炸弹，无一不是借助先进科学技术开发出来的。

社会舆论往往把诸多恶行归之于迷信："兄弟三人为了驱鬼，把父母活活打死""婆婆找大仙驱鬼，把儿媳活活打死""巫师驱除女子身上的鬼魂，将女子活活蒸死""丈夫听信大仙，用带刺皮带将妻子抽打致死"……这些其实已经远远超出"迷信"的领域，往往是坏人利用民众的认知缺陷，蛊惑人心、图财害命，这已经不是迷信，而是犯罪！

对于这种利用宗教或巫术愚弄、坑害百姓的行径，人们称之为"邪教""妖术"。对此，所谓"封建时代"的统治阶级也会予以严厉制裁与打击，"封建"与"迷信"之间的关系并不简单。

北宋皇帝就曾下令废淫祀、灭巫风，一次拆毁神祠寺观一千多座。供奉"狐仙"的灵应公庙首当其冲。

一旦神权给皇权带来威胁，皇权从不手软。农民出身的朱元璋登上大位后立马下诏破除迷信："凡师巫假降邪神、书符咒水、扶鸾祷圣，自号端公、太保、师婆，妄称弥勒佛、白莲教、明尊教、白云宗，一应左道乱正之术、佯修善事、煽惑人民，为首者绞，为从者各杖一百，流三千里。"

就在蒲松龄去世半个世纪后的 1768 年，乾隆皇帝曾亲自下令严查发生在浙江德清县的"叫魂"事件，在整个帝国掀起一场大规模的清剿"妖党"运动，虽一再扩大化也在所不惜。

总之，"封建社会"有一定的适用范围，并不等于"万恶的旧社会"。没有哪个社会制度是"万恶而无一善"的，也没有哪个社会体制是"完美而无一缺"的。至于"迷信"，并非哪个社会的专宠，在科学高度发达的工业时代，人们一旦迷信起来，其疯狂程度丝毫不减当年，包括对于"元首"的迷信、对于"科学"的迷信。

雍容与孤愤

　　刚刚跨入 21 世纪的门槛，一部名为《铁齿铜牙纪晓岚》的电视连续剧让纪晓岚这位去世 200 年的古人成了家喻户晓的风光人物。

　　剧中的纪晓岚刚正无私、机智多谋，最终击败了他的政治对手、同为乾隆皇帝重臣的和珅。

　　人们可能不清楚，在政坛上堪称翘楚的纪晓岚，在文坛上却输给了乡间寒士蒲松龄，而且这败绩还是纪晓岚自己寻上门的。

　　纪晓岚（1724—1805），即纪昀，晓岚是他的字，献县（今属河北）人，在乾隆、嘉庆两朝历任左都御史、礼部尚书、兵部尚书、协办大学士，最终以太子太保、管国子监事致仕。套用一下现代国家的职位，相当于最高法院审判长、文化部部长、国防部部长、国务院副总理、教育部部长。皇帝出巡，他往往随侍左右，深得皇帝信任。他不但一度兵权在握，还主持编纂了《四库全书》79338 卷 36000 余册，总计八亿多字。

　　就是这样一位声名显赫的"达官贵人""文坛泰斗"，一时兴起，却向蒲松龄这位"乡间民办小学教师"发出了挑战。具体说来：纪晓岚对蒲松龄的《聊斋志异》公开表示不满，说它体裁驳杂，叙事琐细，啰里啰嗦、不伦不类。

更严重的分歧还是意识形态，纪晓岚曾对人说起，他被贬新疆时，大儿子纪汝佶，被文坛上的异端邪说诱导，尤其是"见《聊斋志异》抄本，又误堕其窠臼，竟沉沦不返，以讫于亡"。聪明伶俐的一个儿子竟被《聊斋》荼毒而死，当爹的如何能够咽下这口怨气！

于是，纪晓岚亲自动手写了一部题材相近的书《阅微草堂笔记》，与蒲松龄一决雌雄。

《聊斋志异》问世后，仿作随即大量涌现，有清一代不计其数，大多达不到及格水准。真正能够与《聊斋志异》相提并论的，倒还只有纪晓岚的《阅微草堂笔记》。

就其写作的内容看，同样是神仙、狐鬼、精魅，但两人的写作动机不同，继承的文学传统不同，文学价值取向不同，最终形成的艺术风格也就不同。

就写作目的而言，纪晓岚身在朝纲，身为皇帝近臣，不满足于仅仅写小说，他还希望通过小说发挥思想教育作用，有益于道德人心。

就文学传统而言，《阅微》追随的是汉晋以来王充《论衡》、应劭《风俗通》、刘义庆《世说新语》的正宗文章写作传统，引经据典，偏重论议，文风立法甚严。

鲁迅先生将《阅微》的风格称之为："雍容"。

蒲松龄身在畎亩，身为乡间塾师，感受的是底层百姓的悲欢离合、酸甜苦辣。他写《聊斋》，多是为了抒发自己内心的抑郁与不平、揭示人世间的卑污与不公，即所谓"新闻总入鬼狐史，斗酒难消磊块愁"。

蒲松龄在《自志》中说及他写作《聊斋》的境况："子夜荧荧，

灯昏欲芯,萧斋瑟瑟,案冷凝冰",此时呵开冻墨展卷命笔,其苍凉的心境与屈原披萝带荔湖畔行吟、李贺呕心沥血秋坟鬼唱的心境相近,"自鸣天籁,不择好音",《聊斋》实乃一部"孤愤"之书。

鲁迅喜欢《聊斋》,在《中国小说史略》中指出《聊斋》的文学参照是南北朝的志异志怪与唐宋以来的传奇故事,并夸奖蒲松龄能使花妖狐魅皆具人情,出于幻域复又顿入人间,变幻之状如在眼前,读之令人耳目一新。

鲁迅对《阅微》也存有偏爱,评价似乎并不亚于《聊斋》。他说:纪先生长于文笔,编纂《四库全书》看到许多别人看不到的秘籍,人又性格开朗,所以写神写鬼总能发人间幽微,隽思妙语常常令人会心一笑,行文中夹杂的考据辨析也不乏真知灼见。尤其是他那雍容淡雅的创作风格,后来无人能夺得他的席位。还特别解释,《阅微》之所以圈得众多粉丝,倒不是因为纪先生身居高位。

鲁迅还为蒲先生担心:《聊斋》用古典太多,使一般人不容易看下去。

自打鲁迅对两书作出上述评价后,时间已经又过去100年。

蒲松龄的《聊斋》尽管用典太多,给一般人的阅读增添诸多障碍,但仍然未能阻挡它强劲风行于世:文本一版再版,名篇选进语文教材;故事一再改编,你也说聊斋,我也说聊斋,以《聊斋》故事为题材的戏曲评话、电影电视、音乐绘画广为民众喜闻乐见。关于《聊斋志异》的学术研究,业已由国内铺展到海外。

回头再看纪晓岚的《阅微草堂笔记》,虽不至于无人问津,也已经"门前冷落车马稀"。如若比作"对台戏",观众几乎全跑到《聊斋》这边。

官居一品的内阁大学士、《四库全书》的总编纂,在这场文坛擂台赛中竟输给了一位屡试屡败的落魄秀才、一位乡村小学的教书先生。

简单一点说,这场文学的较量,是"雍容"败给了"孤愤"。

雍容，基本释义为仪态温和舒缓，行为庄重典雅。"雍容"下边常常承接的词是"华贵"。雍容华贵，纪晓岚显然当之无愧。纪晓岚在自序中说到自己写作此书缘由，乃退休后"是以退食之余，惟耽怀典籍，老而懒于考索，乃采掇异闻，时作笔记，以寄所欲言"，虽然是自谦之语，倒也道出富贵闲人的心态。以闲人心态写狐、写鬼，自有闲人的趣味。

《阅微》中写狐：狐妖魅惑一村中少女，每夜同寝，笑语欢声如伉俪。狐妖每每相赠以钱米布帛、衾枕被褥、钗环首饰，少女则快活健康如常人。日久，狐妖对少女的父亲说：我要走了，从此不再来，你赶快给你的女儿嫁个好人家，我送她的礼物也足以做嫁妆了。临别又说你不要担心，我并没有怎么着你的女儿。父亲请邻居家大娘检验，女儿果然还是处女身！

这比起《聊斋》中那些凄厉悲惨、要死要活的人狐之恋，果然"温和舒缓"。

《阅微》中写鬼，如吊死鬼：骄悍的恶婆婆将儿媳逼得上吊自杀，后来其老公纳一妾，竟然比她更加骄悍。恶婆婆被逼无奈拿了根绳子要上吊，这时却看到儿媳的鬼魂披发吐舌迎面扑来，顿时吓得晕了过去，因此逃过一死。夜间，她梦见儿媳前来对她说：你死了我就有了替身再次托生，但世间哪有儿媳记恨婆婆的道理，所以我拒绝了你。又说，阴间沉沦，凄苦万状，婆婆你可不要寻此短见啊！婆婆感动得无地自容，醒来之后花巨资请高僧为儿媳做道场超度亡灵。

这比起《聊斋》中写的嫉恶如仇的"千秋雄鬼"，要"温良恭让"多了。

孤愤，从字面上就可以看出，那是孤独与愤慨。"孤"乃独立于世不为世间所容；"愤"乃愤世嫉俗拒绝同流合污。屈原的"举世皆浊我独清，众人皆醉我独醒"，李白的"人生在世不称意，明朝散发弄扁舟"，皆属孤愤之语。

　　屈原、李白都是人生坎坷、心路崎岖的诗人，"不平则鸣"，他们那些传世的诗篇，往往都是他们满腹牢骚、一肚子愤懑的宣泄与升华。

　　司马迁说过：文王被拘而演《周易》；孔子困厄而著《春秋》；屈原放逐乃赋《离骚》；左丘失明撰《国语》；韩非坐牢之后写下《孤愤》；《诗》三百篇，多是先人发愤之作。

　　这在西方，叫作"愤怒出诗人"。

　　蒲松龄生平遭遇的不公与磨难，尤其是心灵上的磨难，超出常人。战争的惨烈、科场的黑暗、官场的贪腐、胥吏的暴虐、世道的沉沦、自己的怀才不遇、家庭的贫困无依，事事拥堵在心。树欲静而风不止，蒲松龄在《聊斋》中写下的文字是欲罢不能、不能不说的情愫与心迹。字字看来皆是血，十年辛苦不寻常，这与曹雪芹写作《红楼梦》的心境多有相似。

　　雍容，是用墨写下的书；孤愤，则是用血写下的书。

　　就《诗经》而言，《国风》不如《雅》《颂》雍容，文学的品级却高于《雅》《颂》。

　　唐代、宋代，皇权还要受到阁僚与士人的约束，即使贵为皇帝也不能为所欲为，不能想起一出是一出。明清以来，皇帝的权力无限扩张，皇帝的思想无上圣明，皇帝的话成了金口玉言，各级官僚只能唯唯诺诺、绝对服从。纪晓岚虽然位极人臣，但在乾隆皇帝面前终归不过是一个"奴才"，思想上的自由度真还不如一位乡野书生。

　　明清以来，统治者的文化专制日益强横，言论管控变本加厉，乾隆皇帝在中国历史上第一次把"思想犯罪"引入法律惩治的范围之内，逆违者不但引来杀身之祸，甚至殃及亲友家族。纪晓岚主持编纂《四库全书》不得不时时揣摩"圣意"做出删减。如今学界公认：全书不全，这部所谓集中国典籍之大成的丛书，也成为了一部阉割中国古典文化的集大成之作。尽管如此，在《四库全书》的编纂过程中，仍然发生50多起"文字狱"，许多参编者被捕、被罚未能善终。

在中国历代官宦队伍中，纪晓岚并不是坏人。他在如此凶险的政治环境之中能够全身而退，是因为思想上已经"自我阉割"，成为一位"精神上的太监"。

蒲松龄自然也不能生活在世外桃源，也会受到文字狱的威胁。好在他一生蜗居淄川小县，别人是树大招风，而他只是匍匐在西铺村石隐园里的一棵小草。辛辛苦苦写下的一部《聊斋志异》，虽然曾在民间流传，却由于位卑人微一直无力刊印。他去世后，他的孙子蒲立德捧着手稿四处求爷爷告奶奶仍未能如愿。直到50年后孙子也已死去，《聊斋志异》才在一位山东同乡、时任严州知府的赵起杲的主持下正式刻行出版，即为人称颂的"青柯亭本"。

官至"正厅级"的赵知府深知因言获罪的厉害，"青柯亭本"的《聊斋志异》已经将一些可能犯忌的文字悄悄删去。或许正因为如此，满是异议与激愤的《聊斋》才逃脱了文字狱的劫数。

在由纪晓岚主动挑起的这场"文学竞争"中，蒲松龄获得优胜。但这并不是说《阅微草堂笔记》就全无是处，也不能说"雍容"写不出好文章。白居易诗"小宴追凉散，平桥步月回。笙歌归院落，灯火下楼台"，写的正是官宦人家的雍容华贵。

唐代司空图将诗风分为二十四品，文学的领域在天地之间，拥有无限的多样性，无限的包容性。论其高下，终究还在于有无真情的流露，有无本真人性的呈现。

"三千双蛾献歌笑，挝钟考鼓宫殿倾，万姓聚舞歌太平"，即使所谓"颂圣诗"，也不必一概排斥，如果歌颂的对象的确圣明，颂一颂倒也无妨，只是不要把"圣明"当作马屁来拍。

文言与俚语

明代学者兼作家冯梦龙提出中国文学四大奇书的说法：《三国演义》《水浒传》《西游记》《金瓶梅》；那时《聊斋志异》尚未问世，自然不会在列。后来有了《聊斋志异》，接着又有了《红楼梦》，《金瓶梅》因为谈性事太露骨，被剔除出去，递补的是《红楼梦》。

当代中国以"四大名著"的说法代替了"四大奇书"：《三国演义》《水浒传》《西游记》《红楼梦》，仍然没有《聊斋志异》。

如果扩大为"五大名著"呢？《金瓶梅》是老资格，《聊斋志异》恐怕仍然会被挤下来。

没有明确的标准，只有潜在的共识。《聊斋志异》落榜的原因有三：文言叙事、短篇题材、文体驳杂。而其他四部都是白话文、单一的长篇小说。

世界文坛上以短篇夺冠的小说家很多，如契诃夫、莫泊桑、欧·亨利、茨威格、卡尔维诺、蒲宁等，还有中国的鲁迅，从来没有写过长篇。

其中不乏诺贝尔文学奖得主。为什么《聊斋志异》的"短"就成了"短处"？

至于"文体驳杂"是说《聊斋志异》中有的篇章是小说，有的却像散文、特写、札记、时闻、谈片、寓言。人们对鲁迅的小说也曾有过类似的非议，《鸭的喜剧》与《故事新编》写法截然不同，《一件小事》与《阿 Q 正传》相比简直就不是小说，《社戏》《故乡》这些收在小说集里的名篇则更像是散文。以现在的说法这叫作"跨文体写作"，是很潮流的。

其他不再说了，这里着重探讨一下《聊斋志异》中的语言问题。

蒲松龄写《聊斋》为什么要用文言？

一是由于写作的根基。

《水浒传》《三国演义》《西游记》用的是宋、元以来的白话，这是因为他们成书前就已经以话本、评书、杂剧、民间传说的方式广为流行，而这些都是以那个时代的白话作为载体的。施耐庵、罗贯中、吴承恩只不过是在这一根基上盖房子。

蒲松龄写作《聊斋志异》的楷模则是《山海经》、魏晋时期的志怪、唐宋时期的传奇，甚至包括屈原的《楚辞》、司马迁的《史记》、李贺的诗歌，这些均是文言写作，《聊斋志异》是从这样的土壤里长出来的庄稼，有着类似的基因。

至于曹雪芹写《红楼梦》为什么不用文言而采用白话，那是因为《红楼梦》是长篇小说，用文言写长篇小说，在曹雪芹之前并无先例，在他之后，似乎也无后例。

文言写小说，或许只适合写短篇。

二是对文言的偏爱。

蒲松龄不是没有白话写作的能力；不但白话，甚至比白话更"低"一档、更通俗、更大众化的俚语村言，他都可以玩儿的得心应手、炉火纯青。

　　"五四"时期的白话文运动，打着科学、民主的旗号将文言踩在地下，将白话抬到天上，是不公平的。历史上作为书面语言的文言，与作为口头语言的白话，各有优缺。

　　语文学家张中行先生[①]专门写过一本书:《文言与白话》，评价可谓公允。他曾列举出文言的诸多好处，其中最重要的两点:（一）从殷墟甲骨到《老子》《论语》，到二十五史、《文献通考》《永乐大典》《四库全书》，中华民族的文化积淀、精神遗存绝大部分是由文言记录保存下来的。（二）正因为文言中凝聚了民族文化历史中的精华，所以它的表达能力、表现手法异常丰富，那些深远、微妙、可意会不可言传的东西都可在文言的操作中得以精练、贴切、丰蕴的表达。"身无彩凤双飞翼，心有灵犀一点通"，心里有、眼里有、口里没有的东西，都可以通过诗性化的文言表达出来。

　　以蒲松龄的《杨千总》为例:

　　　　毕民部公即家起备兵洮岷时，有千总杨化麟来迎。冠盖在途，偶见一人遗便路侧，杨关弓欲射之，公急呵止。杨曰:"此奴无礼，合小怖之。"乃遥呼曰:"遗屙者! 奉赠一股会稽藤簪绾髻子。"即飞矢去，正中其髻。其人急奔，便液污地。

　　这应该是蒲松龄从馆东毕家人听到的一个真实故事，全篇总共86个字，却一波三折，毕尚书的宽厚、杨千总的英武、遗便者的狼狈已

──────────

① 　张中行（1909—2006），字仲衡，河北香河人，著名语文学家、哲学家、散文家。著有《文言常识》《文言津逮》《佛教与中国文学》《禅外说禅》《顺生论》《负暄琐话》等。被季羡林先生称赞为"高人、逸人、至人、超人"。

活灵活现。

翻译成白话："户部尚书毕自岩到陕西洮岷地区就任兵备道，千总杨化麟前来迎接。仪仗队行进途中，忽然发现有一个人蹲在路旁拉大便。杨千总张弓搭箭就要射他，毕尚书急忙吆喝制止，不许他孟浪。杨千总说：'这个奴才太无礼了，应该吓唬吓唬他。'于是，杨千总就远远地喊道：'哎！拉屎的！赠送给你一根绍兴竹藤做的簪子，用来绾发髻吧。'随即射出一箭，这支箭恰恰射进那个人的发髻里。于是，这人吓得急忙站起来逃跑，屎尿撒了一地。"字数多出了一倍，在语速、语势上仍不及文言抑扬顿挫、生动传神。

按照张中行先生的说法，文言文的缺点显然在于难懂、不易普及；文言脱离口语，自成一套，要读懂文言文须经过一定的专业训练。

造成难读难懂的一大障碍就是"用典"，即引经据典，引用历史上的知识与故事来印证、说明要表达的意思。"用典"的好处是扩充了文章的容量，增添了许多"附加值"；坏处是读者如果对这些典故不熟悉，这些典故就会变成一道道障碍，让阅读难以继续下去，一般读者也就放弃阅读，文章再好，对于这些读者就等于白写了！

《聊斋志异》的"弊端"恰恰在于用典太多，一篇《马介甫》用典竟多达70多处，赵伯陶先生的《〈聊斋志异〉详注新解》对此篇的注释竟多达178条。

比如"季常之惧"，典故出自宋代学者洪迈《容斋三笔》，一位名叫陈季常的居士喜欢和歌姬舞姬们黏糊，太太柳氏不高兴，时常大吵大闹，作"狮子吼"，把陈季常吓得站立不稳，手杖都掉落在地上。"季常之惧"的意思，说白了就是"怕老婆"。知道这个典故的人读了会心一笑，不知道的读者一头雾水。70个典故，就是70个沟沟坎坎，对于一般读者来说还怎么能够读得下去。

说来也怪，《聊斋志异》的文字尽管如此"艰涩难读"，却仍然未能阻挡它广为传播，其中的许多篇章竟然达到妇孺皆知的地步，这又是为什么？

同是志异、传奇，如干宝的《搜神记》、段成式的《酉阳杂俎》、牛僧孺的《玄怪录》、陈翰的《异闻集》、徐铉的《稽神录》、纪昀的《阅微草堂笔记》，在读者的拥有量上全都不及蒲松龄的《聊斋志异》。

若论作者身份，上述诸公全是"省部级"以上的权贵，唯独蒲松龄乃一介乡先生。

当代小说家孙犁是我非常尊敬的一位作家，他也是《聊斋志异》的忠实读者，曾经做出中肯的评论：像《聊斋》这部书，以"文言"描写人事景物，在很大程度上，限制了它的读者面，但是，自从它出世以来，流传竟这样广，甚至偏僻乡村也有它的踪迹。这就证明：文学作品通俗不通俗，并不仅仅限于文字形式，而主要是看内容，即它所表现的，是否与广大民众心心相印、情感相通，而为他们所喜闻乐见。可以说，"文言"这一形式，并没有限制或损害《聊斋》的艺术价值，而它的艺术成就，恰好是善于运用这种古老的文字形式。

我很赞同孙犁先生的说法。

上述达官贵人志怪、志异、搜神、猎艳，多是酒足饭饱后的闲情逸致，同时还要顾及"政治正确"。异则异矣，怪则怪矣，到此为止。

乡先生蒲松龄写作《聊斋志异》则是为万物代言，抒内心块垒，五百篇尽写乡土市井，遣春温于笔端，藏仁心于字里。用文言文写作的《聊斋志异》在传播学中取得的胜利，是由于其情感内涵对于话语形式的突破。

刘勰在《文心雕龙》的《情采》篇中曾经讲到"情感"与"言辞"的关系：

　　　　夫铅黛所以饰容，而盼倩生于淑姿；文采所以饰言，而辩丽
　　本于情性。故情者文之经，辞者理之纬；经正而后纬成，理定而
　　后辞畅：此立文之本源也。

　　　　……

　　　　夫桃李不言而成蹊，有实存也；男子树兰而不芳，无其情也。
　　夫以草木之微，依情待实；况乎文章，述志为本。

　　刘勰的这段话也是"文言"，但不难读懂：对于文学创作来说，"立
文之本"是作者的真情实感，作品能否广为传播、流芳百世，也是要
看作者有没有丰盈的情怀、真实的感受、深刻的体验。

　　《聊斋志异》就是蒲松龄满怀激情培育的一株兰花，所以它流芳
百世；《聊斋志异》就是蒲松龄用一生心血浇灌出来的硕果累累的桃
李之林，总能引来无数渴慕者。

　　当然，大众读懂《聊斋》毕竟还是要靠白话翻译，白话翻译的功
劳不能否定。有学者说读《聊斋》的白话翻译，永远也无法接近蒲松龄，
未免过于偏执了。70年前，我就是通过一册连环画走进蒲松龄的。

　　需要指出的是，《聊斋志异》之外，蒲松龄一生还写了不少并非
"本于情性""生于淑姿"的应酬文章，如婚启、嫁帖、寿辞、祭文，
蒲松龄自己反省说，这都是"无端而代他人歌哭"。他在《戒应酬文》
中写道：自己家中实在太贫困了，别人家大吃大喝，自己家连窝头也
吃不饱；别人家冬天穿皮袍子，自己家连棉絮也供应不足；春天到了，
典当了衣物买纸笔，用不了几天就完了。尽管如此，他说以后坚决再
也不去写这些无聊文字了！此时"弯月已西，严寒侵烛，霜气入帷，
瘦肌起粟，枵腹鸣饥"，又有人敲门请他写应酬文章，本想拒绝，看
到来人手里拎着一盒点心一瓶酒，他实在抵挡不住饥肠辘辘，就又接

《聊斋全图》第三十八册《雷曹》插图

下这档子活儿。心里还说，仅此一次，以后再戒吧！

看了这段令人心酸的陈述，你还会指责蒲松龄吗？

让人欣喜的是，这篇《戒应酬文》，却不是一篇应酬文字，而是一篇情真意切、文采灿然的文言文！

《聊斋志异》问世后，很快在读书人中流传开来，获得高度好评。到了后期，蒲松龄为了让一般老百姓也能够欣赏到他的作品，便自己动手创作许多"俚曲"。所谓"俚曲"，是以明清俗曲作曲牌，以方言土语、俗话谣谚为载体，用曲牌联套为结构形式，编织成了包含小曲、说唱、表演等多种艺术形式在内的艺术综合体。蒲松龄不但着手将《聊斋》中的一些精彩篇章改写成俚曲，如将《仇大娘》《张诚》《珊瑚》《商三官》《席方平》《江城》《张鸿渐》等篇章中的故事改写为《翻魇殃》《慈悲曲》《姑妇曲》《寒森曲》《禳妒咒》《磨难曲》。同时还创作了《墙头记》《姊妹易嫁》《王六郎》等俚曲戏文。直到民国建立之前，中国民间社会的思想道德教育，即所谓劝善惩恶、移风易俗多半还是凭借民间说唱方式进行的。

胡适先生鼓吹新文化运动，抵制文言，倡导白话，自己的白话诗创作并不是很成功，常被人取笑。而蒲松龄不但文言好，白话文写作也是上乘，他用白话创作的俚曲，甚至比白话还要通俗，还要乡土，同时也更加传神！

例如，聊斋俚曲《蓬莱宴》中写海水干、龙宫现的一曲：

> 常言道，
> 河无头海无边，
> 有朝一日自家干，
> 八千年才见它干一遍。

> 龙宫海藏露着脊，
> 老鸹落在兽头边，
> 燕子头上去媲蛋。
> 人世间真有奇事，
> 东洋海变作桑田。

再举一段更有"淄川风味"的：

> 清晨起来天也这么乌，
> 两眼还是眵目糊。
> 孩子雏，
> 一生营生做不熟，
> 新学着系带子，
> 两顿打得会穿裤。
> 一天吃了两碗冷糊突，
> 没人问声够了没，
> 数应该来，
> 来应该数！

淄川一代的百姓热爱蒲松龄，喜欢聊斋俚曲，把乡先生蒲松龄视为自己的亲友、芳邻。蒲翁去世后，关于他的轶事、传说层出不绝，差不多又可以写下半本《聊斋》了！有一则故事是这样编排的：

毕府老东家宴请朋友，邀蒲松龄作陪。一位来宾看蒲松龄衣着寒碜，便有意作诗嘲讽："三字同旁绫缎纱，三字同头官宦家。

身穿绫缎纱，都是官宦家。"还指名蒲松龄对照唱和。蒲松龄张口回应道："三字同旁稻秫稷，三字同头屎尿屁。吃了稻秫稷，放出屎尿屁。"

蒲翁故意以俚语对付矫饰，且对仗工整，声韵铿锵，足以见出蒲翁怀璞抱拙、吐纳珠玉的品德与才华。

这个故事几乎可以肯定是"瞎编"的，但百姓对于蒲松龄的爱戴与崇敬却是真实的，也是真切的。这也再度证明，百姓大众与我们这位旷世大作家是心心相系、情情相依的。

聊斋歌

　　聊斋歌，说的是 1987 年推出的大型古装电视连续剧《聊斋》的主题曲《说聊斋》。歌词由山东籍的著名词作家乔羽乔老爷撰写，著名音乐家王立平遵循山东话的音调谱曲，由一位出生在山东菏泽的青年女歌手用山东话演唱。

　　这一切都是为了更贴近蒲松龄的情思、《聊斋志异》的格调。

　　电视剧尚未播送完，这首聊斋歌便不胫而走，"你也说聊斋，我也说聊斋，喜怒哀乐一起那个都到那心头来"，一时间响遍中国山南海北的大街小巷。

　　其中一句逆袭国民意识的话："牛鬼蛇神它倒比正人君子更可爱"，顿时起到振聋发聩的效应。

　　由那时往前推 20 多年，"牛鬼蛇神"是一个面目狰狞丑陋、令人畏惧恐慌的一个词语。"横扫一切牛鬼蛇神"的社论，曾经使得神州大地山摇地动、血污斑斑，让成千上万人化作冤魂陷进人间地狱！

　　那时被"横扫"的《牛鬼蛇神》都是些什么人呢？

　　国家领导人、开国元勋且不说了；中国的文化精英几乎全在其列。如哲学家、史学家梁漱溟、熊十力、陈寅恪、翦伯赞、吴晗；诗人、作家巴金、田汉、傅雷、艾青、沈从文、赵树理、王蒙、张贤亮；画家刘海粟、潘天寿、李可染、黄永玉；演艺界的名家更多，如周信芳、盖叫天、言慧珠、严凤英、赵丹、黄宗英、常香玉等。

　　那时的"正人君子"是江青、王洪文、张春桥、姚文元所谓"四人帮"之流。

　　一句"牛鬼蛇神它倒比正人君子更可爱"，顿时唱出国人的心声，好不爽快！

　　但《聊斋志异》中的"牛鬼蛇神"含义毕竟还要复杂许多。

　　"鬼也不是那鬼，怪也不是那怪"，《聊斋》中的牛鬼蛇神是什么呢？

　　以往许多评论得出的结论是：蒲松龄笔下的鬼怪狐妖并非鬼怪狐妖，而是别有寓意，即"假鬼狐以托孤愤"，目的在于抒发蒲松龄自己的思想与感情。

　　这样的说法值得进一步推敲。

　　说《聊斋志异》中的"牛鬼蛇神"别有寓意，此言不差。但要说蒲翁写鬼、写狐仅仅是"借他人之酒杯，浇胸中之块垒"，是借来的"工具"，与鬼狐无关，我很难苟同。

　　蒲翁自己是相信鬼神存在的。《聊斋》中的鬼既是蒲翁用笔墨写下的鬼是他心中的鬼，恐怕也是当时的人们认可的鬼。在《王六郎》的原型故事中，水鬼不愿"残二命"，以一妇一婴两人的性命，换取自己的投生，实在拥有一颗"仁人之心，可以通上帝"。这就是说生而为人，死而为鬼，人与鬼之间并没有本质的区别。世间有好人坏人，阴间也有善鬼恶鬼，在一部《聊斋志异》中表现得再清楚不过。

大约是为了阶级斗争的需要，鬼，一度全被"横扫"进敌人营垒，成为人们坚决打击、彻底消灭的对象。我在上中学的时候曾经读过一本当时广为宣传的书：《不怕鬼的故事》。这本书收集了中国古代典籍中一些敢于骂鬼、驱鬼、打鬼、捉鬼的故事，教导人们鬼是与人势不两立的敌人，要勇于与鬼作无情斗争。

有趣的是，全书共计 70 篇以鬼为敌的故事，《聊斋志异》仅仅 3 篇入选：《捉妖射鬼》《妖术》与《耿去病》。

大师级语言学、教育学专家吕叔湘先生审阅书稿时，竟又对其中《妖术》《耿去病》两篇提出质疑，建议删去。其理由是：《妖术》一方面破鬼，一方面立妖，显得前后矛盾，斗争精神不彻底；《耿去病》一篇摘自《青凤》一文，所谓耿去病与鬼的斗争实乃断章取义，通观全篇，竟是这位风流男子耿去病与妖狐一家恩恩怨怨的爱情故事。

看来，《聊斋志异》中连篇累牍的鬼故事，竟然全都不符合那时阶级斗争、路线斗争制定的"鬼"的标准。

文史大家吕叔湘先生不得不明确指出：在清代三大名家中，纪晓岚、袁枚"远在蒲留仙之上"。这应该是针对人对鬼的"斗争性"来说的。

尽管由于别的原因，蒲翁的这三篇文章还是保留下来。但从这件事中可以清楚地看出蒲翁对待鬼的态度：同情与爱恋远多过敌意与仇恨。《聊斋歌》中所唱的"牛鬼蛇神它倒比正人君子更可爱"，无疑也是蒲松龄的心声。

风水流年转，近来《不怕鬼的故事》中的英雄人物宋定伯，竟又成了一个"争议人物"。

《宋定伯捉鬼》选自干宝《搜神记》：一个叫作宋定伯的人赶夜路遇见了一个鬼，他谎称自己也是鬼，得到鬼的信任。两人商定轮换背着走，鬼嫌他身体太重，他骗鬼说自己是新鬼。接着他又套出这个鬼的内心秘密：最害怕人唾他。于是宋定伯就对着这位鬼"呸呸呸"猛唾起来，这位"倒霉鬼"就变成了一只羊。天亮了，宋定伯把羊牵到集市上卖了一千五百个钱。

在这个故事中，鬼把宋这个人老老实实地当作朋友；而宋却背信弃义、唯利是图将鬼置于死地。论者认为：这个人心底的险恶已经超过了鬼！

莫言也曾写过一篇路遇鬼魂的小说，结尾时感慨：我在无意中见了鬼，原来鬼并不如传说中那般可怕，他和蔼可亲，真正害人的还是人，人比鬼要厉害得多啦！

莫言的意思是：坏人要是害起人来可比鬼厉害多了。这种情形似乎并没有因为社会的发展而从根本上有所改变。

我小的时候，我们那条小街上也有几个坏人，即所谓的"光棍""混混"，小偷小摸、坑蒙拐骗。但街里人都知道这是几个坏家伙，他们的额头上就像被大家贴了标签。善良的百姓躲着点，不招惹他们就是了。

随着互联网产品的普及，人们能够"隐身"做许多事情，人性之恶得以恶性膨胀，互联网便成了一些坏人、恶人大行其事的空间。一些被称为"杀猪盘"的网站，专门以交友恋爱的名目欺诈中年女性，骗色又骗财，手段卑劣狠毒，还自鸣得意地把这些受害的女性称作"猪"，自诩为"杀猪高手"。

这些网络骗子比起以往的小偷、扒手不知坏上多少倍，这也不是传统社会里的恶鬼所能效仿的！

《聊斋志异》中写鬼怪如此，写花妖狐魅呢？

回答这个问题，还是鲁迅先生高人一筹：《聊斋志异》使花妖狐魅多具人情、和易可亲，让人一时忘记牠们本是异类，但牠们偶尔又会闪现出朦胧的原形，这才知道牠们原本并不是人类。

这等于说《聊斋志异》中的鬼怪狐魅，既是鬼，又非鬼，终究还是鬼；既是狐，又非狐，终究还是狐。此话说得有些拗口，但这也正是蒲松龄的高妙之处。

《水浒传》里啸聚山林的英雄好汉多以野兽猛禽为绰号，如豹子头、扑天雕、青面兽、插翅虎、白花蛇、双尾蝎、通臂猿、浪里白条；也不乏以传说中的鬼神为绰号，如赤发鬼、操刀鬼、活阎罗、丧门神、母夜叉、混世魔王、八臂哪吒、催命判官等。这些只是绰号而已，人还是人。

《西游记》中许多鬼怪妖精也多是自然界里的狮子、老虎、蜘蛛、老鼠，但妖精就是妖精，只不过作者让他们披了一张野兽的皮。作者对于这些妖精毫不留情，一棍子打下去，打它个稀巴烂。

蒲翁推崇的《搜神记》中，同样写了不少动物妖精的故事。作者干宝是东晋皇朝的御用史官，善于站在第三者的立场上记事，人妖之间势不两立，在他记述的故事中，那些"牛鬼蛇神"多是祸害人类的"匪类"，注定要被人们扑杀消灭。

如，南阳一位叫宋大贤的书生夜晚在郊外一座亭子里弹琴，一个鬼过来戏弄他，还要和他掰手腕，他就乘机把这鬼给杀了。天亮后发现是一只老狐狸。

句容县村民见一位妇人天天从他的田头路过，问她是哪里人也不回答，因此怀疑她是异类，便用镰刀砍杀了她，发现她果然是一只狸，即野猫精。

晋惠帝时的大臣张华与一位年轻英俊的白面书生谈论学问，未能占上风，便怀疑"天下岂有如此少年！若非鬼魅，则是狐狸"。张华逼少年现出原形，果然是一只花面狐狸，于是张华便在开水锅里烹煮了牠。

　　《聊斋志异》中非人非狐，亦人亦狐，非虚非实，亦真亦幻，文学境界之高妙非言语可以道断。蒲翁自谓："才非干宝，雅爱搜神"，岂不知他的文学成就已经超出了前人干宝。

　　《聊斋》中人妖之间、人类与非人类物种之间并没有如此截然的界限，蒲翁对待人类之外的物种不但没有强烈的敌对意识、"你死我活"的战斗精神，反而一视同仁，友善对待。

　　英国历史学家汤因比在总结工业革命时代的教训时指出：在一个文明世界中，"人类之爱应该扩展到生物圈里的一切成员，包括有生命物与无生命物"。

　　《聊斋》中的花妖、狐鬼、木魅与人类同处于一个地球生物圈、生命共同体中，"鬼也不是那鬼，怪也不是那怪"，这才有了"几分庄严、几分诙谐、几分玩笑、几分那个感慨"，有了共同的欢乐与悲哀。

　　这并非说300年前的蒲松龄就已经拥有了"后现代"的生态理念，而是说在蒲松龄这位诗人、文学家的内心仍然还遗存着"太古之时，禽兽则与人同处，与人并行"的原始记忆，这是一种集体无意识，是他创作《聊斋志异》的潜意识，也许连他自己都意识不到呢。而基于潜意识塑造出的那些花妖狐鬼的形象要比理性化的、技巧化的比拟、借用丰富得多，生动得多。

　　这也可以解释为蒲翁"不失初心"。

　　"初心"即"本心""赤子之心"。

　　蒲翁在《聊斋》中之所以能够以亲切、同情的态度对待自然界中的其他物种，应是出于他"物与民胞、天人与共"的本性。

　　与自然万物相融相通、交流感应本是人类的原始思维方式，这是任何一个"自然人"都曾拥有的天赋。

　　《瓦尔登湖》的作者梭罗就拥有这种与动植物亲密相处的天赋。

他说他喜欢一个人在树林中散步，会对时时遇到的野苹果、野浆果、野草、野花、野鸡、野鸭、野猫、野麝鼠产生浓厚的兴趣。他曾经讲述过他如何小心翼翼地跟踪一只狐狸，凭着气味在大雪覆盖的山坡上与狐狸捉迷藏；他描述过海龟与噘嘴鱼打架的情境；他目睹过燕子如何救护受伤的同伴；他还帮助过迷路的小猫、走失的小猪，他可以与土拨鼠交谈，可以与小鸟共餐⋯⋯

如果你怀疑这些是一位会写书的人的杜撰，那我可以举出我外婆的例子。

外婆不识字，是光绪十二年（1886）出生的人，我记事时她已经是一位白发苍苍的老人，她离不开土地，不习惯城市生活，一辈子住在通许县乡下一座茅屋里。许多年前我曾在一篇文章里记述过外婆的生存环境：

　　在这所陈旧的茅屋里，外婆常年独居，看上去似乎很孤独。其实，茅屋里的生灵并不止外婆一个。茅屋年数久了，在土坯与茅草的缝隙中渐渐聚集许多生命，屋梁上爬着壁虎，总喜欢对外婆瞪着一双小小的圆眼睛；灶台里藏着蟋蟀，有时候大白天也会情不自禁地唱上一段小曲儿；墙缝里隐居着土鳖和蝎子，床底下还发现过一条小青蛇蜕下的干皮，这些都不曾对外婆造成过任何伤害，偶尔相遇，这些相貌丑陋的小生灵也总是对老主人表现出几分歉意和敬意。

　　此外，外婆的茅屋里还居住着另外一些精灵：外间屋贴着后墙用一块长木板架起的"条案"上，供奉着"灶爷""灶奶"的木版画像，供奉着祖宗的神位，供奉着救苦救难的观音菩萨。屋子一角的木桶上还供奉着一位被称为"大仙爷"的家神。外婆说，

"大仙爷"曾经多次对她显灵，有一天半夜，灶膛里早已熄灭的火又呼呼燃了起来，风箱被拉得"呱呱嗒嗒"响。还有一次，半夜里她摸拐棍下床时，拐棍却被人拉着像拔河一样扯来扯去，外婆说那是"大仙爷"和她闹着玩呢。外婆不懂科学，她的茅屋里有自己的精神世界、神灵的世界。

至于茅屋外边，更是一个生机盎然的天地。

黄河水退去后，外婆在屋前屋后栽了七八棵枣树，如今都已长到碗口粗细，整个院子被遮在枣树的绿荫下，秋天的时候累累红枣压弯了树枝，这时候黑尾巴的花喜鹊便成群飞来啄食，外婆并不认真驱赶，只是扯下头上的土布手巾向空中挥上几下，吆喝几声。外婆孤身一人已无力建起院墙，只在院子的四周种了些茴香和花椒树，不但起到了篱笆的作用，而且这类芳香型植物还可以驱除蚊虫。院子里蚊蝇很少，蜜蜂、蝴蝶很多。茅屋外边的窗台下有一个鸡窝，一只红冠子大公鸡领一群母鸡，每天到村头树林中自己觅食，倒也省心。唯一使外婆担忧的是赵家坟地那只白耳朵梢的黄鼠狼曾到院子里窥测过几次。为了对付这个白耳朵梢的坏家伙，外婆又养了两只虎头大白鹅。在外婆屋前南边有一方不到半亩的池塘，水草丰盛，白鹅容易养活。院子里自从有了这两位虎视眈眈的忠诚卫士，一年四季都呈现出一片平和景象。

外婆居住环境的"生物量"比起我现在居住的公寓，不知要多出多少倍！在农业时代，人与大自然中的其他生灵总是有着更多的接触与交往。

今天，我们已经难以看到300年前蒲松龄的具体的生存细节，但有两点我可以肯定：

其一，他像梭罗一样，经常在旷野里散步。理由是他坐馆的西铺村距离他家60多里地，30年的两地分居，要往返几多？这60多里山重水复、林木荟然、狐兔出没的乡野之路，即使不是徒步，也不外乎牛车、马车、骑驴、跨骡，与自然的亲近程度不亚于梭罗。

其二，蒲氏家族分家后，松龄一家分得村外农场破旧的老屋三间，用蒲松龄自己的话说："旷无四壁，小树丛丛。蓬蒿满之。""一庭中触雨潇潇，遇风喁喁，遭雷霆震震谡谡，狼夜入则埘鸡惊鸣，圈豕骇窜。"如此的生存环境，实在令人同情，但比起我那外婆的茅屋不是更贴近自然了吗？

作为工业社会指导思想的启蒙理念制造了人与自然、人类与其他物种的疏离与对立，历史学家汤因比指出：人类出现以来，随着其能力的增强就一直在侵袭地球生物圈中的其他生物，但人类成为生物圈的主宰，是从工业革命之后开始的。在蒲松龄去世后不到300年的时间里，人类为了自己一己的利益几乎将地球上的其他物种扫荡净尽，从大象、狮子、老虎到蝴蝶、蜻蜓、蚂蚁！

正如世界环保运动的开创者蕾切尔·卡逊[①]所慨叹的：原本鸟语花香的春天，如今也变得死一般寂静！

人对其他物种的伤害也透射到人类之间。汤因比说：整个20世纪的100年，成了人类自相残杀的时代！

---

① 蕾切尔·卡逊（Rachel Carson，1907—1964），美国海洋生物学家、科普作家、新闻记者，马里兰大学教授。她的《寂静的春天》一书引发了公众对环境问题的关注，被认为是环境保护主义的奠基石，从而促使联合国"人类环境大会"的召开、《人类环境宣言》的签署。

　　好在人们已经开始觉醒，2021 年，联合国《生物多样性公约》①缔约方第十五次会议在云南昆明召开。196 个缔约方的国家与地区一致认为：必须深刻反思人与自然的关系，没有生物多样性，就没有人类的未来，实现"人与自然和谐共生"是全人类的美好愿景。

---

① 《生物多样性公约》(Convention on Biological Diversity) 是一项保护地球生物资源的国际性公约，于 1992 年 6 月 1 日由联合国环境规划署发起的政府间谈判委员会通过。这是一项有法律约束力的公约，旨在保护濒临灭绝的植物和动物，最大限度地保护地球上的多种多样的生物资源，以造福于当代和子孙后代。

大荒堂主

"大荒堂"是路大荒先生的堂号，路大荒是大荒堂的堂主。

"大荒堂"，竟使我联想起"大荒唐"，曹雪芹《红楼梦》的自题绝句："满纸荒唐言，一把辛酸泪！"

路大荒（1895—1972），原名路鸿藻，字笠生，号大荒，以蒲松龄研究为终生志业，孜孜不倦收集蒲松龄的生平事迹、手稿旧著、遗文遗物，考证真伪，集腋成裘，历尽千难万险，终于成为中国研究蒲松龄及《聊斋志异》的杰出学者，被誉为蒲松龄无可置疑的当代知音。

可以说，最初将蒲松龄这个旷世文人以真实、具体、有机、丰满的形象展现给当代世界的，是路大荒。

我这本小书的写作，凭依的基本框架是路大荒先生的研究成果。饮水思源，这里无论如何不能不说一说大荒堂主路大荒。

路大荒是蒲松龄的"同邑人"，他出生在淄川县北关菜园庄，距离城东满井庄的蒲家不过八里地。他的启蒙老师是蒲氏家族的后裔蒲国政先生。

路大荒与蒲松龄生活在同一蓝天下、同一土地上，蒲家庄与菜园庄同在般阳河畔，村民们世代联姻，青林狐变，秋坟鬼唱，《聊斋志异》中的齐鲁人文传统同样培育了路大荒的人格与精神。

蒲松龄出生于明清易代的社会大动荡时期，路大荒出生在清王朝与中华民国鼎革的时代变迁之际，蒲生"清之头"，路生"清之尾"，虽然相隔200多年，也算是曾经"共饮清之水"！

路大荒与蒲松龄一样自幼生活在农村，他们的家庭不属于达官贵人，也不是辛劳于田亩间的农夫，而属于经济能够自立的乡村文化人。路大荒的曾祖父梦园先生是一位笃学之士，藏书颇丰。他上懂天文，下知地理，熟悉历朝典故；曾祖父与祖父都是当地著名的画家。路大荒的父亲也是一位类似于蒲松龄的"乡先生"，除了教书课徒，终日以莳花种竹、品酒吟诗为乐。

路大荒青年时代也曾在淄川县教小学，也算是一位民国初年的"乡先生"。

更由于启蒙老师蒲国政的这层关系，使他自幼便对"蒲聊斋"的逸闻轶事耳濡目染，滋生出诸多兴趣，将人生道路导向"蒲聊斋"的探索与研究。

概而言之，路大荒对于"蒲聊斋"的研究与发扬做出了三大贡献。如影相随的则是其人生遭际的三大劫数。

先说三大贡献。

其一，编撰《蒲松龄年谱》。

蒲松龄享年76岁，在他离世200年后，路大荒要将其逐年、逐月的行迹、作为、著述、交际、家庭变化、个人悲欢以及社会背景的更迭一一用最简洁、最明晰、最贴切的文字表现出来，几乎每一个字都要多方考据，悉心求证，反复查核，再三订补。

这篇《蒲松龄年谱》，初稿于 1931 年，定稿于 1935 年，正式发表于 1936 年，1957 年修订增补，1962 年再次出版发行。区区三万多字的文章竟写了三十余年！

大荒先生自谓：编撰蒲松龄的年谱，不是如牛负重，而是"如蚊负山"。还说，材料自信真实，但由于自己的学养有限，如同"村媪"下厨，生生把些"山珍海错"做成了农家饭。

大荒先生对自己或许有更高的要求。在我看来，鉴于大荒先生当年治学条件的困难，某些考据论断或有不足，随着新的资料的发现，将不断弥补这部年谱的某些欠缺。但大荒先生毕竟为蒲学研究铺设了一个坚实的基础，作为后来者，我对大荒先生充满感激之情。

说来还是冥冥之中的缘分。20 年前在淄博参加一个散文写作的研讨会，其间主办方邀请与会代表到淄川蒲松龄故居参观，我在大厅陈列室中看到有路大荒的《蒲松龄年谱》，就买了下来。同时还买了一函二十四卷抄本的《聊斋志异》，一本《蒲松龄俚曲选》。当时并没有想到研究，只是出于喜欢。

不料 20 年后竟接下中州古籍出版社交付的这项写作任务，翻检家中藏书，这本《蒲松龄年谱》依然安在，是齐鲁书社 1986 年的版本：青灰色的封面，茅盾先生清瘦的题笺，尹瘦石先生白描的蒲翁显露出微微笑容。扉页上有我当年的附记：2002 年 10 月 14 日购于淄川蒲公故居。

这些天，路大荒的这本《蒲松龄年谱》始终在我的案头枕边，成了我探索"蒲聊斋"这座崇山峻岭的路标与向导。

其二，编纂《蒲松龄集》。

大荒先生青年时代便着手收集蒲松龄文章诗词的旧刻本与散落民

间的各类著述。1936 年，他将收集的首批成果交付上海世界书局出版，书局为了获利，竟然夹带许多"私货"急促出版上市，这让他很是生气。1953 年冬，时任文化部副部长的周扬到济南视察，鼓励他继续收集整理蒲氏文集，在精神上给予他很大的支持。

乡先生蒲松龄少有文名、终生笔耕不辍；身居乡里，关注世情民瘼；人缘极好，有求者必有所应，加之长寿，一生著述极多且门类繁杂。更要命的是这些著述在他生前全部没有刊刻行世，此后佚文大多为亲族后裔收藏，为古董商人囤积。为了搜求这些佚文，大荒先生常年辗转于北京、上海、广州、沈阳、济南、西安。他财力有限，一部分靠节衣缩食购买下来，更多的时候是借出来亲手转录，青灯黄卷，简直就是一位书山文海里的苦行僧。

收集来的每一篇文字，都经过大荒先生的仔细校勘。为了辨识《醒世姻缘传》是否为蒲松龄的著作，大荒先生不惜对阵权威，据理力争，否定了胡适先生三万余言的考据文章。为了纠正鲁迅先生关于蒲松龄生卒年代的错讹，大荒先生隆冬之夜扒开蒲公墓碑下的积雪为胡适提供足够的物证与史料，为此胡适先生还曾特意著文表示感激。

1962 年，路大荒 67 岁，《蒲松龄集》终于由中华书局出版，其中收录诗 929 首，词 102 阕，骈文与散文 458 篇，俚曲 13 种，戏曲 3 种，杂著 2 种，共计 123 万字。对照蒲松龄的祭文、墓表、行状记载，蒲氏一生除了小说之外的著述十有八九都囊括其中了！

洋洋四卷《蒲松龄集》，与《聊斋志异》珠联璧合，成为海内外研究蒲聊斋的宝贵文库。

其三，力促重修重建蒲松龄故居。

蒲松龄的故居早已在战火中毁坏，所剩仅断壁残垣。修复蒲氏故居是路大荒毕生夙愿。从 1953 年开始，路大荒在政府的支持下，团结蒲氏家族的众多成员，在条件十分困难的情况下，勘察原址布局，重建房舍院落，征集相关文物，求购旧时家具。历时三年，不但收集到许多手迹、刻本的原件，竟还收集到蒲翁生前陈设过或使用过的楹联、匾额、几案、杌凳、文石、砚台等。

不但重建了蒲氏家院，同时还策划复原柳泉满井、重整蒲松龄墓地。

故居重建就绪，路大荒在厅堂题写了"聊斋"匾额。

近乎神迹，在这次重建蒲氏故居的过程中竟还发现了久已消失的蒲松龄的写真画像，端坐椅中的蒲松龄喜笑颜开地看着这群"孝子贤孙"忙忙碌碌地为他重建家园！

再说说路大荒一生研究蒲聊斋经历的三次大劫。

第一劫，遭遇日本入侵者洗劫。

1937年，日本侵略军攻陷淄川，路大荒参加了抗日游击队，失败之后日伪政府出示布告要逮捕他，他只身一人来到济南，化名路爱范隐居大明湖畔。

日本人追捕他其实并非只是因为他参加了游击队，而是要他交出收藏的蒲聊斋的手迹、文稿等文物资料。路大荒深知其险恶用心，临行时便把一部分手抄本藏在其学生的岳父田明广老人家中的墙壁里，将蒲松龄的手稿贴身藏在棉袍里，一度躲进深山老林。

日军搜查路大荒家一无所获，震怒之下纵火烧掉其老宅。

日军向田明广老人逼问路大荒的下落遭到拒绝，便开枪把老人打死在家中。

淄川人为守护蒲聊斋的传世付出了鲜血与生命的代价！

第二劫，被诬"盗窃文物"。

路大荒不但是一位造诣深厚的"蒲学"研究者，同时还是书画家、古籍收藏家、文物鉴定家，个人收藏颇丰，更是国内收集、保存蒲松龄手稿最多的学者。

1952年，有人在"运动"中匿名举报他盗窃图书馆的藏品，遂被隔离审查，勒令其赔偿巨款。多年搜集的藏品被拉到街上当众处理，其中有王渔洋手稿、王懿荣的对联、未及整理的《聊斋》遗稿等珍贵文物一百余件均被贱卖，一册《聊斋文集》的手抄本才卖了三万元（旧币，相当稍后的新币3块钱）。

后来，由于山东省图书馆馆长、山东古代文物管理委员会副主任王献唐先生出面作证而中止追索，但已经被强行卖出去的蒲松龄的珍贵资料却再也无法追回。

1962年，持续三年的大饥荒尚未完全过去，路大荒将自己多年收藏的蒲松龄的文本资料全部捐献给了国家。其中包括一册蒲松龄的亲笔手稿，丹铅涂抹，古趣盎然，共计46页，是当年大荒先生典衣借贷购买下来的。

此前，曾有日本古董商人高价求购，均被大荒先生严词婉拒。

大荒先生饥肠辘辘的儿子在一旁求告：爸爸，您只要给我留下一页，我就不会挨饿了！

第三劫，"浩劫"中蒙受查抄批斗。

1966年8月，路大荒家被红卫兵查抄。多年搜集珍藏的《聊斋》佚文、古籍善本、秦汉瓦当、名家书画……统统被视为封建流毒洗劫一空，堂屋的青砖地面被掀开挖掘三尺！

主要罪名就是为"封建余孽蒲松龄"树碑立传。

接下来的日子里，身患心脏病、糖尿病的年迈人仍被挂牌示众、押送会场接受批斗。当他两腿浮肿实在难以站稳时，不得不由女儿搀扶着走上批斗台。

1972年初夏，路大荒惨死在潮湿阴冷的卧室中。

　　查抄后的房间里空空荡荡，幽暗的墙角里遗落一块小小的石头，那是早年由王献唐先生撰文、由名家刻下的一枚篆章"历劫不灭"。

　　历劫不灭的东西，此时也都泯灭了。

　　"携盘独出月荒凉，渭城已远波声小。"路大荒，这位"蒲学"研究的垦荒者在辞别人世之际，该是多么地孤寂与苍凉！

　　这一年，为路大荒崇敬的蒲松龄同样在劫难逃：坟墓被扒开，尸骨被抛洒。

　　大荒堂主路大荒辞世之前曾留言儿子士湘、士汉："我经二代兴亡事，认识到世乱知忠贞，疾风知劲草。""历史是无情的，逃脱不了社会人士公正的判断。"

　　路大荒去世四年后被平反昭雪。

　　八年后，由政府出面举办隆重的追悼会。蒲松龄纪念馆献上挽联：

　　　　纂聊斋遗篇，般阳城外，留仙九泉感诚；
　　　　理中华古籍，曲水亭畔，大荒铭史千古。

蒲门灰孙子

　　祖先骑一匹白马，我骑一匹红马。我们纵马西行，跑得比胶济铁路上的电气列车还要快，一会儿就到了蒲家庄大柳树下。祖师爷正坐在树下打瞌睡，我们的到来把他老人家惊醒了。祖先说："快下跪磕头！"我慌忙跪下磕了三个头。祖师爷打量着我，目光锐利，像锥子似的。他瓮声瓮气地问我："为什么要干这行？！"我在他的目光逼视下，喏嚅不能言。他说："你写的东西我看了，还行，但比起我来那是差远了！""蒲大哥，我把这灰孙子拉来，就是让您开导开导他。"祖先在我屁股上踢了一脚，大喝："还不磕头认师！"于是我又磕了三个头。祖师爷从怀里摸出一只大笔扔给我，说："回去胡抢吧！"我接住那管黄毛大笔，低声嘟哝着："我们已经改用电脑了……"祖先又踢我一脚，骂道："孽障，还不谢恩！"我又给祖师爷磕了三个头。

这是从一篇题为《学习蒲松龄》的微言小说中摘录下来的文字，作者是蒲松龄的山东乡亲莫言。

莫言在文中说，他家的祖先原本是一位贩马人，当年赶马路过蒲家庄，在那棵大柳树下喝了蒲松龄的茶，抽了蒲松龄的烟，按惯例给蒲松龄讲了老家高密县流传的一个老鼠成精故事。这位"蒲大哥"后来便把这个故事写进他的《聊斋志异》中，就是那篇《阿纤》。

祖先知道自己的一个后人在写小说，就在梦中带他来到蒲家庄拜师，于是便出现了上述一幕。

微言小说出自莫言亦真亦幻、浪漫戏谑的一贯笔法：接连磕了九个头，屁股上挨了两脚，灰孙子终于成为蒲门弟子。

"蒲门灰孙子"，活灵活现地吐露了莫言对蒲松龄的无限尊崇与爱戴。这让我想起国画大师齐白石的一首诗：

> 青藤雪个远凡胎，老缶衰年别有才。
> 我愿九泉为走狗，三家门下转轮来。

比起"灰孙子"，甘愿在九泉之下做他人的"走狗"，显得还要谦卑。

对财富与权力的屈膝臣服，是恶行，将会使一个人丢失自己的人格、沦为权贵的奴才；而对文学、对艺术、对美的心灵、对一切美好事物的顶礼膜拜，是美德，将把一个人的灵魂同化于美的境界，带进美的天地。

蒲松龄去世近300年后，他的这位"灰孙子"不负先师厚望，文学创作蒸蒸日上，终于在2012年荣膺诺贝尔文学奖，这是一个当代人能够在地球上获得的文学创作领域的最高荣誉，瑞典国王亲自将获奖证书颁发给山东高密县这位农家子弟。昔日东北乡的"灰孙子"，俨然成了中国现实版的"灰姑娘"。

蒲松龄的在天之灵如果看到这一情景，该是何等的欣慰！

《学习蒲松龄》这篇微言小说固然有诸多渲染，莫言对蒲松龄的认同、尊敬、崇拜，对蒲松龄的学习、领会、效仿，却是实实在在的，这在他的许多演讲、访谈中都有记述。

在 2012 年诺贝尔文学奖盛大的颁奖典礼上，莫言对着来自世界各国的作家、学者宣告：二百多年前，我的故乡曾出了一个讲故事的伟大天才——蒲松龄，我们村里的许多人，包括我，都是他的传人。

莫言小学没毕业做了放羊娃，2005 年香港都会大学却授予他荣誉文学博士学位。他在接受学位的演讲中多次讲到蒲松龄：

> 我们山东高密这个地方，虽然离青岛很近，但它在几十年来，一直是比较封闭、落后的。这个地方离写《聊斋志异》的伟大作家的故乡，相隔大概两三百里。
>
> 我当年在乡村的时候，经常听老人讲很多有关鬼神的故事。我就想究竟是蒲松龄听了祖先说的那些鬼神的故事，把它写到书里去，还是我的祖先里面有文化的人读了聊斋再把故事转述给我呢？我搞不清楚。我想这两种状况可能都有。
>
> ……
>
> 像我们的祖先山东的蒲松龄，他写妖、写鬼、写狐狸，看起来是夸张、变形、虚幻，但是他对社会的暴露，比那些写实的小说来得更深刻、集中。

他在接受青岛大学青年教师的访问时曾经坦言：马尔克斯也好，福克纳也好，这些外国作家，对我来说，他们都是外来的影响、后来的影响。而蒲松龄是根本的影响，是伴随着我的成长所产生的影响。

一个作家必须回到自己的故乡。必须从自己的童年、少年记忆里寻找故事源头。对我来说，这个源头是和蒲松龄连在一起的。或者说，从精神上来讲，从文化上来讲，我跟蒲松龄是一脉相承的，我自然地承接了他的文化脉络。比起马尔克斯、福克纳，我觉得还是蒲松龄对我的影响更大。

在浙江大学，莫言说，要避开马尔克斯和福克纳的影响，只有一个办法——向民间学习。在他的老家山东已经有一位先行者，就是蒲松龄和他的《聊斋志异》。他与蒲松龄有着血脉上的联系，一拍即合。

此前，国人都还以为莫言的小说写得这么富有特色，是因为受到那位南美洲作家马尔克斯的熏染。现在明白了，滋养他的原来是山东老乡蒲松龄的《聊斋志异》。

马尔克斯的影响是存在的，那是因为莫言、马尔克斯都属于一条道上的游侠客。

300年前的蒲松龄是这条道上的前辈，因为地球彼岸的这位魔幻现实主义大师，就曾经对东方的蒲松龄表示过虔诚的尊崇。他曾对人说，他在旧书摊偶然看到的一本东方古书，这本书就是蒲松龄的《聊斋志异》。他说他长时间地沉浸在这本奇书中不能自拔，直到将书页翻得破烂不堪，正是这本书激起了他当作家的念头，后来写下《百年孤独》。马尔克斯还对记者说：相对于蒲松龄，我只不过是一只渺小的小鸡，而他才是天空中的苍鹰！

我总以为，西方人要读懂中国比中国人读懂西方更难，这位老马哥竟能读《聊斋》读得如痴如醉、神魂颠倒，实在难得。听他的口气，这位早莫言30年荣获诺贝尔文学奖的巨匠，早已投身于蒲公门下了！

读莫言小说，不难发现他与祖师爷蒲松龄的传承关系。他的长篇小说《生死疲劳》：主人公死了以后冤魂不散，在阎王面前一次一次地叫苦，阎王一次次地骗他投胎，让他变猪、变驴、变狗、变成大头婴儿。其原型，就来自蒲松龄《聊斋志异》中的名篇《三生》，其主人公刘孝廉能记前生数世之事，一世为横行乡里的劣绅，六十二岁死后托生为马，受尽挞楚折磨；由于不安心改过自新，再托生为狗，以粪便做餐；仍然狡诈不驯，再托生为蛇，遭车辆碾压、被鹳鹋啄食；历尽数劫方才转生为人。蒲松龄还特别强调，这是一个真实的故事，是那位刘孝廉亲口对他的堂兄蒲兆昌讲述的。

喜爱《聊斋》的人多了，得蒲翁真传者非莫言莫属，这是缘分。

2011 年，他还特意出了一本书：《学习蒲松龄》。书中写道："我的文学经验，说复杂很复杂，说简单也很简单。刚开始是不自觉地走了一条跟蒲松龄同样的道路，后来自觉地以蒲松龄先生作为自己的榜样来进行创作。"

综上所述，莫言再三强调的是：蒲松龄是文学创新的先行者，自己跟蒲松龄有着血脉上的联系，自然地承接了他的文化脉络。蒲松龄对自己影响最大，自己的创作是以蒲松龄为榜样创作的，他以作为蒲松龄的传人感到自豪。

2021 年夏天，他又专程赶到淄川来看望他的蒲先生了！这次的身份是诺贝尔文学奖得主，但对于先师的态度依然恭敬如初、虔诚如初。

有好事者曾经发表文章评论蒲松龄与莫言有什么不同，究竟谁更伟大。

每一个优秀的作家都是各不相同的，但各有各的"生态位"[①]，真正

---

① 生态位（ecological niche），生态学术语，1924 年由格林内尔（J.Gri-nell）首创。指生物个体在一定的时间与空间里所占据的位置及其与相关种群之间的关系与作用。又称生态龛，用来表示生态系统中每种生物生存所必需的生境。参见鲁枢元：《生态文艺学》第 7 章第 1 节，陕西人民教育出版社 2000 年版。

优秀的文学家，如荷马、但丁、歌德、拜伦、莎士比亚、托尔斯泰、李白、杜甫、蒲松龄、曹雪芹、鲁迅、沈从文、林语堂、马尔克斯、巴金、老舍都是各不相同的，其间的差异很有些像是珍稀植物中人参、灵芝、红桧、铁杉、苏铁、桫椤，以及珍稀动物中的凤蝶、鳄蜥、蓝鹇、朱鹮、儒艮、猞猁之间的差别。

尽管是亲兄弟如周树人与周作人，其差别亦甚于常人。尽管是师生关系，如周作人与废名，沈从文与汪曾祺，学生辈如若不能跳出乃师的"规矩"，那就注定成不了独自的一家。莫言与蒲松龄的不同也是显而易见的。

早在许多年前，在北京鲁迅文学院我与莫言曾有一面之交，记得我曾对他说起：古今中外杰出的诗人、小说家以及艺术家都是"兄弟行"，是"十方丛林"，而非"子孙堂"。

莫言之于蒲松龄，说是"灰孙子"，其实也是"堂兄弟"。齐白石之于徐文长、吴昌硕怕也远非"走狗"与"主子"的关系，而已经是可比肩并论的大师。

名篇赏析

王六郎

　　我把《王六郎》放在本辑的首篇，因为这是我最早读到的《聊斋》故事。早到什么时间？如果不是 70 年前，至少也是 68 年前。我上学早，小学三年级时 8 岁，字还认不全，也还不知道《聊斋志异》这本书，更不知道蒲松龄。

　　然而，这却是影响了我一生的一本书。随着岁月的流逝，一生中多少往事都已经开始淡去，童年时代在故乡开封老家那条小街上读《王六郎》的情境，仍然会清晰地闪现在眼前。

　　陈家的擀毡房就在惠济桥头路东一侧，那房子有一溜宽宽的房檐伸向路边，鹿老头的书摊就摆在这房檐下。书，全是小人书，即连环画，开封人则把它叫作连环图。

　　鹿老头那时恐怕已经八十多岁，长得容貌奇特：深眼窝，高颧骨，花白络腮胡子，眼珠的颜色却有些发黄，虽然驼了背，个子仍比平常人高出一头。

　　鹿老头的身世颇有些神秘。听说是旗人，前清武举，庚子年间慈禧"西狩"回銮驻跸开封时，曾经护驾御前，看见过太后和皇上，现在却住在十二祖庙街东头一间破烂昏暗的小屋里。老伴儿是一位小脚女人，又低又矮，身边还有一个叫"小虎"的男孩，是他的孙子，却从没人听说过他儿子。

　　鹿老头的书摊实在寒酸，一块比桌面大一点的破帆布，几十本磨损后又几经粘补的"连环图"，几只歪歪扭扭的小板凳，一口肥皂箱既是书箱又是他的坐具。不知道这个寒碜的小书摊是怎么养活这三口之家的。

　　我在上小学认得一些字后，便迷上了小人书，成了鹿老头书摊上的常客。租一本书坐在书摊前的小凳子上看，只要一分钱，我与《聊斋志异》《西游记》《水浒传》《三国演义》这些文学名著结缘，就是从鹿老头的书摊开始的。

　　老人神情严肃，少言寡语，脾气有些古怪，唯独对我还比较客气，有时会向我推荐一些他认为有趣的书，有时还会帮我提示一下书中的内容。有时，他看我实在"馋"书而又手头拮据，手心里攥紧的一分钱久久定不下掷向哪一本书时，他的脸上会漾起罕见的一丝笑容，对我做出特别的照顾：我的这一分钱可以选两本稍薄些的书。

　　我最初读到《王六郎》的故事，便是得之于和这位老人做下的半分钱的生意。

　　《聊斋志异》中的名篇，多为男女情事，《王六郎》却是一个例外，若论故事情节，也说不上复杂曲折。篇中叙述了一位老渔夫和一个水鬼的友谊：

　　水鬼王六郎本是一位溺水而亡的少年书生，一个善良的好鬼。每到星月交辉的夜间两人便在河边相聚，渔夫请书生饮酒，书生到河的上游为渔夫赶鱼。真诚的友谊超越了人鬼之间的界限。

一天夜间，六郎告诉渔夫，他在水下为鬼的苦日子已经到期，明天中午有一位妇人渡河时将落水而死，那就是来替代他的。

> 明日，敬伺河边，以觇其异。果有妇人抱婴儿来，及河而堕。儿抛岸上，扬手掷足而啼。妇沉浮者屡矣，忽淋淋攀岸以出，藉地少息，抱儿径去。当妇溺时，意良不忍，思欲奔救；转念是所以代六郎者，故止不救。及妇自出，疑其言不验。抵暮，渔旧处。少年复至，曰："今又聚首，且不言别矣。"问其故。曰："女子已相代矣；仆怜其抱中儿，代弟一人，遂残二命，故舍之。更代不知何期。或吾两人之缘未尽耶？"许感叹曰："此仁人之心，可以通上帝矣。"

第二天，果然有一位妇人过河坠水，将怀抱的婴儿丢在岸边。奇怪的是那夫人仿佛被人在水下推着，竟然又回到岸上。到了夜晚，渔夫又见到六郎问他怎么回事啊。六郎说他不忍心看着婴儿失去母亲，更不能为了自己脱离苦难而让两个人付出性命，因此就放弃了托生做人的机会，继续待在水下做鬼。渔夫深受感动，两人的友谊更深厚了。

王六郎的义举也感动了天帝，不久就被任命为山东招远县邬镇的土地神。渔夫为朋友感到庆幸，并约定要到招远看望他。

渔夫是一个乡野粗人，同时又是一位诚恳、率真的好人，只为与鬼魂的一句诺言，不惜跋山涉水数百里赴约，与那位以前是"水鬼"现在成了"土地神"的六郎相会。

"为官一任，造福一方"，邬镇在六郎治理下风调雨顺、地方安宁、深受民众景仰。做了神的王六郎并没有因为地位的改变而冷落这位乡下来的打鱼老汉，反而托梦给整个镇子的百姓盛情款待他的这位老友。

小说最后描绘了长亭惜别的情境：

> 欸有羊角风起，随行十余里。许再拜曰："六郎珍重！勿劳远涉。
> 君心仁爱，自能造福一方，无庸故人嘱也。"风盘旋久之乃去。
> 村人亦嗟讶而返。

老朋友虽人神相隔，六郎化为一股小旋风紧紧伴随在老汉身边，依依难舍。送至十里长亭，老汉说：六郎保重，别再远送了！你的仁爱之心定能施惠一方，不用我再祝福您。旋风才缓缓离去。村民们也都深受感动。

幼时的我读到这里，也已经被两个人物诚挚的友情感动得几乎掉下眼泪！

我小小年纪之所以能够读懂王六郎的故事，并且容易被感动，也与我生存的环境有关。

开封属于豫东，与山东的鲁西相邻，风俗与语言都很接近。我童年时代的那条小街，据开封地方志记载早在明代就已经存在，儿时的民居民情仍与明清时代并无太大差异。

从我家出门往西走上百步就是宋代那条著名的惠济河，河边小木屋里住的王荣贵伯伯就以打鱼为生，门前的柳树上经常挂有他自己织下的渔网。我们那条街的北边，是一片方圆数百亩的苇子坑，大人们都说湖水下边有淹死鬼，每年都要找替身，每年都有淹死的人。我家街后边的那条街就叫"土地庙街"，土地爷住的小庙就在街口上，那是我背着书包上学必定经过的地方。

还有，在街上走动时如果遇到旋风，老人们就会说那是鬼魂行路，要躲远些。

由于这些原因，我读《王六郎》就感到特别亲切，就像是在身边发生过的事情。

当我仍在迷恋着"连环图"时，鹿老头却一病不起，陈家擀毡房的房檐下再也看不到老人的身影，显得空落落的。不久，我从他家门前经过，看到他那矮屋乌黑的门板上贴了苍白的"烧纸"，我知道，老人已经死去。

老人死后，他的那箱连环图被老伴拿出来拍卖，我用5分钱买下了那本《王六郎》，直到1994年我移家海南岛时，这本小画书才不知下落。

但少年书生王六郎与老渔夫的故事已经深入我的心灵之中。

蒲松龄的这篇《王六郎》在我的精神生长发育中究竟拥有多大的价值，我说不来。但我清楚，那是我今生今世精神收藏中的瑰宝。从那时起，《王六郎》的故事已经融进了我的血脉里，"善良""仁义""真诚""友爱"这些中华民族的传统道德也已经在我心中暗暗萌生。

不管后来的学问家们多么严谨地论证："恶"，也是一种推动历史前进的力量，"以恶抗恶"又是多么值得推崇的斗争哲学，而"善"有时也会异化、蜕变为一种统治人、剥夺人的负面的力量。但我不太相信这一套说法，在我的内心深处始终固守着一块生命的基石，那就是"善良与友爱"。

法兰西哲人罗曼·罗兰①说："除了善良我不承认有任何高人一等的标志。我始终认为，那些心存善良的人是最先觉醒的人，因为他们怜

---

① 罗曼·罗兰（Romain Rolland，1866—1944），思想家，文学家，音乐评论家，社会活动家，1915年诺贝尔文学奖得主，一生为争取人类自由、民主与光明进行不屈的斗争，对人类进步事业做出了贡献。

悯苦难，同情弱者，就会痛恨制造苦难的源头。而冷漠无情者恰恰相反，他们无视公平正义，愚昧无知。"

前段时间，一位华人美国女孩凭她的一部电影力作《无依之地》荣获金球奖最佳导演奖。在世界各国明星荟萃的颁奖典礼上，这位女孩竟用中文朗诵了中国传统启蒙教材《三字经》里开头的六个字"人之初，性本善"。

她说，她一生对这六个字深信不疑，"哪怕有时候现实好像相反，但我总在世界各地遇到的人中发现良善"。她希望把这个奖项奉献给坚持善良的人。

这位女孩年纪轻轻就获得了世界电影爱好者的盛赞，得到世界电影节权威人士的激赏，我想这一切都源自她相信人性本善、坚守人性本善的初心，源自中国古代传统文化赋予她的生命底色。

蛇人　义鼠　蝎客

在现代人的观念里，人与非人之间的界限是很清楚的，对待野生动物更是如此。至于某些野生动物，还会被人类视为务必"清零"的"敌对势力"，如蛇与蝎，还有老鼠。"蛇蝎之心""过街老鼠"这些成语，常常被人们用来形容最痛恨的敌人。

蒲松龄并没有这样的观念，一部《聊斋》，人与兽的界限并不清晰，他的立场也并不总是站在人类一边。当然，也并不总是站在动物一边。用现在时尚的生态学术语，可以称其为"非人类中心者"。

《蛇人》，便是为蛇唱赞歌的一篇。

一位在江湖上耍蛇为生的山东老乡，养了两条青蛇，大青、二青。二青，额头上有个红点，尤其有灵性。

这年，大青死了，养蛇人想再捕一条蛇来补缺，二青突然也不见了。养蛇人在附近山林里喊叫着寻找半天仍不见下落，他失望极了，一个人背着空箱子往山下走来。正在这时，荒草丛中传来窸窣之声，养蛇人回头一看，果然是二青回来了，他大喜过望就像凭空捡了个宝贝。没有想到二青后边还跟着一条青色小蛇，是二青招引来的。这条小蛇和二青一般聪明，就取名叫小青。

一个人与两条蛇游荡四方、卖艺江湖、相依为命，日子过得虽然艰难，倒也不乏乐趣。

几年后二青已经长到三四尺长，竹箱子已经盛不下牠。养蛇人让二青美吃一顿后便要将牠放归山野。二青显出恋恋不舍的神情，养蛇人好言相劝："二青，快走吧！世上没有不散的筵席。深涧大谷才是你的安身处所，这小小竹箱哪是你久居之地？"

二青离开一段距离，又爬了回来，赶它也不走，只是用头扣竹箱。竹箱里面的小青也在扭动身体。养蛇人忽然领悟二青是要和小青告别。

打开竹箱，二青、小青两蛇交头吐舌，似乎在说些临别赠言。接着，两蛇并排往前爬去。养蛇人想着难道小青也要跟随二青去了，过了一会儿，小青竟然独自幽幽地爬了回来，自己爬进竹箱子里，原来牠只是要送二青一程。

数年后，这一带的山林里有时会钻出一条碗口粗的青色大蟒追逐行人，人们只好绕道行走，养蛇人决定前去看一看。当他走进山林深处，伴随一阵狂风一条大蛇迎面爬来，蛇头上的红点证明果然就是二青。二青也认出往昔的主人，一个纵身扑到养蛇人面前，亲昵地绕在养蛇人身上，养蛇人直呼太重了，二青才把身体松开，又用头去碰箱子。养蛇人打开竹箱，放出小青，二蛇相见交缠在一起，亲热了许久才分开。

养蛇人对小青说："早就想着要和你分手，一直舍不得，如今有二青给你做伴，我也就放心了。"回头又对二青说："本来就是你带小青来我这里的，如今你还带牠去吧。"养蛇人又说："我有一句话嘱咐你俩：深山之中，不缺吃的，不要去惊扰行人，免遭天谴。"两条蛇低下头，好像是听进去了。

二蛇起身，二青在前，小青在后，往林木深处游走而去。养蛇人伫立良久，直到再也看不见牠们的踪影，才怅惘下山。从此以后，山路上再不见蛇的踪影。

文章末尾，蒲松龄忍不住加以评说：蛇，看似不通人事的"蠢物"，却如此眷恋故人，从善如流。许多人对多年的朋友却可以反目成仇、落井下石，真是连蛇都不如啊！

这篇小说，免不了有作者的文学渲染。但动物与人类友好相处中不但可以相互沟通，也可以建立亲密的关系，如今已经被许多事实验证。

澳大利亚两位年轻人布尔克与兰道尔买下一只4个月大的狮子，为牠起名叫克里斯蒂安，二人一狮吃、睡、玩耍都在一起，建立了亲密关系。克里斯蒂安渐渐长大，巨大的食量与急剧增长的体重很难再在城市里继续待下去，他们又不愿意将牠卖给动物园或马戏团，决定将牠放回牠的非洲老家，费尽周折终于如愿以偿。

一年多后，克里斯蒂安已经成为肯尼亚稀树大草原上一只野生大狮子，布尔克与兰道尔十分思念克里斯蒂安，一起飞到非洲，在当地野生动物专家的协助下寻找他们的狮子朋友。同时心里又充满不安，他们不知道牠还能否记得往昔友情。

让他们惊喜的是，克里斯蒂安在山坡上与他们相遇了，在端详了半分钟后，就飞快地向他们跑来，一下子扑到他们身上，一会儿抱抱布尔克，一会抱抱兰道尔，在他们身上磨蹭、撒娇、亲个不够。更令人惊异的，克里斯蒂安竟然还带来两头年轻的母狮子——牠的两位小情人。这两头雌狮竟也上来套近乎，轻轻搂抱两位年轻人的腿，像是人类的握手致意！

这是一个真实的故事，读者如果有兴趣，很容易在网络视频中一睹克里斯蒂安的芳容。

　　已经有更多的报道证实，人不但与狮子，还可以与灰狼、棕熊、大象、河马，甚至鳄鱼建立起亲密关系。

　　《义鼠》，是为老鼠点赞的，篇幅短小，情节单纯。

　　两只老鼠出洞，其中一只不幸被蛇吞下，另一只惊慌而愤怒，瞪着乌黑的小眼睛，远远地盯着那条蛇不敢向前。蛇吞下老鼠后就蜿蜒向洞内爬去，刚爬进一半，外边这只老鼠就猛扑过来，狠狠咬住蛇的尾部。蛇怒，急忙退出洞来。老鼠机灵敏捷，便飞快地躲闪到一边，蛇追不上又往洞里爬去。等到蛇爬进去一半，老鼠又折回来，像上次一样咬住蛇的尾巴不放。就这样蛇入鼠咬，蛇出鼠跑，反复折腾许久。最后，精疲力竭的蛇爬出洞来把吞下的死鼠吐在地上，那只老鼠才放过了牠。这只老鼠用鼻子嗅着自己的同伴，悲伤地吱吱叫着，像是哀悼同伴的逝去。最后，用嘴衔着死去的同伴离开了。

　　蒲松龄说这个故事是他的同窗好友张笃庆告诉他的，是一个真实的故事，笃庆还为此写了一篇文章《义鼠行》。

　　这一则见闻之所以引起蒲翁的重视，是因为它再次印证了古时圣哲列子的话："禽兽之智有自然与人童者，其齐欲摄生，亦不假智于人也。"特别是这只老鼠的勇敢与智慧还不是为了自己的"摄生"，而是面对强敌不惜以命相搏来解救同伴。这是一种"利他"的行为，属于较高的道德层面，谓之"见义勇为""舍生取义"，即使在人类中，也是许多人做不到的。

　　日前看到互联网上两个小视频，一个很悲壮：一只身量瘦弱的"柴狗妈妈"，奋不顾身跳进洪流救出落单的狗崽，让围观的人群为之落泪；一个很有些喜感：池水里的一只乌龟"翻车"了，肚皮朝天、四肢乱晃、一筹莫展，数只乌龟看到后一齐过来搭救，齐心合力竟将牠翻转过来！狗妈妈仁慈而义勇，众乌龟危难出手情义无价。

蒲翁的好友张笃庆以《义鼠行》表彰这只老鼠，是很高的评价。

"义"的本字，上羊下我，"羊"为慈祥友爱，"我"为手执干戈。出于善心，奋不顾身，路见不平，拔刀相助，这就叫"义"。

《易经》曰："立人之道，曰仁与义"，善心为"仁"，将善心落实到行动为"义"。

春秋时代治理国家的高手管仲，率先提出"礼义廉耻"四项基本原则，取得国富民安的辉煌政绩，被誉为"圣人之师"。

孔夫子该算是他的学生，最终也成为圣人。一部《论语》中多半是讲"仁"与"义"的："君子义以为质""君子义以为上""杀身以成仁""君子有勇而无义为乱，小人有勇而无义为盗""不义而富且贵，于我如浮云"。

"义利之辨"，成为中华民族传统道德哲学的核心。"义者，宜也"，义是大道，是公理，是做人的操守，是行为的准则，属于精神生态的境界；"利"是利润、利益、功利、名利，是投资生意的利息、股票市场的利好，属于物质财富的领地。

"义"和"利"对于人类社会与个体人生都是必不可少的，但注定要有个轻重、高下的顺序。

孟子继承孔子思想，以义为重："生，亦我所欲也；义，亦我所欲也；二者不可得兼，舍生而取义者也。"

儒学的二传手董仲舒说得较为全面："天之生人也，使人生义与利。利以养其体，义以养其心。心不得义不能乐，体不得利不能安。"但他最终强调的仍旧是"正其道不谋其利，修其道不急其功"，将"义"放在了"利"的上边。

"仓廪实而知礼节，衣食足而知荣辱"，这句话也是出自管仲之口，伦理道德首先是建立在基本的物质保障之上的。这话自然不错，但也不能顺着竿子滑下去：经济越发达、物质越富足，人的伦理道德观念就越高尚。当前的物质生活比起孔子时代不知好出多少倍，由于金融、物质、经济被抬高为治国理政的不二法门，重利轻义、利欲熏心，精致的利己主义者大行其道，世间的道德水准反倒江河日下。从国际关系到官商关系、医患关系、婚姻关系，见利忘义的实例不胜枚举。

在这篇《义鼠行》中，见义勇为、舍生取义，几乎就是一种天然的生命冲动，连老鼠、乌龟都能够无师自通，在现代人这里倒成了一盆浆糊！

孔老夫子提倡"君子喻于义，小人喻于利"，从那时起可能就已经出了偏差。在位者是不可以无原则地以挣钱发财"利诱"广大百姓的。"君子""小人"都应该"见利思义"，有所为有所不为。

蒲翁生活的时代，物质生活并不繁荣，他个人的生活更是近于贫寒，但一部《聊斋志异》处处讲的是"义利之辨""重义轻利""舍生取义"。鉴于篇幅，这里只把《义鼠》作为引子，就不再举例了。

另一则关于蝎子的故事《蝎客》，关乎自然对人类恶行的报复。

说的是一位南方商人，每年都到山东乡下大批地收购蝎子，这些蝎子一部分卖给药店做药材，一部分卖给饭店做了食材。

这一年，商人又来收购蝎子，住在客店隐隐感到心慌意乱、毛骨悚然。他似乎对自己的宿命有所觉察，急忙告诉店主人说："我杀死蝎子太多，现如今蝎子的阴灵很愤怒，要来杀我了，请快救救我吧！"店主人环顾室中，见有口大瓮，便让商人蹲到里边藏身。不一会儿，有位黄头发红眼睛、狰狞丑陋的大汉闯进来，问店主人："那南方商人哪里去了？"主人回答："出门去了。"那人到室内四下里看了看，抽动了好几次鼻子，像是闻出了什么，不动声色地离开客店。

店主人庆幸地松了口气，说："没事了！"打开瓮一看，那商人却已经化成一摊血水！

蒲松龄笔下的这个故事带有浓郁的因果报应的宗教色彩，蝎客杀害太多的蝎子，终于遭到严厉的报复，丢掉了性命。

鬼怪传说或不可相信，宗教的哲理并不虚诳。

佛教讲的"万法依因缘而生灭"，因果相续，有业必报，亦即人们常说的"种瓜得瓜，种豆得豆"，恶有恶报，善有善报；谁种下仇恨，谁自己遭殃。

当代人遭遇的生态灾难往往出于"自然的报复"。当代人将牛放在生产流水线上，集约养殖、大批量屠宰，不把牛当牛看，结果引来"疯牛病"的报复；当代人为了一饱口福，几乎将穿山甲、果子狸等野生动物赶尽杀绝，很快就遭受到"非典"的报应。自业自得果，众生皆如是，佛经中讲的"业力不失，有业必报"，在当代生态运动中是由大自然的病毒来实施报复的。

如果算一算当前这场持续有年的"新冠病毒"已经夺去百万人的生命，那么"蝎客"一人化作"血水"，这处罚并不算严厉。

在人类与万物共处的地球上，蛇、蝎不算"最坏的生物"，也不是"最蠢的生物"。英国著名动物学家和人类行为学家莫里斯[①]曾经指出：

---

① 德斯蒙德·莫里斯（Desmond Morris，1928— ），英国著名动物学家和人类行为学家。曾任伦敦动物园哺乳动物馆馆长、牛津大学特别研究员。1967年将注意力转移到研究人这种动物上。主要著作有《人类动物园》《裸猿》《亲密行为》等，被翻译成多国语言出版。

生活在自然栖息地里的野生动物，在一般情况下是不会自杀、手淫、伤害后代或者伤害同类的，也不会得胃溃疡和肥胖症，更不会有诸如恋物癖和同性恋等现象。而在现代人类中，这一切全都发生了。

这还不止于证实人类比野生动物的毛病多，甚至还证实了人的生存智慧出了偏差，莫里斯接着指出：

这并不是说人类这种动物和其他动物有着根本的区别，而是人类在社会发展过程中逐渐失去了自己的"野性"，即"自然性"，把自己封闭在钢筋水泥制造的"笼子"里，人类在"都市"这座笼子里成了被豢养的动物，病态的动物。

这叫作"聪明反被聪明误"，而动物是不会犯下此类错误的。

九山王　遵化署狐

《聊斋志异》中《九山王》《遵化署狐》这两篇故事都是写狐狸与人之间的恩怨情仇的，我认为也折射出人类与生物圈中其他生物之间矛盾复杂的关系。如果把狐狸这种野生动物作为"自然"一方，这两个狐狸报复人类的故事也生动地演绎了恩格斯在《自然辩证法》中指出的可怕景象：

> 我们不要过分陶醉于我们人类对自然界的胜利。对于每一次这样的胜利，自然界都对我们进行报复。每一次胜利，在第一步都确实取得了我们预期的结果，但是在第二步和第三步却有了完全不同的、出乎预料的影响，它常常把第一个结果重新消除。

先看第一个故事：《九山王》。

曹州府有一个李秀才，家里很富有，宅子后面有一个几亩地大的园子，一直荒着。一天，一个老者来租他的园子，并诚心诚意奉上一百两银子作租金。李生心想院子里并没有多余的房子，且收下租金，看他怎么办。

过了一天，村里的人看见有不少车马、家眷进了李家的大门，四周邻人都好奇地出来观看。又过了几天，租房子的老者来拜访，恭敬地对李秀才说："来贵府已经好几天了，支锅做饭，打铺就寝，事事都得从头安排，一直没能过来拜访您。今天叫儿女们做了顿家常饭，请你一定赏光过来坐坐。"李秀才当即跟着老头去赴宴。

走进后园，便看见一片新建的房屋，非常华丽。房里陈设很高雅。刚落座就端上了酒菜，尽是山珍海味。能看见门外人群熙熙、男女青年欢声笑语，感觉总有上百口家人。

李秀才这时心里已经明白：这家人是狐。

李秀才喝完了酒回到自己家里，心里容不得这些"异类"，便暗起杀心。

此后的日子他每次去赶集，就买下一些硫黄、芒硝、木炭，渐渐积攒下几百斤黑火药，然后将火药偷偷埋伏在后园各个要害地方。准备完毕后趁老者一家不备便骤然点燃，顿时满园烈火冲天，浓烟滚滚，群狐哀嚎声惊天动地，大火烧了多个时辰才熄灭。老者从外边办事回来，只见满园都是焦头烂额、尸首不全的狐狸，李秀才正在检查有无未被烧死的狐狸。

老者悲恸已极，责怪李秀才说："我与你远日无仇，近日无恨，租你的荒园给你付了租金，你怎么忍心灭我全家！"说完，愤然而去。

李秀才担心狐狸报复，从此加强防范，却不见动静。

时值明末清初，社会动乱。一天，村中来了位算命先生，自称"南山翁"，掐算人的生死祸福无不应验。李秀才也请他来家中算卦，这算命先生一进屋就肃然起敬，惊呼："李先生您可是当今的真龙天子啊！"李秀才开始半信半疑，这算命先生说做皇帝也不可白手起家，鼓动他联络周边众多山林中的地方武装，打造盔甲兵器，广做造反的宣传，就一定可以成功。李秀才决心下定，委派算命先生为军师，自立名号"九山王"，投入全部家资准备黄袍加身实现他的帝王梦。

　　事情越闹越大，惊动了刚刚入主中原的顺治皇帝，遂派大军前来围剿"九山王"，能说会算的"军师"却不见了踪影。结果，李秀才被擒拿归案，妻子老小全被诛杀。这时李秀才才醒悟过来，那个算命先生就是当年那只逃生的老狐狸，如今借官兵之手来报复当年的灭门之仇。

　　在这场复仇大战中，蒲松龄是站在狐狸一家的立场上的。他在小说的结尾评述道："壤无其种者，虽溉不生。"万事总是有因有果，若不是李秀才自己残忍地杀害了狐狸一家，在心田埋下罪恶的种子，就压根不会有这场悲剧。

　　当代环境保护主义的先驱、杰出的女性作家蕾切尔·卡逊[1]在二十世纪中期出版了一本震撼世界的书：《寂静的春天》。全书的叙事也可以视作一个自然向人类复仇的故事：人们为了保证玉米、小麦等粮食的丰收，保证牧草的生长及牛羊肉的供应，使用一种叫作 DDT 的杀虫剂，高效地杀死了农田与牧场里被人类称作"害虫"的所有昆虫与小动物，继而以这些昆虫、小动物为食物的鸟类也接连死去，春天的田野里再也听不到鸟的叫声。事情还不止于此，DDT 杀伤力威猛，分解

——————————

① 蕾切尔·卡逊（Rachel Carson，1907—1964），蜚声世界的自然文学作家，海洋生物学家，当代环境保护主义的先驱。主要作品有：《寂静的春天》《自然的见证人》《帮助孩子想象》以及《变换无穷的海岸》。其中《寂静的春天》引发了全球对于环境保护的重视，从而成为生态史上里程碑式的作品。

很难，土壤里的 DDT 渗透进粮食与蔬菜里，随着雨水流入河流、湖泊等水源里，并在鱼虾的身体内高浓度地积贮下来。人类在消杀"害虫"的同时，也毒化了土壤、毒化了水源、毒化了食品、毒化了自身生存的环境，最终毒化了自己的身体与心灵，危及人类生存。卡逊说：自然反击、报复人类的力量是如此强大，自然诱导人类为自己制造了一个意想不到的魔鬼！

问题的根源或许还在于人类的自私与贪欲，总以为自己可以充任主宰地球的"万物之王"，就像蒲松龄笔下的这位李秀才，一心想当什么"九山王"！卡逊的书教导我们，一定要学会与其他生物共享地球，哪怕是我们不待见的那些"害虫"。否则的话，就要小心自然的报复。

老狐狸对李秀才的报复就是一个先例。

面对愈演愈烈的生态危机，季羡林先生[1]到了晚年还不忘恩格斯这段关于"自然报复人类"的话。

他说：这一段话说得何等好啊！从历史上来看，人类最初也属于大自然中的一种动物，变成人后就闹独立，公然与大自然分庭抗礼了。特别是西方工业革命以后，为了一己的利益热衷于征服自然。但是，大自然的报复也随之而来，比如物种灭绝、生态失衡、人口爆炸、地球变暖、淡水匮乏、新疾病产生、臭氧空洞等，都是些要命的问题！挽救之方并不复杂，无非是改弦更张，改恶向善，人与大自然要成为朋友，不要成为敌人。宋代大儒张载说："民，吾同胞；物，吾与也。"就充分体现了这种精神。

季先生与蒲松龄一样，也是山东人，孔夫子的同乡。

---

[1]　季羡林 (1911—2009)，中国山东清平康庄（今属临清）人，中国语言学家、翻译家、学者。历任北京大学副校长、中国东方学会会长。著作颇丰，汇编成《季羡林文集》24 卷。

蒲松龄是真正维护了儒家精神的，他没有把人类之外的其他物种认作势不两立的"异类"，而仍然是从源头上将其视为"同胞"，这就是中华民族优良的生态文化传统。

《聊斋志异》中紧接着《九山王》还有一篇《遵化署狐》，也是讲述狐狸向人类复仇的故事。

正如人世间一样，在蒲松龄塑造的狐狸世界里，有品行出众、道德高洁的狐，也有品格低下、行为卑劣的狐。《九山王》里的老狐狸是一位谦谦君子，对李秀才的反杀是逼上梁山。《遵化署狐》里的狐狸却有些市侩气、无赖相，但也无有大恶。

小说写道：直隶省遵化州行署后院有一座废楼，长年无人居住，竟住进一窝狐狸，这家狐狸整天吵吵闹闹不得安生，还不时出来惹是生非，撵又撵不走牠们。以往来这里做官的人委曲求全，对牠们敬而远之，以求息事宁人。

山东人丘志充来这里上任后，听说狐狸们这么闹腾很是生气。这家狐狸也知道这位丘大人脾气火暴是个厉害的主儿，于是当家的老狐狸就变成一个老婆婆，请衙内管家禀告丘大人："我们知道丘大人不喜欢我们，但我们也不要相互仇恨。给我三天时间，我带领全家老小立马搬走，不给他老人家添麻烦。"

丘大人听了狐狸转来的话后默不作声。

到了第二天，丘大人在校场阅兵完毕，命令军士们不要解散，把各营的大炮都抬到衙门里，包围行署后院那座废楼。丘大人一声令下群炮齐发，顷刻之间大楼摧为平地，群狐的毛皮、骨骼、血肉，像下雨一样从天而降。

只见滚滚浓烟中，有一缕白气冲天而去，人们知道有一只狐狸逃了出去！自此以后，署中太平无事了。

两年后，丘大人为了进一步高升，搜罗一大笔银两让亲信带往京城，计划贿赂上司。一时未能得手，就将银子藏在一位班役家。正在这时，有一个老者到朝廷告御状，说自己老婆、孩子被人杀害，地方官丘志充草菅人命，克扣军饷，行贿高官，赃银就藏在某某人家里。皇帝下旨让捕快押着老者查出赃银，银锭上清清楚楚印着"遵化郡解"的字样。罪证坐实，丘大人因此被处死，同时查抄了全部家产。

这时人们方才想到，这个告御状的老者可能就是当年逃逸的那只狐狸。

蒲松龄对于事件的评议是：狐狸作祟，罪在可诛。然而，既然狐狸已经认识到自己的错误，并且表示了悔改之意，人们不妨心怀慈悲放其一马。操之过激，除恶务尽，反而会伤及自身。但如果这位丘大人能够远离贪腐、修德自守，也不至于遭杀身之祸。

这篇故事的启示在于，人类与其他物种都不是完美的，都应该"克己复礼"，严格要求自己，宽厚对待他人，协调好万物之间的关系，以求共生共存而不至于两败俱伤。

最近有消息传来，政府可能要取消对于野猪的保护法令了。因为在许多地方野猪大量繁殖，糟蹋农田、横行乡里，已经让人难以容忍。

野猪确实可恼，但一旦对野猪们开了杀戒，后果又将如何，人们还是要三思而行。

况且，当下野猪泛滥成灾，究其根本也还是与人类脱不开干系。首先是因为人类消灭了野猪的天敌，破坏了生物链的有机完整性，狮子、老虎没有了，莽撞而又颟顸的野猪竟成了原野上的呆霸王！

《聊斋全图》第四十一册《鸽异》插图

柳秀才

明季，蝗生青兖间，渐集于沂。沂令忧之。退卧暑幕，梦一秀才来谒，峨冠绿衣，状貌修伟。自言御蝗有策。询之，答云："明日西南道上，有妇跨硕腹牝驴子，蝗神也。哀之，可免。"

令异之，治具出邑南。伺良久，果有妇高髻褐帔，独控老苍卫，缓褰北度。即爇香，捧卮酒，迎拜道左，捉驴不令去。妇问："大夫将何为？"令便哀恳："区区小治，幸悯脱蝗口。"妇曰："可恨柳秀才饶舌，泄我密机！当即以其身受，不损禾稼可耳。"乃尽三卮，瞥不复见。

后蝗来，飞蔽天日，然不落禾田，但集杨柳，过处柳叶都尽。方悟秀才柳神也。或云："是宰官忧民所感。"诚然哉！

这是一个二百来字的短篇，写了三个人物，个个形象鲜明、栩栩如生，你不能不佩服蒲翁古奥、妙曼的文笔，你还不得不认可文言文的海涵与精粹。

明朝末年，突发的蝗灾横扫青、兖二州，渐有蔓延到沂县的势头。

沂县县令忧心忡忡，退堂回到邸舍，梦见一位秀才拜见。秀才头戴高冠，身穿绿衫，长得修长魁梧，自称有抵御蝗虫的方策。请教办法如何，秀才回答："明日西南方向大路上，有个妇人骑一头大肚子草驴，她就是蝗神，您求告她，或许可以免灾。"

县令感到这个梦很奇怪，第二天就操办了美酒佳肴来到城南。

等了许久，果然有个梳着高髻、身披褐色斗篷的婆娘，独自骑着一头老毛驴，缓缓往北走来。县令即刻燃香、捧着酒杯迎上拜见，并捉住驴子不让她走。

妇人问："当官的，您想干什么？"

县令便苦苦哀求道："区区小县，百姓苦寒，希望能得到您的怜悯，逃脱蝗口！"

妇人说："可恨柳秀才多嘴，泄露我的机密！我马上让他自作自受！你去吧，不损害你们的庄稼就是了。"于是饮酒三杯，转眼间不见了。

稍后蝗虫飞来，遮天蔽日。但就是不落在庄稼地，只集中在柳树上。蝗虫过处，柳叶被吃得一干二净，全县的柳树只剩下光秃秃的枝杈。

县令这时才明白梦中的秀才就是柳神。

有人说："这是县官怜惜百姓、忧民之所忧、感动神仙的结果。"这话说得也对。

故事改为白话，文字已经多出将近一倍，仍远不及原文流韵传神。

故事的核心是人类与自然的矛盾，国计民生与自然灾难的冲突。县令，作为管理一方民众生计的责任人，即旧时所谓"父母官"，能够夜不成寐、忧民所忧，亲临灾难前沿，防祸于未然，救民于水火，即使以今日"为人民服务"的标准衡量，也是一位难得的好官了！

故事同时涉及地球生物圈内"柳树""蝗虫"、田间禾苗三个不同物种之间的普遍联系与复杂关系。结果是柳树牺牲了自己，引开了蝗虫，保护了庄稼，从而惠及人类。故事中的"柳秀才"应是当代道德楷模。

当然，这不过是蒲翁杜撰的一个神话。

关于草木有情、人与草木之间的互动，《聊斋》中还有《黄英》《绛妃》《橘树》《葛巾》《鹿衔草》诸多篇章。

草木真的"有情""有知"，可以与人交互感应吗？

《文心雕龙》里讲，"男子树兰而不芳，无其情也"，要让兰花绽蕊吐芳，光是由"君子"种养还不行，君子还必须怀着对兰花的情谊友爱！

民间版本的传说更多。

马来西亚早年部落里的农民在稻禾开花灌浆时，带着妻子在田头做爱共眠，这样就可以刺激庄稼有更好的收成。在中国古代，这叫"天人感应"。

贵州梵净山的村民春节时全家聚餐喝酒吃肉，还要给院子里的树"喂饭"，与树共享美好时刻。

河南温县千年古村段村有一株古槐，已经枯萎多年，二十世纪八十年代改革开放，古槐枯木逢春又发出繁茂新枝。

经过科学实证的有：植物开出的色彩艳丽、气息芬芳的花朵有意招蜂引蝶，是为了自己传粉受孕繁殖后代。原属穷乡僻野的土豆、郁金香利用人的欲望与贪心，如今已经将自己的遗传基因撒遍五洲四海。林木界的"恶人"、澳大利亚桉树为了与其他树木争夺地盘，通过自燃制造森林大火，让烈焰烧死周边树木而自己在大火中再生！

蒲翁笔下这位仗义执言、舍生取义、对抗蝗虫、援助人类的柳秀才，

当然是出自文学家天马行空的想象，但柳树在中国人心目中的形象始
终是美好的。在中国古代精神文化中，柳树的意象仅次于松、竹、梅。
咏柳的诗句在唐诗中比比皆是：

咏柳

贺知章

碧玉妆成一树高，

万条垂下绿丝绦。

不知细叶谁裁出，

二月春风似剪刀。

青门柳

白居易

青青一树伤心色，

曾入几人离恨中。

为近都门多送别，

长条折尽减春风。

柳

李商隐

···········

清明带雨临官道，

晚日含风拂野桥。

如线如丝正牵恨，

王孙归路一何遥。

柳树如此招人爱戴，是因为它纤细而柔韧，缠绵也洒脱，它是春天的精灵，它又是季节变更的象征。蒲翁把高风亮节送给这位柳秀才，是再恰当不过了！

苏州人擅长园艺造林，独墅湖岸边柳桃相间，一株杨柳、一株碧桃，柳绿桃红，宛如林木家族的一夫一妻，迎风摇曳。我步行到学校去，湖畔柳树下垂的枝条可达丈余，接近路面或水面时就不再生长，总会保留十厘米左右的空间。家里的那盆绿萝，智商好像就低了一些，枝叶已经拖到瓷砖地面上了，还不知收敛地疯长。我便感到纳闷，柳树何以将生长的分寸拿捏、控制得如此之好？

草木有情，此言或许果真不虚。

石清虚

　　石清虚是一块石头的名字，它的主人是一位老者，叫邢云飞。这位邢老汉爱石成癖，家里虽不特别富裕，见了喜欢的石头，哪怕省吃俭用也要买下来。但石清虚却不是花钱买下的，而是有一天他到河里打鱼时意外挂在网上的。

　　这块石头尺把长，四面玲珑，峰峦叠秀，很是罕见。邢老汉专为它雕刻了一个紫檀底座，供在堂屋的几案上。说来稀奇，每逢天阴欲雨，这石头的孔洞里就会升起云烟，远远望去，袅袅如絮，恰恰应了他"云飞"的名字。邢老汉因此对这石头愈加爱惜，视为珍宝。

　　不知是不是出于天性，我也喜欢石头。少年时代看一本叫《旅行家》的杂志，其中一篇文章讲到新中国首任最高人民法院院长沈钧儒喜欢石头，而且上下绵延七代人都爱石藏石，堪称石头世家。沈家的庭院、客厅、书斋里，到处供有石头，从天上的陨石到地下的化石，不下千百种。沈老说他外出每到一地，总要捡块石头带回做留念。后来我也就效仿他，出差或旅游归来总有石头带回，天长日久竟也搜罗了上百块石头。在我写作的这间房子里，书案上就放着：海南的黄蜡石、新疆的风凌石、甘肃的祁连石、安徽的灵璧石、苏州的太湖石、五大连池的火山石。一块墨色深沉的菊花石里，栩栩如生地绽开三朵晶莹剔透的菊花，像是吴昌硕大师的水墨画，然而花却是"生长"在石头里面的。

邢老汉得了一块奇石的事情很快传遍四方，一个乡间土豪上门要求看一看，不料拿过石头便转手交给手下的仆从策马而去。邢老汉无可奈何，捶胸顿足悲愤不已。土豪一行来到一座桥上歇息，那仆人好奇地拿出石头观看，不料失手掉入桥下河里。土豪大怒，狠狠抽了仆人几鞭子。随后，出重金雇人下河打捞，竟一无所获。土豪仍不甘心，贴出悬赏的告示，于是打捞石头的人塞满了河道，百般搜寻，仍不见踪影。

多日后，邢老汉一个人孤零零来到桥上石头掉下的地方，暗自流泪。往桥下望去，河水清澈，而那石头竟幽幽地卧在水下。老汉喜出望外，急忙下到河水里，将石头捞起抱回家去，却再也不敢放在客厅，而是小心地将它供奉于内室。

一天，有人敲门，一位老先生来访说是要看看他那块石头。邢老汉对他说，石头早已经丢失了。老先生说，哪里丢了，不就在你家客厅放着吗！邢老汉为了让老先生死了这份心，就领他进了厅堂。不料那石头竟然端坐在客厅的几案上，像是自己从内室跑出来的。一时间邢老汉吓得张口结舌。

老先生上前抚摸着石头说：这本是我家的故物，丢失已久，今天既然找到了，还请你交还给我吧。

邢老汉很尴尬，但并不舍得放手，就强辩是自己的家藏，在老先生的追问下又拿不出实在的证据。

老先生说，那你就听我说："我家这块石头前后总共有九十二个孔洞，一个较大的孔里刻有'清虚天石供'五字。"邢老汉仔细查看，果如其言，再也无话可说，却仍然不愿归还石头。

老先生笑着说："人家的东西能由你做主吗？"说罢拱手告别。

邢老汉送至大门外，回到房间却不见了石头！

老汉气急败坏，紧跑慢跑追上老先生，求他把石头还给他。老先生说："我这儿哪有石头，一尺多长的石头我能藏在身上吗？"

这时，邢老汉方才领悟到老先生不是凡人，于是跪地求他。

老先生问他："这石头究竟是你家的，还是我家的？"

老汉连声说："是您家的、您家的！还请您割爱赏赐给我吧。"

老先生跟随邢老汉回到家里，只见那石头仍在老地方待着。

老先生说："天下的宝贝，只应该给予爱惜它的人。这块石头是能够自己选择主人的，它如今选择了你，我很高兴。只是它出世早了些，魔障未除，待我暂时取回，三年后归还给你可好？"

邢老汉爱石心切，一刻不愿石头离去。

老先生说："你如果执意留下你将会减寿三年。"

邢老汉表示心甘情愿。

老先生乃用两根手指将石头上的三个孔洞捏闭，那石头在老先生手里竟柔软如泥一般。临别，老先生告诉邢老汉："本来你是可以活到九十二岁的，现在石上还余八十九个孔，那就是你的寿数。"

多年后，邢老汉外出，家中被盗，一切完好，唯独丢了那块石头。老汉回来后心痛欲死，明察暗访许多年，终于在报国寺的一家店里见到这块石头。店主说这石头是他用二十两银子买下的。

老汉与店主相执不下，便带了石头到官府。有司让他们各自拿证据出来，店主说石头上有八十九个孔洞，细数果然不差，再拿不出别的证据。邢老汉说其中一个洞里刻有"清虚天石供"五个字，另有三处有手指捏下的印痕。有司查验清楚，便将石头归还给了邢老汉。

邢老汉回家后精心把石头用锦缎包裹起来，小心地收藏在木箱里，再不敢轻易示人。每次欣赏时，都要先净手、焚香、礼拜，才将石头取出。

一位官居尚书的要人知道邢老汉家藏有这块奇石，情愿出一百两银子买下。老汉却回话：就是一万两银子也不卖！尚书怀恨在心，找来别的借口将邢老汉逮捕收监，同时暗示老汉妻子、儿子以石赎人。

邢老汉出狱后知道石头已经落入尚书之手，痛不欲生，将妻子儿子责骂、痛打一顿，自觉此生无趣，几次要上吊自尽，被家人救下。

一天夜间，邢老汉梦见一位相貌伟岸的男子对他说，自己就是石清虚，并劝他不要难过，这次分手只是暂别，明年八月二十日清晨到城里海岱门，花上两贯钱就可以赎回石头了。

话说那石头在尚书家，从不显示孔窍出云的奇异景象。不久，尚书以罪削职，郁郁而死。家人不把石头当回事，石头便被奴仆拿到海岱桥古玩市场出售，邢老汉恰恰此时赶到，遂以两贯钱买下，从此又与石头朝夕相处。

邢老汉到了八十九岁那年，自己准备了棺木、寿衣，交代儿子自己死后一定要将石头与自己埋在一起。

老汉下葬半年后，两个盗墓贼把坟墓挖开盗走了石头。邢家儿子知道了，也无计可施。过了几天，邢老汉的儿子携带着仆人走在路上，忽然看到那两个人跌跌撞撞、满头大汗地对着天空磕头如捣蒜，口里还连声祷告："邢先生，不要逼我俩了，偷您的那块石头才卖了四两银子。"儿子与仆人一道捉了两个盗墓贼送到官府，两个贼人说已将石头卖给一位姓宫的人家。县官把石头追回后，把玩再三，竟想私自霸占这块石头，于是命令把石头存放到府库中。然而，当差役把石捧起，石头突然掉在地上，碎成几十块，众人无不失色。县官恼羞成怒就用重刑处死了两个盗墓贼。邢家儿子将石头的碎片收拾起来，仍埋回邢云飞的坟墓里，石头与老汉从此得以永世相伴。

讲完这个故事，蒲松龄抒发了自己的一番感慨：一个人不惜以身殉石，已经够痴了，发展到后来石头与人竟然相始终，谁还能说石头无情呢！古话说：士为知己者死，不算为过。连石头都可以做到这一点，何况人呢！

我们看完这个故事，也可以想一想：说是"万物有灵"，人有灵，鸟兽有灵，草木有灵，难道没有生命的石头也有灵吗？甚至比人还"灵"吗？

这的确是一个问题。

《石清虚》中这块神出鬼没、奇幻奇妙的石头固然是出于蒲翁一支如椽大笔的文学想象与艺术渲染，现实生活中并不存在。

关于"石头的灵性"，我们可以从另一个角度加以研讨。

马克思在《1844 年经济学哲学手稿》中说："从理论领域说来，植物、动物、石头、空气、光等，一方面作为自然科学的对象，一方面作为艺术的对象，都是人的意识的一部分，是人的精神的无机界，是人必须事先进行加工以便于享用和消化的精神食粮。"

英国哲学家维特根斯坦①说过：人的身体，乃是世界的一部分，是世界的其他部分如动物、植物、石头等中间的一部分。凡是认识到这一点的人都会非常质朴地把人和其他动物、植物、石头看作类似的和同属的事物。

---

① 维特根斯坦（L.J. Wittgenstein，1889—1951），犹太人，哲学家，出生于奥地利的书香世家，曾在剑桥大学任教，研究领域主要在数学哲学、精神哲学和语言哲学方面，著作不多，却是 20 世纪最有影响力的哲学家之一。

　　前边我们曾经提及的美国当代诗人斯奈德甚至还说过："我获得了一种动态的、深切的感觉，那就是所有的事物都是有生命的，而且生命的质量在同一层面上并没有等级之分，一块石头或一棵小草的生命都十分美丽而真实，像爱因斯坦的生命一样有智慧、有价值。"

　　中国当代著名景观设计师、美国艺术与科学院院士俞孔坚①说："我的祖母曾告诉我，当一棵树长大变老之后，会变成神，有精灵栖居。同样，鱼虫鸟兽、山水花木也会因为时间而成为神，有精灵附体；当一块石头陪伴我们的家园，日久也会变为神，有精灵栖居。"

　　许多年前，我的朋友、当代作家王遂河（行者）出版了一本有趣的书：《灵石不言》，写的是他故乡的那些闻名世界的石头："汉代画像石"。我读后很是感慨，曾写下这样一段文字：

　　　　石头肯定比人类的存在更久远。人类在一个悠远漫长的岁月里，与石头建立了如此亲善的关系。人类栖居在石洞里，以石头做工具、做武器，用一些别致的石头做发饰、做服饰，用另一些石头做法器、做祭器、做葬器、做礼器，甚至还把石头做成乐器，让石头里流出节拍与旋律。那是一些数以万计的年头，那时的人们除了石头几乎一无所有。在那数不清的日日夜夜里，人与石头朝夕共处，生死相依。

　　　　石头，作为一种原始混沌的知觉和体验、意象和情绪、关系和模式已经深深积储在人类的记忆里，而石头，在人的躯体的温

---

① 俞孔坚，1963 年出生于浙江金华，1995 年获美国哈佛大学设计学博士，意大利罗马大学荣誉博士、挪威生命科学大学荣誉博士，美国艺术与科学院院士。曾荣获生态文化领域世界范围内的最高奖项"柯布共同福祉奖"（John Cobb Common Good Award）。

暖、体贴、交感、孕育中则获得了生机和生气。顽石变成了灵石。这是一些被人们心灵刻意点化过的石头，这是一些歌唱着的石头，一些舞蹈着的石头，一些呷呀着、呻咽着、祈祷着、询问着、呼喊着、咆哮着的石头。然而，这又是一些沉默着、静寂着、凝结着的石头，期待着能够与它们对话的人。

遂河的书和我的这段话，大约可以证实马克思所说的：石头作为艺术的对象，是人的精神的无机界，是人必须事先进行加工以便于享用和消化的精神食粮。也可以证实维特根斯坦说过的：人不过是动物、植物、石头等中间的一部分。这段话过多地强调了人的精神对作为对象物的石头的生气灌注、精神灌注。我在我的《生态文艺学》一书中曾经提及石头作为一种精神性的存在、灵性的存在对于作为人类一员的我的生命的滋润与养护：

　　案上一块大石头，竟有三十多斤重，是我不久前到贵州进行生态考察时，路过广西柳州，从一个农民手中买下的。那农民说，他家住龙江回流村，石头是从他家门前的涧河里捡来的。这石头丝毫未经雕凿，也并非在册在谱的名贵家族，只是浑然的一块。石质凝重而温润，姹紫的底色中生长出赭黄、鸦青、黛绿的纹理，像山，像树，像涧，像瀑，像云，像雾，我曾怀疑这石头把那龙江山野的风情全吸纳在了自己体内。但仔细再看，却又什么都不是，它只是一块石头，一个"自自然然"的存在，一个在亘古洪荒中神秘生成，在风栉雨沐中历尽万劫，至今仍旧怡然自得的"自然"。我恍惚觉察，这石头之所以能够给我以审美感受，不仅仅因为它的色彩、纹路、如山、似树，甚至也不仅仅因为它那神秘的历史，还因为它本身就是"自然"，就是天地造物。我和它之间的沟通几乎是无条件的。而且，当我写作劳累面对这块石头稍事休息时，我的心顿时也会变得安定踏实、凝重沉静起来，这时我只觉得我不但没有向石头里面灌注什么，石头的"灵魂"反而潜入我的内心，使我变得"心如磐石"。与黑格尔的美学理论不同，我没有将石头"人化"，反而被石头"石化"了、"自然化"了。这时我只是觉得，在这块石头之中的确是包孕着一些神秘因素的。

这段文字并非矫情的渲染，而是对自己真实感受的记述。这段文字大约也是可以作为斯奈德、俞孔坚对于石头唱出的赞歌："一块石头或一棵小草的生命都十分美丽而真实，像爱因斯坦的生命一样有智慧、有价值。""当一块石头陪伴我们的家园，日久也会变为神，有精灵栖居。"

说到底，还要归结到怀特海、德日进的理论当中去：石头、空气、土壤、植物、动物、人类都处于一个共同体中，处于同一个生生不息的演化过程中，我们之间的联系是有机联系。

说到这里，我们对蒲松龄言说的"石头记"——邢云飞与石清虚的故事也许就会多了几分感悟。

雷　曹

　　世界大国在太空领域的竞争越来越热闹了：

　　俄罗斯将一个备有三个床位、两个卫生间的国际空间站安置在太空，如同豪华饭店一般常年接待地球来的客人；

　　中国航天员汤洪波、刘伯明成功走出实验舱，摇着五星红旗在太空游逛了大半天时间；

　　在美国，一位71岁的公司老爷子自己掏腰包、花了25万美金乘坐太空飞机到天上看地球，待了240秒。

　　上天，看来已经不太稀罕。

　　300年前，上天还只能是神仙的特权，蒲松龄在《聊斋志异》中就已经杜撰了一个凡人遨游太空的故事：《雷曹》。

　　这原本是一个报恩的故事：

　　乐云鹤与夏平子两个"发小"，长大以后又是同学，关系比亲兄弟还要亲密。夏平子很聪明，十岁的时候就能写诗作文，在当地小有名气，在学习方面他全力帮助乐云鹤，而乐云鹤运气不好，考试总是不及格。

成人后，夏平子不幸患重病死去，乐云鹤就放弃读书改行经商，挣钱养活两个家庭。

有一天，乐云鹤在金陵城一家旅店里休息时，看到一位身材高大、瘦骨嶙峋、失魂落魄的壮士呆呆地坐在一边，似乎要吃饭又没有钱。于是，乐云鹤就买了些饭食送到他面前。这个人显然饿坏了，不一会儿便吃得精光。云鹤看他食犹未饱，随即又要了两碗炸酱面、一副猪肘子、一盘烧饼，他又一扫而光。这位壮士说自己已经三年没有吃过饱饭了，很感谢他，提出要陪他一道经商。

某天，在长江上夜航运货时，雷电交加、风雨大作，商船翻到江心，多亏壮士全力营救，终于化险为夷，两人的友情更加深厚。

乐云鹤听见滚滚雷声，又仰头看看乌云滚滚的天空，自言自语道："云彩上边不知是什么样子？雷又是什么东西？要是能到天上转转看个究竟，那就太好了！"

壮士说："你真的想到天上看看吗？"这壮士原来是天宫里雷电风雨司的作业班长，由于工作失误，被贬下凡尘三年，如今期限已满，即将返回天庭。于是便由此引出一个乐云鹤太空游的桥段。

　　　开目，则在云气中，周身如絮。惊而起，晕如舟上，踏之，奥无地。仰视星斗，在眉目间。遂疑是梦。细视，星嵌天上，如老莲实之在蓬也，大者如瓮，次如瓿，小如盏盂。以手撼之，大者坚不可动，小星动摇，似可摘而下者。遂摘其一，藏袖中。拨云下视，则银海苍茫，见城郭如豆。

乐云鹤睁开眼，发现自己已经在云气缭绕的空中，周围的云朵像一团团白絮，踩上去非常柔软，有些晕晕乎乎。抬头仰望，那些亮晶晶的星星近在眼前。为了弄清楚到底是梦境还是实境，他睁大了眼睛仔细观察，发现这些星星嵌在天上就像成熟的莲子嵌在莲蓬里一样，大的像坛子，小的像杯子，用手去摇，大的十分牢固，小的却可以摇动，甚至可以摘下来。于是乐云鹤用劲摘下一颗小星星藏在衣袖里。他拨开云层向下一看，只见银河茫茫，城市如豆粒，吓出一身冷汗。

对照今天科学技术的发现，蒲松龄的这段关于"太空"的描写实在是"漏洞百出"。

首先，乐云鹤去到的并不是真正的太空，至多不过是对流层，距离地面一万米，也就是十千米的样子，是现在的民航飞机能飞到的高度。只有在这一层，才会发生风雨雷电现象。真正到了太空，空气都没有了，哪里来的刮风下雨？

其次，写乐云鹤偷摘了天上的星星。且不说太空里最小的星球吊车也吊不动，乐云鹤所在的高度，恐怕只能捡一粒冰雹。

早先的李白也犯过同样的错误，才登上海拔 3100 米的峨眉山，就说"扪参历井仰胁息，以手抚膺坐长叹"，似乎已经摸到天上的星星了。现代科学证实，离我们最近的行星金星尚有 4050 万千米，即使骑上天鹅（李白诗中的"黄鹤"）昼夜不停地飞，也还要飞上 405 年！

且慢嘲笑蒲先生，几十年前，我们不也是像他这样看待天空与星星吗？

"天上星，亮晶晶，青石板上钉铜钉！"这是我们小时候唱过的儿歌，这比起蒲松龄的"星星像嵌在莲蓬壳里的小石子"的说法，高明不到哪里。

我小时候也曾坐在院子里发呆，想不透蓝天的上头还有什么。我

《聊斋全图》第五十三册《贾奉雉》插图

女儿小时候还曾问过我：能不能修个滑梯上到月亮上？

直到现在，我坐在飞机上看云海，总觉那云彩就像地毯，像绒毡，扔下个硬币也不会掉下地面。

科学技术的实证并不能取代文学想象的存在；科学技术的发展，也不应削弱文学艺术的价值。

北京大学曾经把杨振宁、莫言两位诺贝尔奖得主撺掇到一起搞了场科学与文学的对话。当时，莫言就讲到蒲松龄的这篇《雷曹》。他说：

> 其实很多作家并不具备物理学、天文学的知识，但他依然可以在他的小说里进行描写。我记得很早之前我看过蒲松龄的小说《雷曹》，写了一个书生从天上摘下星星的故事，这种描写在文学中还有很多。其实文学作品的想象建立在生活经验的基础上，科幻作家的作品则建立在一定的科学知识之上。文学幻想和科学家猜想的区别更大，它是建立在一定的生活经历之上，再去想象、类推的。

莫言说他的创作常常被人说起受到哥伦比亚作家马尔克斯的影响，他说他更多地是受到他的山东老乡蒲松龄的熏陶与滋养。

如今，科学技术已经发展到了这一步：人们真的可以到天上"摘月亮""摘星星"了。

美国自 1969 年"阿波罗"号载人登上月球以来，一共采回 380 多千克月岩、月壤，大多为辉石、橄榄石、斜长石、玄武岩、角砾岩等。

苏联在解体前多次通过无人登陆器登月，曾在月球采集了 300 多克月壤。

最近，中国的宇宙飞船嫦娥 5 号也登上月亮，一下子就采回 1731

克月壤。

火星，中国古代叫作"荧惑"，被视为"灾星"。目前，火星上有三台机车、一架直升机在忙着"摘星星"。其中美国的一台车今天（2021年9月6日）已经挖到一块比铅笔粗一些的"岩芯"。但由于火星离地球最近距离为5500万公里，要把它带回地面，还需要等到好几年之后。这可不像蒲松龄小说里写的，用手抠掉一个装在口袋里就带回家了。

文学中的幻想与想象，属于神话思维，也就是人类童年所拥有的思维方式。这是人类内心世界的需要，人类情感生活、精神生活的需要，无须客观印证。它没有实用价值，它本身的存在就是价值，一种精神价值。这种价值与人俱在，一万年前并不弱小，一万年后也并不衰老。

如果因为宇宙飞船登上火星挖回来一块石头，我们就丢弃了蒲松龄笔下关于天庭与星空的想象，人类的生活世界就将塌陷一半。遗憾的是这种可悲的景象已经发生，而且在日益蔓延。

在《雷曹》一文中，被乐云鹤带回家的那颗星星还有后续的故事：这一粒星星，竟然是好友夏平子死后的在天之灵：

> 归探袖中，摘星仍在。出置案上，黯黝如石。入夜，则光明焕发，映照四壁。益宝之，什袭而藏。每有佳客，出以照饮。正视之，则条条射目。一夜，妻坐对握发，忽见星光渐小如萤，流动横飞。妻方怪咤，已入口中，咯之不出，竟已下咽。愕奔告乐，乐亦奇之。既寝，梦夏平子来，曰："我少微星也。因先君失一德，促余寿龄。君之惠好，在中不忘。又蒙自天上携归，可云有缘。今为君嗣，以报大德。"乐三十无子，得梦甚喜。自是妻果娠；及临蓐，光耀满室，如星在几上时，因名"星儿"。机警非常。十六岁及进士第。

云鹤回到家往袖子里一摸，从天上摘下的那颗星星还在。这是一块黑色的小石头，每到夜里，它就光芒四射。乐云鹤视为珍宝，只有贵客来访时才肯拿出来炫耀一番。有天夜间，妻子对着这颗小星星梳头，忽见星光渐渐变小，一不留意那光亮竟然飞进她的嘴里，咳也咳不出来，竟吞了下去。晚上，乐云鹤梦见夏平子对他说：“我是少微星，就是你从天上摘下来的那颗星星。感谢你早先对我家的恩惠，承蒙这次你又从天上把我带回人间，说明你我缘分未尽。现在我将投胎做你家的孩子，以报答你的大恩大德。”

地上的生灵对应着天上的星宿，死后的魂灵能够轮回转世，这些也都是原始思维或神话思维的精义。云鹤的妻子果真由此怀孕并生下一个大胖小子，取名就叫“星儿”。这星儿机灵聪慧，16岁就考中了进士。

小说的结局是皆大欢喜，“星儿”进士及第，也代我们的小说家完成了一辈子未能实现的夙愿。

阿　纤

　　阿纤，是一位"老鼠精"，当然也可以说得好听一点："鼠仙"。无论叫什么，在人们的成见里，"老鼠"给人的印象都很糟糕。往远处说："硕鼠硕鼠，无食我黍"；往近处说："除四害"运动，老鼠全都属于远离或被剿灭的对象。

　　以往，蒲翁赞美的女性中曾经有幻化了人形的狐狸、香獐、江豚、鹦鹉、乌鸦；这次竟然选取了鼠类作为一部悲喜剧的女一号、倾心讴歌的女主角，感情上让人一下子难以接受。

　　想一想，伟大教育家孔圣人说过"有教无类"，那么我们伟大的文学家也可以做到"大爱无偏"，包括爱狐狸、爱江豚、爱乌鸦，也爱老鼠。

　　苏东坡对老鼠是比较友好的，少年时代曾写下一篇《黠鼠赋》，为老鼠的高智商赞叹不已："吾闻有生莫智于人，扰龙、伐蛟、登龟、狩麟，役万物而君之，卒见使于一鼠。"由于他佩服老鼠的能耐，同时也为了取得与老鼠的和解，平时总要给周边的老鼠们留一点吃的，于是流传下一段"为鼠常留饭，怜蛾不点灯"的佳话。

鲁迅是一位少有的对老鼠存有偏爱的文学家，童年时床头贴着的一幅《老鼠成亲》的年画极其令他神往，梦里盼着那些"尖腮细腿"的新郎、新娘给他下请帖。他曾养过一只小老鼠，宠着牠上饭桌、上书案、顺着裤管往身上爬。此鼠不久身罹横祸，他怀疑凶手是猫，一辈子与猫结为冤家。

相对于上面二位，蒲松龄的《阿纤》中的这位"老鼠精"几乎就是一位完人，一位那个时代女性的道德楷模。

有人会说，这哪里是写老鼠，明明是借鼠喻人，是写人嘛！

写人就直接写人吧，何必借鼠喻人？即使非"借"不可，为何非要借多数人都不待见的"老鼠"？想来还是"万物有灵""善待万物"的自然哲学在蒲翁的意识里早就扎下根来。

还是鲁迅的眼光锐利，他就一眼看出蒲翁笔下的这些"花妖狐魅"，当然也包括这位"鼠仙"阿纤，多具人情，和易可亲，看似与常人无异，让人忘了牠们并非人类；但在细节描写处，偶尔疏忽便露出马脚——狐脚或鼠脚，让人知道牠们仍然不是人类。

鲁迅这话是明明白白写在他的《中国小说史略》中的。

让我们先看看蒲翁的这篇小说。

故事发生在山东高密，莫言先生的家乡。一位叫奚山的大哥，以行商为业，来往于蒙山沂水间。

这天，途中遇上大雨，等他赶到经常住宿的客栈时夜已经很深了，客栈大门紧闭，他只好缩在一户人家的房檐下。忽然门开了，一位老汉请他进来，说我不是开店的，看你深更半夜无处落身，就在我家迁就一下吧。

进到家来，老汉又对他说："家中没有别人，只有老妻弱女，已经睡了。我给你温点剩饭菜，您别嫌弃。"说完了就进入里间，搬矮凳，摆茶几，跑来跑去，忙个不停。奚山看了心里很是不安。就在这时，一位女郎出来给他们斟酒。老汉说："我家阿纤起来了。"

奚山一看这姑娘，十六七岁，身材苗条，容颜秀丽，举止优雅，嫣然一笑楚楚动人。奚山有一个小弟弟还未结婚，他暗暗相中了这姑娘，就有一搭没一搭地和老汉攀谈起来，知道这姑娘尚待字闺中。

饭后，趁着酒劲儿奚山对老汉说："萍水相逢，受到你热情的款待，终生不敢忘记。看您老人家德高望重，请允许我冒昧提件事：我有一个小弟弟叫三郎，十七岁了，还在攻读学问，人不算愚笨，我想高攀老先生结一门亲事，您不会嫌弃吧！"老翁很高兴："老夫住在这里，也是寄居。倘若能全家搬去，相互有个帮衬最好。"一桩喜事就这样定了下来。

奚山在外地经商一个多月再次路过这个村子时，在村外遇见一位老太太领着一位姑娘，身穿孝服。他觉得姑娘有些面熟，原来是阿纤。老太太停下脚步神色凄惨地对奚山说："纤儿她爹不幸被倒坍的墙压死了，我们这是去上坟，请你在路边稍等一会儿，我们马上就回来。"

上坟回来，天已黄昏。

老太太说："这个地方的人很势利，我们孤儿寡妇度日艰难。阿纤既已经说给你家做媳妇，这次就同你一起回老家吧。"

阿纤家也是做生意的，经销粮食。奚山与她们娘俩一起将地窖里储存的二十多石粮食连夜卖给邻村一位姓谈的货主，收回一大笔钱，三人便雇了牲口向高密县赶去。回到家里以后，双方老人相见都很高兴。奚家为老太太收拾了另一处房子住下，选吉日为三郎、阿纤完了婚。

阿纤寡言少语，性情温和，有人和她说话，她也只是微笑，一天到晚纺线织布忙个不停，全家上下都很疼爱她。阿纤、三郎琴瑟和合，感情很好。过了三四年，奚家越发富裕了，三郎也考中了秀才。

阿纤曾嘱咐三郎："你对大哥说，他从我们家原先住过的那个村子经过时，不要向外人提起我们母女。"

有一天，奚山住在那家熟识的客栈，无意间与店主人说起三年前在隔壁老汉家寄宿的事，主人说："客人错了，我家东邻是我伯父家的别墅，已经荒废许多年了，哪会有什么老头老太太？"奚山很感到惊讶，主人又说："这座荒宅有些怪异，一向没有人敢进去住。三年前院子后墙倒坍，石板底下压着一头大老鼠，有猫那么大，尾巴还在外边摇晃。待人们都过来观看时，大老鼠已经消失了，大伙怀疑那是个妖物。"

奚山越想越疑惑，回来后私下和家里人谈论，怀疑新媳妇是个异类，暗地为三郎担心。时间久了，家中不免有人暗地里议论这件事，阿纤多少有些觉察。半夜失眠，她对三郎说："我嫁给你好几年了，一心一意为咱们这个家操持，现在却把我不当人看。请您把我休了再娶一个好媳妇吧。"说着忍不住就哭了起来。

三郎说："我的心意你应该明白，自从你进入我家门，我家日益富裕，都认为这是你的功劳，怎么会有坏话？"阿纤说："我知道郎君没有二心，但是众人纷纷议论，恐怕早晚有抛弃我的时候，不如我早点退出。"经三郎再三解释、抚慰，阿纤才不再提离去的事。

奚山心里始终放不下这件事，就弄了一只凶猛的狸猫抱回家来，偷偷观察阿纤的态度。阿纤虽然并不惧怕，却显出厌烦的神情。这天晚上，她对三郎说母亲身体不舒服，要过去陪陪母亲。天明后，三郎到岳母房间问候，只见屋子里已经空了，母女皆不知下落。

三郎吓坏了，派人四处寻访她们的踪迹，都没有消息。三郎思念阿纤，吃不下饭睡不着觉。而三郎的父亲和哥哥却感到庆幸，不住地安慰他，打算给他续婚再娶，三郎坚决不同意，思念阿纤的心思始终不减。又过了几年，奚家的日子由于不善经营，一天天贫困了，于是大家又都思念起阿纤来。

三郎有一个叔伯弟弟阿岚，有事到胶州去，途中拐了个弯去看望表亲陆生，晚上听见邻居家有人哭得很哀痛，就询问陆生。陆生回答说："数年以前有寡母孤女二人，赁屋居住在这儿。上个月老太太死了，姑娘再没有一个亲人。"阿岚怀疑是阿纤，于是就去敲邻居家的门。有人一边哭一边出来，隔着门问道："你找谁呀？我家没有男人。"阿岚从门缝里窥视，果然是阿纤，便说："嫂嫂开门，我是你堂弟阿岚。"

两人开门相见，阿岚说："我三哥终日思念你，夫妻之间即使有点不和，也不至于远远地躲到这儿来！"阿岚当时就要赁车带她一起回去。阿纤面色凄苦地说："是因为人家不把我当人看，才跟母亲一块隐居到这里。现在回去又难免遭人白眼。"堂弟执意相劝，阿纤说："如果真想要我回去，那就与哥哥们分开过日子，不然的话，我就是服毒自尽也不能听命！"

阿岚回去之后，把这件事告诉了三郎，三郎连夜就跑了过来。夫妻相见，伤心落泪，悲喜交加。第二天，三郎告辞房东，准备接阿纤回家。

不料房东谢监生见阿纤长得美貌，早已暗中打算把阿纤纳为偏室，所以几年来故意不收她们母女的房租，多次放风向阿纤的母亲暗示，都被老太太断然拒绝了。老太太一死，谢监生私下庆幸可以得手了，不料突然冒出个三郎。于是就恼羞成怒，把几年的房租一起加价计算刁难他们。

三郎家这些年经济状况越来越差，听说要这么多银子，显出一筹莫展的神色。阿纤说："不要紧。"领着三郎去看自家的粮仓，大约还有三十石粮食，偿还租金绰绰有余。

三郎兴冲冲地找谢监生交涉，谢监生仍不甘心，一再刁难，说他只要现金不要粮食。阿纤叹气说："这都是因为我惹的麻烦啊！"于是就把谢监生图谋纳她为妾的事告诉了三郎。三郎大怒，要到县里去告他，阿纤认为不可，表亲陆生也来劝阻，结果把粮食卖给了乡邻，将钱还给了谢监生。

两人回家后，三郎如实把情况告诉了父母、哥哥，便和阿纤独立门户过起自己的日子。

阿纤拿出她自己多年积累的钱，建造仓房，仍然经营买卖粮食的生意。一年多过去，只见仓库里的粮食已堆积满满。过了没有几年，三郎家日子过得越来越富足，而大哥奚山家却越来越贫困。阿纤就把公公、婆婆接过来与自己同住，尽心奉养。

看到大哥家生活困难，阿纤便经常拿出银子和粮食周济他们，日子久了渐渐成了习惯。三郎想起当年大哥曾经抱猫来试探阿纤，就欣慰地说："阿纤不念旧恶啊。"阿纤说："大哥那样做也是出于对弟弟的一片爱心啊！况且当初如果不是大哥牵线搭桥，我哪有机会结识我的三郎呢？"

以后的岁月，这家人过得平平安安，从没有出现过什么怪异的事情。

蒲松龄笔下的阿纤，姿容秀丽不用说了；她勤劳节俭，不但纺花织布操持家务，还善于经商理财积累财富；她孝敬父母公婆，友爱兄弟姐妹，怜苦惜贫，慷慨助人；她不念旧恶，以德报怨，严于律己，宽以待人；同时她又自尊自爱，不惜付出严酷的代价以维护自己的尊严；她柔中寓刚，不屈服于坏人的威逼利诱，维护自己的独立人格。

酷爱《聊斋》的清代翰林但明伦评价：阿纤身为鼠类，实乃人中精英；而那个乘人之危的谢监生，却是一个不如鼠类的人。

　　这话说得中肯。

　　在看待其他生物的问题上，人类往往被自己的盲目自大蒙住了双眼。从生命进化的大视角看，鼠类的历史比人类还要更悠久、更壮观。

　　鼠类在地球上生存的历史已经超过 6000 万年，那时青藏高原尚未成为陆地，恐龙刚刚灭绝不久，哺乳动物尚未在陆地上取得控制权，更没有人类。数千万年里，鼠类经受过陨石撞击地球的浩劫，熬过了漫漫冰期，历经火山爆发、洪水泛滥，何止九劫八十一难！至今现存的鼠类还有 500 多种，家鼠、田鼠、仓鼠、松鼠、竹鼠、麝鼠、鼹鼠、豚鼠、旱獭、海狸……家居的、树栖的、地下的、水中的，善于跳跃的、善于攀援的、善于游泳的、善于挖掘的、善于滑翔的，各逞其能，遍布世界各地。

　　鼠类善于以顽强的生命力适应各种生态环境。上得了高山，下得了雨林，蹚得过沙漠，逛得了海岛，其生态幅特别宽广。从 40 摄氏度高温到零下 23 摄氏度低温依然可以照常吃喝、生孩子，甚至可以在原子弹爆炸的废墟中讨生活。鼠类的饮食具有超人类的广谱性，凡人类吃的东西它都吃，人类不吃的它也吃。

　　据生物学家猜测，如果全球性突发灾难致使生物大量灭绝，人类在劫难逃，而鼠类将会是最后存续下来的生物。

　　鼠类始终保持自己生存方式的多样化，不像现代人类做什么都要相互攀比、整齐划一。有的鼠类是地下工作者，喜欢洞穴里宁静温馨的生活；有的喜欢群居热闹的大家庭，有的喜欢做单身贵族。鼹鼠是出色的建筑师，它们的洞穴一般是三层别墅：仓库、厕所、育婴房。密西西比河流域的河狸是水利专家，擅长在河道里修建堤坝，构造水下宫殿。被誉为"美国乡村圣人"的约翰·巴勒斯在他的《河上漂流记》一书中记录下：皮帕克顿流域的麝鼠先天具备气象学家的气质，在春天就能够准确地预测到夏季的天气，并及时做好防汛准备。危地马拉的林鼠是"珠宝"收藏家，喜欢用一些闪光的、鲜艳的小物件如碎玻璃、汽水瓶盖装饰自己的巢穴，向异性炫耀自己的审美情趣。美国女作家玛丽安·米切尔甚至从自己家附近的一座林鼠洞穴中捡回一只银手链，那该是小东西从女邻居家"顺"来的。

科学家的最新研究得出结论，老鼠基因密码链的长度与人类相差无几，80%的基因与人类完全相同，99%的基因与人类非常相似，比起与人类在外形上更相似的猿猴，老鼠该是与人类关系更密切的近亲。

20世纪20年代世界经济大萧条时，在美国堪萨斯市，由于一位名叫华特的穷小子在穷困无聊时偶尔"结识"一只小老鼠，最终让世界人民对老鼠的印象发生翻转。

那年华特21岁，与蒲翁小说里的三郎年纪相仿，是一家卡通公司的画家，由于发不下工资，只能半饥半饱住在一间破烂的出租屋里。

这天，当华特伏案画画的时候，有一只瘦弱的小鼠羞怯地爬到桌子上偷食面包屑，看华特没有赶牠走的意思，竟爬上书桌看他画画。

在孤独和贫苦中，小鼠成为华特忠实的朋友，牠淘气，也温驯，会耍赖，会撒娇，会对着镜子皱鼻子、努嘴巴，有时甚至蜷伏在华特的手掌心里睡大觉。华特很疼爱这只小鼠，牠的一举一动、一笑一颦都给他留下深刻印象。①

后来，这只小老鼠就被华特塑造成动画片中的一位角色：米奇米老鼠，一位出身卑微、常被欺负，但天真善良，勇敢顽强，总是在帮助别人的老鼠精灵。

---

① 此处参考并摘引了邵宇峰2007年11月19日发表在《杭州日报》上的文章《米老鼠是怎样来的》。

　　动画片《米老鼠与唐老鸭》连续推出 104 集，受到世界各国观众的热烈欢迎，当年那位出租屋里共患难的小鼠、如今全人类的宠儿米奇，为华特带来无限的声誉与财富。

　　米奇也是阿纤，是华特的阿纤。

　　企望中国当代的文学艺术家们也能够继承蒲松龄的精神，创造出我们自己的"米老鼠"。

骂　鸭

　　这又是一篇 200 字的短文，叙述却跌宕有致，两个主人公虽不具姓名，却形象生动、个性鲜明。以小见大，蒲松龄不愧为文学大师。

　　蒲松龄家在淄川县东，他坐馆的毕府在县西，故事发生在县西的白家庄，看上去像是一个真实的故事。

　　白家庄有一个汉子，好吃懒做，还有小偷小摸的毛病。这天偷了邻居老翁家的一只鸭煮煮吃了。到了夜间他感到浑身皮肤发痒，天明一看，身上竟长出一层细细的鸭毛，碰一下就疼痛难忍，医生也不知道这是什么病，他心里害怕极了。

　　这天夜里他做了一个梦，梦里有人告诉他：这是上天对你的惩罚，必须得到丢失鸭子的主人家的辱骂，你身上的"鸭毛"才会脱落下来。

　　这个懒汉怕丢人，找到邻居老翁骗他说：某某人偷了你家的鸭子，您把他大骂一顿吧，以后他就不敢再偷别人的东西了。

　　而老翁是个心胸宽广、性格温和的人，平时丢失些小东小西并不怎么计较。他笑了笑对这个邻人说：谁有那个闲气骂人。

请您骂吧！

就是不骂。

这个懒汉非常尴尬，身上的鸭毛仍刺挠不已。于是，他只好把实话告诉老翁。

老翁这时才明白，骂他就是帮他，于是就朝着他大骂了几声。懒汉身上的鸭毛就全脱落了。

在这篇故事中，懒汉的人品比较低下，偷了别人的东西，冥冥中受到惩罚，还把错误推诿给别人。

老翁是一位很有涵养的人，有一颗与人为善的心，处处善待他人，体谅他人。不骂，是善待他人；骂，也是善待他人。

懒汉，当然也不是个罪大恶极的人，偷吃了邻人的鸭子，夜晚做梦知道是遭受了上天的惩罚，毕竟内心有愧。不能一下子坦白交代，说明仍然存有羞耻之心。老翁的感化，或许要胜过将他在拘留所关上三天。

故事的内容是传统乡村生活中常见的现象，属于邻里间磕磕碰碰的小摩擦。在今日大城市里，由于人口密集，生活节奏快、心理压力大，此类冲突、摩擦甚至更多。往往因为一件小事，当忍不忍，当让不让，寸土必争、睚眦必报，最终酿成血案的也屡见不鲜。

多年来强化阶级斗争，突出仇恨教育，传统文化精神中的"恕道"与"恻隐之心"已经流失殆尽。如果人们都能够像这位乡下老汉一样，以善心待人，多些宽容，多些同情，多些谅解，让世界多一点爱，少一点暴戾之气，世界就会和谐得多、稳定得多。

北宋大书法家米芾当年游太湖时留下的两句诗，给我留下深刻印象："路不拾遗知政肃，野多滞穗是时和。"

　　"野多滞穗"是什么意思？"滞穗"是丢置在田间的谷穗，在这里是田主在收割庄稼时故意不收割那么干净，有意在地里丢落一些谷穗，留给贫苦人来捡拾的。这样，既救济了穷人，又不让受惠者失去尊严。比起当代某些富豪，敲锣打鼓当众撒钞票做慈善，这是一种更真诚、更无私的大善。

　　只有当普通百姓心中都保有这种发自天性的善良，时代才会和顺，社会才会和谐。

　　记得我十四五岁的时候也曾跟着母亲到乡下拾过麦穗，却没有赶上"野多滞穗"的时运。忙碌大半天捡到的半篮子麦穗，竟又被农民伯伯夺下倒回生产队的牛车上。当时母亲就哭了，这件事在我心中留下至今仍然隐隐作痛的创伤。

　　想一想，倒也不必，因为那时节农民们自己也吃不饱饭，他们的孩子也还处在饥饿中。

陆　判

　　这又是一篇人与鬼交往的故事，两位主人公都是男性，写的是男人之间的友情，折射出人与人交往的良好社会生态、精神生态。

　　故事颇为离奇，高度魔幻。两个主要人物，一个是人世间的书生，一个是地狱里的判官。书生叫朱尔旦，是个缺心眼的"二杆子"；判官姓陆，是个直性子的"人来疯"，说是传奇人物，又非常的市井化、世俗化，无论是人是鬼，对于读者来说都是"熟悉的陌生人"。

　　这篇故事的情节蜿蜒曲折，描述细致入微，属于《聊斋》中的优秀长篇，我们这里只能复述个梗概：

　　朱尔旦性情豪放，生性迟钝，读书虽然很勤苦，却一直没读出名堂。一天夜晚与几位文友闲来喝酒，朋友们知道他缺心眼，就激他说：你如果敢把城隍庙里的判官背过来，我们请你喝酒。

　　城隍庙阎罗殿里的那座木雕判官绿脸膛，红胡须，相貌狰狞可怖，令人毛骨悚然，众人都料其不敢。朱尔旦听了径自离席而去。不大一会儿，只听门外有人大叫："我把大胡子宗师请来了！"朱尔旦将判官雕像安置在桌子上，端起酒杯来先敬判官三杯。

众人看见判官个个惊恐不安，忙请朱尔旦再背回去。朱举起酒杯，把酒祭奠在地上，祷告说："学生粗鲁无礼，谅大宗师不要见怪！我家距此不远，改日到寒舍喝两杯，千万别见外啊！"说完，仍将判官背了回去。

这二杆子，说他缺心眼吧，他倒是彬彬有礼；说他鲁莽吧，将一座神像背来背去倒是很随和。

第二天天黑，朱尔旦在外边喝了酒，回到家又接着自斟自饮。忽然，有个人一掀门帘走了进来。朱尔旦抬头一看，竟是那个判官！心头一惊，自知昨晚失礼便脱口说道："咦！昨晚冒犯了您，这是来要我命的吧？"

判官撅起胡子笑了："哪里哪里，昨晚承蒙你慷慨相邀，今晚刚好有空，特来赴你这位通达之人的约会。"朱尔旦大喜，拉着判官的袖子请他快坐下，让媳妇重置酒菜，两个人你一杯、我一杯对饮起来。媳妇却吓得战战兢兢不敢上前。

朱尔旦询问判官姓名。判官说："我姓陆，没有名字。"朱尔旦跟他谈古论今，判官口若悬河。朱尔旦问他："懂八股文吗？"判官说："好坏还能分得出来。"

陆判酒量极大，一连喝了十大杯。朱尔旦因为已喝过大半天，此时已大醉，趴在桌子上沉沉睡去。一觉醒来，只见残烛昏黄，鬼客已径自离去。

从此后，陆判两三天就来一次，夜深就同榻而眠，两人关系十分融洽。

朱尔旦把自己的文章习作拿给陆判看，陆判拿起红笔批改一番。

尔旦问："我写得怎么样？"

陆判说："不怎么样。"

"全都不怎么样吗？"

"都不怎么样。"

一天夜里，两人喝过酒后，朱尔旦醉了，自己先去睡下了。朱尔旦睡梦中，忽然觉得脏腑有点疼痛，睁眼一看，只见陆判端坐床前，已经将他的肚子剖开，掏出肠子来，正在一根一根地整理。

朱尔旦惊愕地说："老哥哥要杀我吗？"

陆判笑了："别害怕，我要为你换颗聪明的心。"说完，不紧不慢地把肠子理好，放进朱尔旦的肚子里，把刀口合上，用裹脚布把腰缠起来，一切完毕，床上一点血迹也没有，尔旦只觉得肚皮上稍微有些发麻。

陆判指着桌子上的一团肉说："这是你原来的那颗心。你文思不敏，就是因为你心被堵塞了，总不开窍。刚才我在阴间里，为你选了颗最好的心换上了。"

天亮前陆判离去，朱尔旦看看伤口已经愈合，只在肚子上留下了一条红线。从此后文思大进，文章过目不忘，下笔游刃有余。过了几天，他再拿作文给陆判看，陆判官说："可以了。中个举人没问题。不过你福浅命薄，做不了大官。"

朱尔旦中举后，他的文友们过来祝贺，都有些想不通：这个二里吧唧的尔旦怎么会有如此好运？尔旦如实相告，文友们一个个跃跃欲试，都巴望能够结识陆判。

这位陆判倒是个爱热闹的人，有请即到。

待到尔旦将陆判请来，众人看到陆判红须倒竖、目光如电，未等他掏出刀子，一个个吓得面无人色、牙齿打战，一个跟着一个溜了出去。

过了段时间，二人又在家中喝酒，喝得醉醺醺的时候，朱尔旦对陆判说："你替我洗肠换心，我已经受惠太多，但有件事还想麻烦你，不知该不该说。"陆判请他说出来看看。

尔旦说："心肠既然能换，想来面目也可以换了。我的结发妻子身材倒还不赖，只是五官不够漂亮，想麻烦你再动动手如何？"

陆判笑了，说："好吧，让我想想看。"

没过几天，陆判半夜来敲门，衣襟里鼓鼓囊囊包着个东西。朱尔旦问是什么，陆判说："你上次嘱咐我的事，一直不好物色。刚才恰巧得到一个美人头！"

陆判信守诺言，助友心切，出发点不错；但这次却干了件荒唐事，惹下大麻烦！原来他将刚刚死去的达官贵人吴侍御家的女儿的头换给了尔旦媳妇！

吴家女儿死于一桩凶杀案，女儿被贼人所杀，身首分离，案子尚未破获，女儿的人头却又不见了，其痛何如哉！

朱家媳妇换了人头的事渐渐风传起来，吴侍御起了疑心，暗地派了一个老妈子借故去朱家探看。老妈子一见朱夫人的面容正是她家小姐，立刻跑回来告诉了吴公。吴公看看女儿尸身还在，头却跑到别人家，一时闹不清究竟发生了什么事情。

官司闹到郡府衙门，朱尔旦与其家人一口咬定，他的妻子是在睡梦中被换了脑袋，自己决没有杀害侍御的女儿。

案子僵持下来。尔旦问陆判怎么办，陆判说："这不难，我让他女儿自己说清楚。"

到了夜晚，吴侍御梦见女儿跟自己说："女儿是被苏溪村一个叫杨大年的无赖杀害的，与朱举人没有关系。只是朱举人嫌妻子长得丑，城隍庙的陆判官帮忙把女儿的头给朱妻换上了。现在女儿虽然死了，但脑袋还活着，愿我们家不要把朱举人当仇人。"

　　吴侍御醒来后，忙把梦告诉了夫人，夫人说刚刚也做了个同样的梦。郡守派人下到苏溪村侦查，果然有个杨大年，经审讯杨大年认罪伏法。

　　案子了结后，侍御夫妇来到朱尔旦家，请求见一见朱夫人。当他们看到一个活生生的女儿出现在面前时，悲喜交加，遂认下朱夫人为女儿，和朱尔旦便自然成了翁婿关系。

　　被陆判换下来的朱夫人的脑袋，安放在吴家闺女的尸身上隆重下葬。

　　乐于助人的陆判歪打正着，无意间促使好事成双。当然，这全凭蒲翁的一支生花妙笔！

　　故事到此仍未结束。

　　一天晚上，陆判过来告诉尔旦说："你的寿命就要到头了。"

　　尔旦问死期在哪一天，陆判说五天后。

　　"还有救吗？"

　　"不能，生死全由天定，怎能随意改变呢？"

　　在这个生死大事上，陆判坚持原则。但又劝导他：对于通达的人来说，生也好，死也好，并没有绝对的好与坏。

　　尔旦点头称是，赶忙置办起寿衣棺材，五天后，穿着盛装悠然去世。

　　在阴间尔旦成了陆判的同事，帮助掌管文书资料。他仍然不放心家里的老婆孩子，时常在夜间回家帮助太太料理家务、辅导儿子朱玮的功课。有时，陆判也一起回来，两人热热闹闹喝上一场小酒，几乎和他在世时一样。

　　儿子渐渐长大成人，一天夜间尔旦回家后与妻子郑重告别，说他被上帝提拔将到外省赴任，今后不能再回家了。妻子儿子听了与他抱头痛哭，他倒是一个劲儿地安慰他们：世上哪有百年不散的夫妻？又嘱咐朱玮努力攻读，说十年后还有机会再见。说完便径直出门，从此再也没有回来。

朱玮二十五岁时考中进士，在礼宾司做官。一天奉皇帝命祭祀西岳华山，路经华阴时，忽然一支仪仗森然的车马迎面过来，朱玮看到车中坐着的竟是自己父亲，就慌忙跳下马来，跪在路边痛哭。父亲停下车子说："孩子，你做官声誉很好，我可以放心了。"

儿子长跪不起，父亲解下身上的佩刀交给儿子。一阵风吹过，车马仪仗瞬间消失。儿子抽出父亲的佩刀，只见刀上刻了一行字：

"胆欲大而心欲细，智欲圆而行欲方。"

故事到此基本结束。

当代小说家汪曾祺先生很喜欢这篇小说，曾将其改写后发表在《人民文学》上。这篇小说并没有缠绵悱恻的爱情故事，也没有漂洋过海的异域风光，更没有砍砍杀杀的江湖恩怨，那么它好在什么地方呢？

人物。一位阴府小吏，一位阳间书生，他们不是英雄，不是圣贤，不是精英，不是楷模，只不过是市井常人，他们身上表现出的都是常人的道德行为，常人的优良品质，以及常人的缺点毛病。正因为如此，他们才显得真实可信，即使那位地狱里的鬼判，也显得如此可爱。蒲松龄在这篇小说的末尾忍不住站出来发表议论：这位陆先生如果还在，我愿意跟随他为他驾车执鞭！

这两人身上具有蒲翁最看重的道德品质：纯朴、率真、诚挚、厚道。在他们身上仍然保有人之初的本心、真心、童心、赤子之心，这比智慧之心重要，比机巧之心美好，这也是蒲松龄自己一生持守的道德宗旨：抱朴守拙。"生无逢世才，一拙心所安"，是他对自己人生做出的评价。

现代社会"真人"太少，"能人"太多。如北京大学钱理群教授所说：如今大学培养出来太多"精致的利己主义者"，说白了即"高智商的小人"。

　　一个社会过度严苛的道德律令，往往会走向反面，导致道德底线的崩溃；对日常生活中最需要的常人道德掉以轻心，总将标杆树立在"完全彻底""全心全意"的云端，便会给高智商的小人留出上下其手的广阔空间。

　　一种良好的社会生态，一个稳定、和谐的太平盛世，总是以每一个个体正常的、健全的人格为根基的，这个根基不牢，贪腐之风、谄媚之习、暴戾之气就会通行无阻、泛滥成灾。

翩　翩

　　《聊斋志异》中，蒲松龄对待女性的态度并不始终一致。我发现，凡是写到现实家庭，他持守的观念基本上是守旧的、传统的：三从四德、男尊女卑、嫡贵庶贱、传宗接代、大男子主义。待到进入花妖鬼狐、神仙魔幻的境域，在天地自然中，他的女性观就会开放许多：恋爱自由、女性独立、女性优越、女性至上，尊重赞美起女性来，简直就像一位现代女权主义者！

　　《妾击贼》，写的是现实家庭的夫妇关系、妻妾关系。富商家的那位温柔美丽的小妾严守妇德，虽终日受到正妻的凌辱、折磨和鞭挞，却逆来顺受、毫无怨言。一天夜里，几个强盗破门而入，丈夫和正妻吓得躲在墙角瑟瑟发抖，小妾却操起一根扁担左扫右劈、虎虎生威，瞬间把几条大汉打翻在地下跪求饶。原来她出身武术世家，自幼随父练就一身武艺。事后女邻居问她：小嫂子打起那些强盗如同打一群猪狗，为何恭恭敬敬挨你家大老婆的鞭挞？小妾回答说："这是名分规定的，我必须遵守规矩。"于是大家都赞美她的贤德，对她更加敬佩。

对此，蒲翁当然也是赞美、敬佩的。

《翩翩》的女主角可就不是这样了，翩翩是一位生活在荒山旷野中的仙女，一位融入大自然的女性，一位独立自主的女性，现实社会中的三从四德对她完全不起作用。

翩翩的精神世界是在与一位男性的交往中显现出来的。

男子叫罗子浮，是一位十足的"渣男"。父母早年去世，他在官宦叔叔的娇生惯养下长大，十四岁受人引诱学会嫖妓宿娼，在金陵妓院花光了钱财得了一身梅毒大疮：皮肉溃烂发臭，脓血沾染床铺。他被妓院赶出来后一路乞讨，只盼着能活着回到陕西老家。

一天傍晚，罗子浮在山路上遇到一个美貌女子，女子看他失魂落魄的样子，问他要到哪里去，他照实说了。

女子说："我叫翩翩，在这山里修行，你不妨到我那里养息几天，以免丧身虎口。"子浮喜出望外，便跟随翩翩而去。

进入深山，见有一座洞府，门前林木茂盛，横淌着一条小溪，溪上架着根长条石作桥。过桥几步，有两间石室。翩翩让罗子浮脱下身上的破衣烂衫到溪水中洗个澡，说："洗洗，疮就好了。"

待到子浮洗澡回来，翩翩取过一些芭蕉叶，剪剪缝缝做成衣服的样子放到床头，对子浮说："明早穿上！"

子浮洗完澡后，觉得身上的疮已经不疼了，醒过来一摸，已结了厚厚的痂。第二天早晨，他发现那些芭蕉叶做的衣服全是绿色锦缎，柔软滑爽。早饭时，翩翩摘下洞外一些树叶剪成鸡鸭鱼肉的形状加以烹调，味道鲜美可口。

过了几天，罗子浮身上的疮痂脱落，一身清爽。入夜，他就凑到翩翩的床上要求同眠。

翩翩说："轻薄东西！刚好了疮疤就又想入非非！"

罗子浮觍笑着说："你错怪我了，我不是要占你便宜，是要报答您的大恩大德！"

翩翩听了很高兴，于是二人同床共寝，欢如鱼水。

一天，一位少妇笑着闯进来，说："翩翩小鬼头春梦好美啊，快活死了吧！"翩翩迎上去笑着说："原来是花城娘子！贵足很久不踏贱地了，哪阵风把你吹来了？"于是三人一齐落座，翩翩设宴款待。

这位叫花城的少妇看着罗子浮说："小郎君得遇翩翩，真是烧高香了！"

罗子浮见她二十三四岁年纪，依然风姿绰约，便犯了老毛病。他假装果子误落到桌底下，俯身捡拾时暗地里捏了捏花城的脚，正神魂颠倒时，低头一看，衣服全变成了树叶。他急忙收回邪念，衣服才又变回原来样子。过了会儿，给花城劝酒时他又用手指搔她的掌心，衣服一下子又变成树叶。子浮吓得心惊胆战，暗自庆幸两个女子都没看见，再也不敢胡作非为。

其实，两个女子全都心知肚明。

花城笑着对翩翩说："你家小郎君太不正经，若不是遇上你这个醋葫芦，恐怕早就张狂到天上了！"

翩翩说："轻薄成性的东西！就该活活冻死！"

两人拍掌大笑起来。

花城离去后，罗子浮害怕翩翩责骂，但翩翩仍和平常一样待他，似乎什么事也没有发生过。

节令已到深秋，寒风阵阵，霜叶萧萧。翩翩见罗子浮冻得瑟缩发抖，便拿个包袱，到洞口抓几团白云，絮成棉衣，罗子浮穿上感觉格外轻柔温暖，赛过一般棉衣。

过了一年，翩翩生了个儿子，聪明漂亮。

儿子渐渐长大了，罗子浮常常想起家乡，恳求翩翩一同回去。

翩翩说："我不能跟你回去，要不你自己走吧。"子浮舍不下翩翩，就留了下来。

又过了些年，儿子十四岁了，和花城家的闺女订了婚，两家结成亲家。婚宴上张灯结彩，笑语满堂。翩翩敲着金钗，唱了一曲："我有佳儿，不羡贵官。我有佳妇，不羡绮纨。今夕聚首，皆当喜欢。为君行酒，劝君加餐。"

新媳妇很孝敬，依恋在翩翩膝前就像亲生女儿一样。

过了不久，罗子浮又动了回老家的念头。

翩翩说："你有俗骨，儿子也是富贵中人，我不耽误你们，你带了他们俩一起去吧。"

花城也赶来送行，儿女恋恋不舍哭成了泪人儿。翩翩把树叶剪成毛驴，让子浮与儿子、儿媳三人骑上朝陕西方向走去。

子浮的叔叔此时已告老还乡，以为侄子早已死了。忽见子浮带着帅气的儿子和漂亮儿媳回来，欢喜得像得到上天恩赐的宝贝。

罗子浮三人进入家门，看看身上的衣服，都变回了芭蕉叶，扯破一看，里面的棉絮也像白云一样消散了。

罗子浮思念翩翩，多年后带着儿子回去探望，只见黄叶满山，白云凄迷，再找不到当年洞府的踪迹，只得流着眼泪返回老家。

这是一篇蒲松龄式的《绿野仙踪》。

白云乡也是温柔乡，深山洞府是蒲松龄的田园诗、桃花源。

翩翩是山野中的精灵，大自然中的山石、溪水、草木、白云是她生命的依傍。翩翩、花城那和谐温馨的洞府，是人类幻想中的生态乌托邦。

中国人崇尚神仙。神仙是什么？照庄子的说法，"大泽焚而不能热，河汉沍而不能寒，疾雷破山，风振海而不能惊"。为什么？因为他就是大泽，就是河汉，就是高山，就是大海，就是与大自然融为一体的人，这样的人就是神仙。

翩翩，也是这样的神仙。

著名生态女性主义者麦茜特[①]指出：大地孕育万物，自然让万物繁衍，人类的本性是其自然性，女性比起男人更接近自然；女性是自然与社会完美结合的理想化身，田园诗传统在古代就成为人类罪孽的解毒剂。

翩翩活得如此本真、自然，并以她的本真自然洗涤了那个曾经沦为"人渣"的男人，不但洗涤了他满身的疮痍，还净化了他那被污染、毒化的灵魂。

另一位生态女性主义者沃伦[②]曾经指出：自然原本就是个女性主义话题（Nature is a feminist issue），男性对于女性的掌控与奴役，是从人类对于自然的掌控与奴役开始的。在第三次浪潮中，女人们变得聪明起来，她们开始寻找到自己的"法身"，与自己在宇宙间的最大的伙伴"自然"结为生死同盟。女性的真正的解放，在于恢复女性长久以来被压抑、被扭曲的天性，恢复大地崇拜的女性精神，恢复充满宽容与温情的女性情怀。到那时，也是人类对自然的回归，也是人类历史

---

① 卡洛琳·麦茜特（Carolyn Merchant，1936—　），美国加州大学伯克利分校自然保护与资源研究系环境史、环境哲学和环境伦理学教授，著名的生态女性主义者，代表作为《自然之死——妇女、生态和科学革命》。

② 凯伦·J·沃伦（Karen J. Warren，1947—　），美国当代生态女性主义哲学家，著有《生态女性主义哲学》（*Ecofeminist Philosophy*），并编辑了相关文集《生态女性主义》（*Ecological Feminism*）。

上生态时代的开始。

翩翩是独立的，她不"掌控与奴役"任何人，也不接受任何人的"掌控与奴役"。为了独立自由，她不羡贵官，不羡绮纨，甚至也不把丈夫儿子圈起来视为私有，而是尊重他们自己的选择。

小说的结尾，罗子浮带儿子重走当年路，只见秋山苍茫、白云缭绕，却未能寻到翩翩的踪影。

翩翩到哪里去了？她并没有逝去，她已经与自然融为一体，融入秋山苍茫、白云缭绕的天地间，用沃伦的话说便是与自然结为生死同盟。

蒲松龄先生或许没有当代的生态意识，但这些当代生态意识在中国古代精神文化传统中是早已存在着的。对于《翩翩》一文来说，便是那些集体无意识、个人潜意识在蒲翁文学创作过程中的隐约再现。

小 翠

《萤窗异草》是清代仿效《聊斋志异》描写鬼怪仙妖、异人奇事的一部小说，在社会上产生过一定影响。其中有一篇《痴狐》，按照晚清翰林院编修、文史大家平步青（1832—1896）的说法，乃"仿留仙《小翠》为之"。

比较一下《小翠》与《痴狐》应该是很有意思的事。

让我们先看看蒲松龄的《小翠》。

王太常，童年时有一天午睡，忽然天色变暗，阴云密布、电闪雷鸣，一只比猫大一点的动物跳到他的床上，偎依在他身边瑟瑟发抖。雨过天晴，那动物离去，他才发现那只动物并不是猫，而是一只修炼多年的狐狸，在他身边躲过雷劫。虽然他并非有意保护狐狸，狐狸仍然很感激他，保佑他考中进士，官至监察御史。

让王太常苦闷的是，他唯一的儿子元丰是个弱智儿，俗谓傻子，十六岁了还分不清雌雄。因为傻，谁也不肯把女儿嫁给他，这让王太常夫妇很犯愁。

　　一天，有个老妇人领着一个女孩儿找上门来，说女孩叫小翠，十六岁了，愿把她嫁给王家做媳妇。那女孩儿面带笑意，漂亮得像天仙。王太常问老妇人想要多少聘金，老妇人说："我不是卖孩子，这孩子跟着我吃糠咽菜尚不得一饱，跟了您这大户人家，只要她舒心如意，我也就放心了。"王太常夫妇喜出望外，老妇人吩咐小翠："这就是你的公公婆婆，你好生侍奉他们，我过几天再来看你。"小翠倒也没有显出依恋不舍的样子，就在带来的小箱子里翻寻花样，准备做活儿了。

　　过了几天，不见老妇人过来。王夫人问小翠家住哪里，她憨笑说自己也不清楚。王夫人便收拾了另外一个院子，让小夫妇完婚。亲戚们听说王御史家娶了个穷人家的女儿，都暗地嘲笑，可后来见小翠如此漂亮伶俐，全都惊呆了。

　　小翠很聪明，老夫妇也疼爱她，唯恐她嫌弃儿子傻。小翠却毫不在意，只知道想着法和元丰疯玩儿。她用布缝成个球，一踢好几十步远，让元丰跑去拾。元丰和丫鬟们跑来跑去不亦乐乎，累得满身大汗。

　　王大人偶然经过，球"啪"的一声，正好打在脸上。小翠和丫鬟们连忙溜走，元丰还傻乎乎地跑过去拾球。这当爹的大发脾气，夫人也赶过来斥责小翠，小翠却低头微笑，全不在意。

　　大人们走后，她又和元丰胡闹起来，用胭脂、香粉给元丰抹了个大花脸。元丰玩得兴高采烈，夫人一见气急败坏，把小翠叫来怒骂一顿。小翠靠着桌子摆弄衣带，不害怕，也不吭声。夫人无可奈何，只得拿儿子出气，把元丰打得哭爹叫娘，小翠一下子慌了手脚，连忙跪在地上求饶。

　　小翠把元丰扶到卧室里，替他掸掉衣裳上的尘土，用手绢给他擦干脸上的泪痕，又拿些红枣、栗子给他吃，元丰不哭了，又傻笑起来。

　　小翠玩兴未尽，关上房门仍旧和元丰想着法子胡闹，一会儿把元丰扮作楚霸王，自己扮成虞姬；一会儿把元丰装扮成沙漠国王，自己怀抱琵琶又唱又跳。公公婆婆因为自己的儿子傻，也就不忍心过于责备小翠。

与王太常家同一巷子还住着一位官员王给谏，两家向来不和。这王给谏为人奸诈，嫉妒王太常接连升官，总想找机会暗算他。王太常心知肚明，有些惶恐不安，不知道这个政敌将从何处下手。

这一年，朝中首相出事被查办，手下人写了封私信给王太常，却误送到王给谏家。王给谏大喜，便托人找到王太常趁机要挟，向他借一万两银子，被王太常拒绝了。王给谏便亲自上门来谈，在客厅等候时忽见王太常的儿子元丰穿戴皇帝的龙袍冠冕，被一个女子从门内推了出来。王给谏一见吓了一跳，接着便哄骗元丰把衣冠脱下来，交给随从马上带走。等到王太常赶出来，客人已经走了。

王太常得知缘故，立时吓得面如土色，哭丧着脸大骂小翠："真是祸水啊！闯下这滔天大祸，眼看就要被满门抄斩！"说着和夫人拿根棍子去打小翠。小翠关紧房门，听凭他们叫骂，全不理睬。王太常见此情景，更是火上浇油，拿起斧子要劈门。这时，小翠在门里笑着劝公公："爹爹要劈死我，这是想杀人灭口吗？二老不要生气，上边追查下来要杀要剐全由我承担。"

王太常一听有道理，这才把斧头扔下。

王给谏回去立刻上奏皇帝，揭发王太常谋反篡位，有龙袍皇冠为证。皇帝大惊，当面打开验看，所谓皇冠不过是高粱秸子编的玩具，龙袍乃是个破烂的黄布包袱皮。皇帝大怒，责怪王给谏诬告同僚。接着皇帝又把元丰叫来，一看，原来是个痴呆儿。四邻八舍也都出来做证，说王太常家除了这个傻儿，还有一个疯妞，整天疯玩傻乐，哪里会篡位造反？皇帝认为受了王给谏的戏弄，一怒之下将其发配云南充军。

经过这件事，王太常觉得小翠很了不得，又因为她来路不明，就怀疑她不是凡人。让王夫人去问，小翠只是抿着嘴笑，一句话没有。夫人再三追问，小翠笑道："我是玉皇大帝的亲闺女，娘不知道吗？"

小翠过门已经三年了，每夜都和公子分床睡。

王太常已经五十多岁了，急着抱孙子，夫人就派人把元丰的床搬走，嘱咐他睡小翠床上。过了几天，元丰不干了，找夫人告状："咋还不把搬走的床还我？小翠每夜都把脚搁在我肚皮上，压得我都喘不过气，还掐我的屁股！"丫鬟仆妇们听了都捂着嘴吃吃地笑，夫人连喝带打地把他赶了回去。

一天小翠在房里洗澡，元丰见了就要和她同浴。小翠笑着叫他等一下。小翠洗完出来，把热水倒在大瓮里，然后帮元丰脱去衣裳，扶他下了瓮。元丰喊叫水太热了，小翠不听，又用被子将他严严实实蒙在瓮里。过了一会儿，没有声响了，打开一看元丰已经死去。小翠不慌不忙，把元丰抬出来放在床上，慢慢给他擦干身子，又加盖两床被子。

夫人听到儿子洗澡给闷死了，哭着跑了过来，冲着小翠大骂："疯丫头，怎么把我儿子给弄死了！"

小翠微微一笑，说："这样的傻儿子，还不如没有哩！"

夫人一听这话，气得用头去撞小翠。正闹得不可开交，丫鬟跑来报告："哎哟喂！公子起来啦！"夫人收住眼泪急忙跑过去，只见元丰睁开两眼，四下张望说："这是咱们家吗？回想过往之事真像做梦一样呀！"夫人听了这话觉得不像出自傻儿之口，便领了去见老爷。王太常多方试探，发现儿子一如常人，果然不傻了。

一家都高兴得不得了，从那以后元丰的痴病再也没有复发，夫妻二人同进同出，形影不离，恩爱无限。

又过了一年多，王太常因派系斗争被弹劾罢官，心情坏极了。正在这时，小翠不慎将家里一件珍贵的玉瓶打碎，她赶忙跑去告诉公婆，说自己失手了。

老两口正为丢官而烦恼，一听玉瓶摔碎，火冒三丈，齐声责骂小翠。

小翠气愤地走出房门，对元丰说："我在你家几年，替你家保全的何止一只花瓶，怎么就不能给我点面子？实话对你说，我并非凡间女子，只因当年我老妈遭逢雷劫时，受了你父亲的庇护，又因为咱俩有五年的缘分，这才来到你家。没想到你父母如此绝情，看来我在你家待不住了！"说罢，小翠气冲冲地走了出去。

待元丰追到门外，小翠已不知去向。

王太常夫妇也觉得自己做得太过分，但后悔已来不及了。

元丰走进房里，看见小翠用过的脂粉、留下的首饰，睹物思人，不禁号啕大哭。他白天吃不下饭，晚上睡不着觉，一天天消瘦下去。王太常很着急，想为他赶快再续娶个媳妇，可是元丰就是不答应，反而找来一位名画师，画了一张小翠的肖像供奉起来，每天焚香祷告。

这样差不多过了两年。一天夜晚，皓月当空，元丰路过村外他们家的那座花园，听到墙里有欢笑声，便隔着花墙朝里望去，见有两个女孩儿在园中戏耍。月色朦胧、花影斑驳，只听得一个穿绿裙的姑娘说："不害臊，不会做媳妇，让人家休出来了吧！"那穿红衣的女孩儿说："那也比你这没人要的老姑娘强得多！"

元丰听话音很像小翠，便连忙喊她。绿衣姑娘一边走一边说："我不跟你较劲儿了，你汉子来了！"红衣姑娘走过来，果然是小翠。元丰高兴极了，连忙翻墙过去握着小翠的手，顿时泪流满面。

小翠说："两年不见，你竟瘦成一把骨头了。"元丰向她述说思念之情，小翠说："这些我都知道，只是没脸再进你家大门。今天跟大姐在这里游玩，不料想就碰上了你。"

元丰请她一同回家，小翠不肯；请她暂留在园中，她答应了。

　　元丰打发仆人回家禀告夫人。夫人又惊又喜，急忙坐轿赶了过来。小翠见了婆母下跪请安，夫人拉着小翠的胳膊，老泪纵横，说："真不该错怪了你，你要是不记恨我，就请跟我回家吧！"小翠还是说没脸回去，夫人觉得花园太荒凉，就多派些丫鬟仆人来侍奉。

　　两人在花园里过了一年多，小翠的面孔和声音渐渐和从前不一样了，把画像取出来一对照，简直判若两人。元丰非常奇怪。

　　小翠说："你说我还好看吗？"

　　元丰说："好看是好看，但跟从前大不一样了。"

　　小翠说；"你这意思是说我老了？"

　　元丰说："你才二十几岁，怎么会老呢？"

　　小翠笑了笑不再接腔，随手把画像烧了，元丰伸手去抢，画像已经变成了灰烬。

　　这天，小翠对元丰说："现在双亲都年老了，你又孤零零连个弟兄也没有，我不会生育，怕要耽误你们王家传宗接代。你还是另娶一房妻子，早晚可以侍奉公婆，你就两边跑跑多辛苦些。"

　　元丰勉强答应了，娶了钟太史家的小姐。

　　迎亲的日子临近，小翠日夜赶着给新妇做衣服鞋袜，然后让人送到钟家。

　　新娘进门，她的容貌、言谈和举止竟然和小翠别无二致。元丰和王太常夫妇十分惊讶，赶忙派人到花园去找小翠，小翠已不知去向。

　　丫鬟拿出一块红纱巾对元丰说："娘子回娘家去了，留下这条纱巾让交给公子。"元丰接过纱巾，上面系着块玉玦，表示永远与他分别了。

　　新婚的元丰虽然仍然时时想念小翠，幸而新娘子活脱脱一个小翠，心里就感到温暖和安慰。

　　元丰这才明白：和钟家女儿成亲的事，是小翠早已安排好的。小翠担心元丰放不下对她的牵挂，就事先将自己化作钟家姑娘的模样！

我们再来看看《萤窗异草》中的《痴狐》。

有一位名叫吴畹的退休官员，一向以声色自娱，家中妻妾成群仍不满足，六十岁了还到处寻花问柳，却始终没有得到让他完全满意的女人。

一天，他带了仆从在郊外游逛，忽然看见篱笆墙里有一位妙龄绝色女子探出半个身子看他。这吴公喜出望外，假装口渴讨水喝与这女子搭讪。

问："姓什么？"

女子说："我不知道有没有姓，问我妈吧。"

老妇人出来说："我家姓王，老头子种地为生，日子过得很艰难。姑娘 17 岁了，痴痴呆呆不懂事，由于长得出众，村里人就喊她'傻狐狸妞'。"

吴公听后觉得不难把这女孩儿弄到手，就对老妇人说："我是郡中的吴太仆，咱们是同乡，不忍心看你们贫苦度日，以后有困难找我，我来资助你们。"

临别，吴公还一再回头看那姑娘。姑娘又说起痴话："这老头胡子全白了，还直勾勾地看我呢！"

此后，王家不时到吴公府上求助，三个月里吴公已周济了他们五六十两银子，王家夫妇对吴公感恩戴德。这时吴公派媒人到王家求婚，要纳王家姑娘为妾，又送上五百两银子作聘金，王家很畅快地答应了。

临上轿时，这姑娘又对她妈说："妈妈跟我一块嫁过去吧，吃香喝辣！"她妈尴尬得无地自容。

来到吴府，众妻妾见是一个长得漂亮却傻头傻脑的闺女，也就不把她当回事。

夜间入洞房，这女孩并不羞怯，上前将着吴公的胡子说："比我爸爸的胡子还白呢，喊你伯伯吧！"

吴公上来为她脱衣服，脱到亵衣，她呼爹叫娘无论如何不让脱，吴公不忍强迫，就与她和衣而眠，睡到半夜偷偷将她的亵衣解下，甜言蜜语连哄带骗方才成就好事。

第二天清早，她见到吴公的妻妾们就诉说夜间的痛楚，惹得人们捧腹大笑。

几天下来，与吴公同房渐入佳境，她又和妻妾们说起枕席之乐，妻妾们开始妒忌她。吴公认为她缺心眼，也就不和她计较。

从此后，这女子似乎变了一个人，越来越姣好妩媚，对吴公也越来越尽心尽意下功夫。

吴公胡子多，起床后乱蓬蓬的，她就口含温水为吴公细心梳理胡须。

吴公瘦骨伶仃，她怕床板硬硌着他，就以自己的"柔肌转而昵就之"。

她留的长指甲在被窝里抓伤了吴公的身体，立马就将指甲剪掉。

吴公不留心将痰吐到她的衣服上，她为了表示珍惜，就不再洗这件衣服。

吴公不时求欢，她一再规劝，说自己年轻没问题，而您上了年纪，为了您的身体健康不能不节制。

吴公七十岁寿诞，众人都来祝酒庆贺，唯独她吃素一个月为吴公在佛前祈福。

吴公的饮食她先尝，吴公走动她来搀扶，吴公高兴她赔笑脸，吴公发火她仍然赔笑脸。

由于无所不用其媚，她遂得以"独宠专房"，成为众妻妾既嫉妒又效仿的对象。

吴公看透了她，又十分欣赏她，对她说：你才不傻呢，你可比谁都聪明，你不过是人前装傻卖憨！

这女子骗来骗去，最终把自己骗到坑里：吴公病危怀疑她有"异志"，她为向主子表忠心竟饮鸩而亡。临死之际，还对吴公说：我先走一步，到阴间地府为您驱赶那些勾引你的狐狸精！

吴公听她这番话，感慨良久，继而又哈哈大笑，说：你果然绝对忠于我，我应该高兴才对啊！

两人死后合葬。至今问起吴公的坟茔在哪里，人们都会说：痴狐墓。

女子与吴公都已名垂不朽！

《小翠》与《痴狐》，其高下优劣立时可见。

且不说写作技巧上一是入情入理、丝丝入扣；一是胡编乱造、矛盾百出，天地之差还在人物形象的塑造以及作者的情怀与观念上。

《小翠》描绘了一只幻化为女人的狐狸；《痴狐》谱写了一位假冒狐狸的女人。

小翠，是穷人家的孩子，她天真烂漫、稚气憨厚、心地善良、嫉恶如仇、豁达大度、自尊自爱，冰清玉洁如刚刚出水的尖尖小荷，天然无矫饰。

她与元丰的感情，起初是"傻小子"与"疯丫头"的两小无猜、无忧无虑、活泼顽皮；后来是夫妻情深、相敬如宾、生死不渝。在不得不分离时，竟为她深爱的丈夫安排得如此周到细致，更显现出她爱得纯粹、爱得无私！

她嫁到王家，始于母亲的报恩，后来却成为这个官宦家庭的重要成员。王太常心胸狭隘、懦弱自私、狂躁易怒，虽然不是坏人，也只能算是一位人品中下的大家长。婆婆就是一位缺少主见、随波逐流的老太太。家庭矛盾起伏跌宕，闹来闹去依然是家庭矛盾，与现实生活中的一般家庭别无两样。

小翠在家庭中虽说处于弱势，却又处处维护着女性的自尊、自立、自主、自由。

小翠一旦涉入官场恶斗，便立马现出她的"狐仙尾巴"，她会预测，有计谋，能掐会算，胆大心细，出险棋乾坤大挪移，把皇上贪官耍得团团转。

少女的天真，少妇的贤良，侠女的义勇，仙女的神奇，在小翠身上化出化入，竟表现得如此浑然一体、如此酣畅淋漓！

蒲松龄写《小翠》，运用的是文学大师的才艺，守护的是一颗质朴、率真的心。

"痴狐"也是一位贫穷的农家女，却又是一位假借狐狸之名的"机心女"，从小说的情节发展看，她的傻，她的痴，似乎都经过精心的设计。

她来到吴太仆家，属于变相的被"卖闺女"，一笔五百多两银子的交易。

吴太仆是一位年近花甲的"油腻老爷"，他财大气粗，相信金钱万能；他妻妾成群，好色成性；他贪婪自私，作威作福。

假狐女在吴太仆家中的角色是一个丧失了自我、附属于男人的性工具，一位无限忠于主子的"性奴隶"，一位坐稳了奴隶地位的女奴隶，一位众多女奴隶中的样板、模范。

即使从写作技巧上看，这位"痴狐"由痴儿变熟女，由纯情女变机心女，很是生硬牵强，令常人难以接受。唯一可以做出的解释，这些情节描写不过是出于男性作家的意淫，出于流行作家对于读者低级趣味的迎合，充满了极端自私的男人中心的酸腐气息。

《小翠》堪称文学精品，《痴狐》实属文化垃圾。

套用一句春晚小品节目的台词：人和人差别怎么这么大呢！

阿 绣

  《阿绣》是《聊斋志异》中的名篇，其中写了两个阿绣：一位是唤作阿绣的杂货店店主的女儿，一位是冒名少女阿绣的狐狸精，男主角是书生刘子固。三位年轻人，二女一男，故事在三人之间展开。

  江苏少年刘子固到山东舅舅家做客，看见杂货店里有一个女孩子，长得娇美艳丽，一下子便迷上了她。他来到店中说要买扇子，女子赶忙喊她爹爹，见她爹爹出来，刘子固很是沮丧，便故意压低价钱未能成交。刘子固退出店外，远远看女子的爹爹离开，就又赶忙折回店里："别喊你爹爹，你说个价，我不计较。"女子听了他的话，故意翻高一倍价钱，刘子固当即就如数把钱给了她。

  第二天，刘子固又来了，还像昨天一样。付了钱刚走出几步，女子追出叫住他："回来！没有这么高的价钱，我故意骗你的！"便把一半钱退还给他，刘子固感到这女孩是个实在人。

  此后，刘子固趁她的父亲不在时，便常来店里，慢慢跟她熟了。

女子问刘子固："你住在什么地方？"刘子固如实告诉她，又问她姓什么，女子说："姓姚。"

每次，女子把他所买的东西都要用纸包好，然后用舌尖舔一下纸边，粘上。刘子固回去后舍不得打开，小心翼翼将这些纸包放在一个箱子里，生怕把女子的舌痕弄没了。

刘子固的行径让仆人发现了，并私下告诉了他舅舅，舅舅怕他闹出什么事来，就打发他回家去了。

子固回到自己家里，没人时就关起门把那些纸包拿出，一边看着纸上的舌痕，一边想着姚家女子的模样，想得面红耳热、魂不守舍。

隔年，刘子固又到山东舅舅家来，放下行李，就到杂货店里去看那女子，不料店门却关得死死的。第二天又去，店门仍然紧闭。向邻居打听，才知道因为生意不好，姚家已经暂时回肇庆老家了。

什么时候回来？

谁也不知道。

刘子固神情沮丧，回到自己家后整天像是丢了魂儿似的。母亲托人为他说亲，他总是拒绝。母亲很生气，仆人偷偷把以前的事告诉母亲，母亲就再也不让他去山东舅舅那里了。

子固整日神思恍惚，吃不下饭，睡不着觉。母亲看了发愁，心想不如满足了儿子的心愿。于是，让子固到山东请舅舅向姚家提亲。舅舅去后回来说："不好办了，阿绣已经许配肇庆老家那边的人了。"

刘子固心灰意冷。回家后时常捧着那只箱子掉泪，想着这辈子不知何时还能够见到阿绣。

这天，刘子固乘车到临近的复县，太阳正要落山时进了县城西门，朝北一家两扇门半开着，门里有一个姑娘很像阿绣。那姑娘也看见了子固，用手指了指身后，又将手掌放在额头上。

刘子固喜出望外，揣摩姑娘是什么意思。沉思了好一会儿，就信步来到她家的房后，只见一座荒园，空旷寂静。一堵矮墙，只有齐肩高。刘子固豁然明白了姑娘的意思，于是就藏身草丛中。日落月升，夜色昏黄，有人从墙上露出头来，小声说："来了吗？"刘子固循着声音仔细一看，果真是阿绣。

他走上前去，悲痛万分，泪落如雨。姑娘隔着墙，探身用手帕给他擦泪。刘子固说："我原以为今生没有希望再见到你了，没想到还有今天！你怎么到了这里？"阿绣说："西邻住的是我表叔，姓李。"又说："你先回去，把仆人打发到别的地方住，我到你那里。"

刘子固回到自己房间，不一会儿，阿绣悄悄来了。没有浓妆艳抹，衣裙还是以前穿的那些。子固挽她坐下，倾诉自己的相思之苦。又问："你不是已经许配给人家了吗？"阿绣说："那是我父亲因为你家太远，不愿跟你们结亲，搪塞你舅舅，以打消你的念头。"

说着说着，两人上床躺下，宛转万态，款接之欢，不可言喻。四更刚过，阿绣便急忙起来，翻墙回去了。

刘子固乐不思蜀，在这家客栈一住竟过了一个月。

这天夜里，仆人起来喂马，见刘子固房里还亮着灯，隔窗偷偷一看，竟是阿绣，顿时吓得毛骨悚然。第二天一早起来，仆人到集市上访查了一番，回店里问刘子固："夜里跟您交往的那人是谁呀？"刘子固不愿回答。

仆人说："这座房子太冷清了，是鬼狐聚集的地方，公子不妨想一想他姚家姑娘怎么会到这里来？"

刘子固不好意思地解释："西邻是她表叔，这有什么好怀疑的？"

仆人说："我已访查过了，东邻住的是一个孤老太太，西邻那家只有一个不大点的小男孩，没有什么亲戚住在家里。"又说："哪有穿了几年的衣服不换洗的？况且她面色太白，两颊略瘦，笑起来没有酒窝,比起阿绣要差一点。"

刘子固反复想了想,觉得仆人说的有道理,顿时害怕起来,问该怎么办。

仆人为他出谋划策,说等她再过来时我们就操家伙打她!

天黑后,姑娘来了,开口就说:"我知道你怀疑我了,但我没别的意思,不过是想了却过去的缘分罢了。"

话还没说完,仆人便推门进来,姑娘大声呵斥他:"把你的家伙扔了!快摆上酒来,我与你主人告别!"

话音未落,仆人手中的兵器就掉在地下。

姑娘却像往常一样有说有笑,举手指着刘子固说:"我正打算尽我的微力为你效劳,你却想暗中害我!我虽然不是阿绣,但长得也不比阿绣差,你说呢?"

刘子固吓得毛发倒竖,一句话也说不出来。

姑娘看看夜深,拿起酒杯喝了一口,站起来说:"我走了,等你洞房花烛之后,我再来和你的新媳妇比比谁更漂亮!"转身便不见了踪影。

经过这件事后,刘子固更加思念阿绣,就直接跑到山东阿绣家,托了媒人到姚家说亲。姚家老板娘对他说:"我家小叔子为阿绣在肇庆选了个女婿,这可是真的,阿绣跟她爹爹一块到广东去了,至于亲事成不成,还不知道。"

刘子固听了无可奈何,好在还有一线希望,就坚持等着阿绣父女回来再说。

不料,人没有等到,这一带发生战事,烽火四起,人马杂沓,刘子固主仆二人失散,子固被擒。士兵看他是个文弱书生,疏忽了对他的防备,他便偷了一匹马逃了出来。

快到家乡海州地界时,他看见逃难人群中一位蓬头垢面的女子,步履艰难，已经走不动了。女子也在看他，忽然朝他大声呼喊："马上的人不是刘郎吗？"刘子固停下马仔细看她，原来是阿绣！

他心中仍然害怕是狐狸扮成阿绣骗他："你真是阿绣吗？"

女子问："你怎么说这种话？"

刘子固把他遭遇狐女的事说了一遍。

女子说："我真是阿绣。父亲带我从广宁回来的路上，我被乱兵抓住。危难之际，忽然过来一位女子，拉着我的手腕便跑。那女子跑得像飞鹰一样快，跑了很久，远离了乱兵与难民后，那姑娘才松开手说：'告辞了，你慢慢走吧，爱你的人就要到了，你可以和他一块回家了。'"

刘子固此时已经明白，那女子便是狐女，内心对她充满感激。

阿绣说她叔叔在广宁倒是真的为她提了一门亲事，但还没等下聘礼，战乱就起来了。刘子固这才知道舅舅说的不是假话。

两人回到家中，子固向母亲讲述了事情的前后经过，母亲也非常高兴，急忙为阿绣梳洗打扮。妆饰一新的阿绣容光焕发，母亲拍着手说："怪不得我那傻儿子在梦中都撇不下你，魂儿都让你勾去了！"

母亲让阿绣跟自己一起睡，又派人送书信给姚家。日子平稳后，姚家夫妇一块过来了，为他们小两口办了喜事。

新婚之夜，刘子固拿出他珍藏的那只箱子，里面的东西原封没动。有一盒脂粉，打开一看却是红土。刘子固很奇怪，阿绣掩口笑着说："那是我有意骗你的，看你来买东西从来都不问价钱也不查验，就跟你开了个玩笑。"

两人正在嬉笑时，一个人掀开门帘进来："好快活啊，还不该谢谢媒人吗？"

刘子固一看，又是一个阿绣，急忙喊母亲。母亲和家里人都来了，没有一个人能辨出真假的。

　　刘子固看着也迷糊了，突然想起仆人说过的话："她面色太白，两颊略瘦，笑起来没有酒窝"，方才朝其中一个"阿绣"连连作揖表示感谢。这位"阿绣"要了镜子自己看了一下，害羞地扭身跑掉了。众人回过神来，那女子已经不见踪影。

　　刘子固夫妇非常感激狐女的恩情，特地在房间里为她安设了一个灵位，晨昏都要拜上一拜。

　　一天晚上，刘子固喝醉酒回到家中，屋里黑黑的空无一人。他刚要点灯，阿绣进来了。

　　子固拉着她问："你去哪儿了？"

　　阿绣笑着说："看你醉成这样，臭气熏人，讨厌！我上哪儿去了，难道跟男人幽会去了不成？"

　　刘子固笑着捧起她的脸说："亲亲。"

　　阿绣说："你看我与狐狸姐姐谁更美？"

　　刘子固说："光看外表也看不出来。"

　　说罢关上门，两人亲热起来。

　　一会儿有人叫门，阿绣起身笑着说："你也是个只看外表的人。"

　　刘子固没有听明白，走去开门，进来的却是阿绣。

　　他十分惊愕，才明白刚才床上那个阿绣是狐狸。

　　黑暗里又听见狐女的笑声。子固夫妻望空中顶礼，祈求狐狸姐姐现身。

　　狐女说："我不愿见阿绣。"

　　子固问："那你为什么不变成另一副相貌？"

　　狐女说："我不能。"

　　子固问："为什么呢？"

　　狐女说："阿绣前世是我妹妹，不幸早夭。活着时，她和我一块随母亲到昆仑山朝见西王母，我们心里都爱慕西王母，回家后就精心模仿她的模样修炼，妹妹比我聪慧，学得神似；我始终赶不上妹妹。如今又隔一世，妹妹已经托生为人，我自以为超过她了，没料到还是赶不上妹妹。"

狐女又说："感谢你二人的诚意，此后还会过来看望你们。"遂无声息。

此后，狐女隔三差五会过来一次，家里有了难题，她都会帮忙解决。阿绣如果回娘家，她就会多住几天，三年之后，狐女就再没有来过。大家心里反而觉得空落落的，像是少了些什么。

据学术界专家们考据，《阿绣》的故事源远流长，最初可以追溯到一千五百多年前南北朝刘义庆的《幽明录·胡粉》，接下来是宋人《绿窗新话》中的《郭华买脂慕粉郎》、明代冯梦龙的《情史·扇肆女》。

以上古籍讲述的故事情节都很简单。

比如刘义庆的《胡粉》：

富人家的一位贵公子在街市上遇见一位漂亮姑娘卖胡粉（脂粉），心生爱意。天天来店里名为买粉，实则为了看姑娘。姑娘产生了怀疑，问他："君买这么多的脂粉，给谁用啊？"公子回答："我很喜欢你，不敢向你表达，天天买粉只是为了看看你啊。"姑娘非常感动，约他明天晚上相会。

这天夜间，姑娘果然如约来到男子的房间，男子不胜其悦，握着她的手说："今晚可以一偿夙愿了！"不幸的是，男子在交欢时过度兴奋，竟死在床上。女子吓坏了，暗自潜回粉店。

第二天，男子的父母发现儿子暴死，同时发现他房间的一只箱子里堆积了一百多包脂粉，怀疑"杀吾儿者，必此粉也！"对照这些脂粉的包装样式，很快就追查到卖脂粉的这位姑娘。

在县衙大堂，该女以实相供，男子父母不信。女子说："事到如今我哪里还会吝惜自己一死？只请允许我到公子灵前表达一下心意。"经县令允许，女子来到男子灵前抚尸哭诉："您在天有灵，还会恨我吗？"

不料男子竟豁然复生，并向众人复述了事情的原委。官府不再追究，双方家长同意就此结为亲家。此后夫妇和合，子孙繁茂。

冯梦龙的《扇肆女》把"胡粉店"改为"扇子店"，故事情节略有变化，仍不外乎多情男子惊艳，借购物撩妹，男女私约偷欢，男子不幸丧命；"胡粉"或"扇子"成为揭示谜团的物证，不论死活，结局终归"子孙繁茂"。

以往的故事都比较简单，故事情节发生在一男子、一女子之间，两点成一线，单线条发展。

这个传播了一千多年的故事，到了蒲翁这里，为之大变。其中的关键，是多了一个人物，况且不是凡人，是一位狐狸姐姐。三点成一面，内涵大大扩容，独奏变成交响曲。按照巴赫金①的说法，单调变成了复调，单声部变成多声部。两个女子虽然都叫"阿绣"，性情却截然不同，各有各的内心世界，各有各的主体意识，各有各的话语方式。尤其是那位狐女，性子起时，蒲翁也控制不了她，只有凭她的心情宛转，随她的脚步起舞。巴赫金创立小说的"复调理论"，面对的是陀思妥

---

① 米哈伊尔·巴赫金（Бахтин, Михаил Михайлович, 1895—1975），生于没落贵族之家，毕业于圣彼得堡国立大学文史系，曾在中学任教。1929 年因宣讲康德哲学被苏联政府逮捕并流放北哈萨克斯坦。在文艺学、民俗学、人类学、心理学领域产生世界影响，被誉为"二十世纪最重要的思想家"。

耶夫斯基这样的文学大师的鸿篇巨制，我们的蒲翁在文言短篇中能达到这样的效果更加可贵。

两个"阿绣"，一位小家碧玉乖乖女，性格温顺，循规蹈矩，父母之命，媒妁之言，一切听从命运安排；一位野性未驯、半人半妖的狐女，我行我素，敢作敢当，所有成规惯例全不放在心上。

这篇小说再次印证，我们的蒲翁对于狐狸是如此钟爱。

流传千年的故事本来就没有狐狸，是蒲翁特意加上的。

不但加上，而且成为主角、女一号。

不但成为主角，而且是如此一位形象生动、光彩照人的文学典型。

狐女阿绣多愁善感，为子固的痴情所感动，不惜毛遂自荐、代人施爱；同时，她又自尊自爱，眼里容不得沙子，一旦发现被人猜疑，立马直言相告、守护自己的一身清白。

狐女阿绣虽然杀伐果断，却又侠骨柔肠，集剑气箫心于一身。她不计前嫌，与人为善，成人之美，救姚家阿绣于水火，甘为他人做嫁衣，让世间有情人终成眷属。

狐女阿绣也有七情六欲，更有一般女孩儿惯常的缺点，虚荣心。她嫉妒人间阿绣的美丽，一再较劲比试，终不肯服输。

狐女阿绣有理家才能，却又来去由我，不甘于家庭约束。经过一番折腾，看到人家过上好日子，功成不授爵，便抽身而退，远走林野，从此逝去。

论容貌，狐女阿绣略输人间阿绣；论个性，狐女阿绣的豪爽、侠义、刚强、洒脱、自由、自主、自尊、自立远非人间一般女子可比。

家庭伦理，是蒲松龄看重的创作主题，虽然难免受到他所处的那个时代的局限，不可拿到今天加以比附，但其中宣示的善良、宽容、真诚、友爱，还应该是做人的底线。遗憾的是，社会的发展进步，反而让这些底线一再沉沦。

　　就在我撰写这本《天地之中说聊斋》的时候，重庆发生一桩惨绝人寰的案件：

　　2020 年 11 月 2 日下午 3 点 30 分左右，男子张波在其女友叶诚尘的唆使下，将自己一双亲生儿女从 15 层的高楼抛下摔死，女儿两岁，儿子刚刚一岁。犯案动机是女友不愿看到张波前妻生下的孩子。常言"虎毒不食子"，这一案例再次印证人性沦丧的人远不如禽兽。

　　2021 年 12 月 28 日，重庆市中级人民法院开庭，以故意杀人罪判决张、叶二人死刑。

　　古代有情人能够以自己的性命生死相托，在天愿作比翼鸟，在地愿为连理枝。面临死刑判决，这对现代"情人"在法庭上却相互撕咬：男子说是女子割腕逼迫他灭子杀女；女子说让男子杀两个娃娃不过是为了让他知难而退。句句扎心，都是要对方去死。

　　现代社会的人们，不要一味迷信于社会的进步。空闲时间还是不妨读一读蒲松龄三百年前写下的这部《聊斋》。

后
记

　　蒲学研究的规模虽然远不及红学，但也已经硕果累累、蔚为大观。

　　这些研究成果并不仅仅是以往时代精神、政治氛围催生的产物；即使今天看来仍然拥有不可小觑的现实意义。

　　一部伟大的文学作品不是一道奥数竞赛题，最好的答案并非只有一个，而总是拥有与生俱来的难以穷尽的可阐释性。

　　我在这本小书中希望做一下尝试，能否换一种观念，换一个视野，换一套知识体系，在大自然的视野内、运用生态文化的目光，对这部中国古代文学经典做出再阐释。

　　从生态文化的视野阐释《聊斋志异》的念头，大约肇始于 15 年前。

　　在苏州大学，我指导的 2007 届硕士研究生郭建华同学的学位论文的选题是《荒野中的精灵——〈聊斋志异〉的生态学解读》，她在论文摘要中写道：

蒲松龄与《聊斋志异》之间的深层奥秘，可能就在其与荒野的血脉相连。有着浓厚荒野情结的乡间文人蒲松龄一生追求功名而不得，"青林黑塞"却让他找到了表达生命活动的契机，最终成就了《聊斋志异》这部古代文学史上的绿色小说，作者自身的心灵也从荒野精灵中得到了慰藉。现代人取得辉煌物质成就的同时却在精神的天空中迷失了方向，只有回望荒野，善待每一个生命，才能找到重返精神家园的悠悠归路。

在论文的后记中，建华同学说与鲁老师合作充满探索的欢喜。

我曾经说过，我在孩提时代读到《聊斋志异》中的《王六郎》，影响了我的一生。从那时起，"善良""友爱""真诚"这些中华民族的传统道德在我心中扎下了根，为我的精神生长发育提供了滋养。

基于上述原委，当中州古籍出版社总编辑郑雄先生约我写一本关于《聊斋志异》的书时，我才敢于承担下来。

这本《天地之中说聊斋》与早先的一本《陶渊明的幽灵》，也算是对我后半生的生态文化研究提供两个具体的个案，也可以视为对我提出的一些生态批评观念的验证。

本书在写作过程中参考了许多学者的研究成果（见附录）；中州古籍出版社的郑雄总编辑与责任编辑李晓丽女士为此书的出版倾注了大量心血；由我的朋友秦凌杰引荐，奥地利国家图书馆慷慨应允本书使用其馆藏珍品、清代末年佚名画家《聊斋全图》中的八幅精美图画，为本书增添许多光彩，一并致以衷心感谢！

鲁枢元，壬寅春日，姑苏独墅湖畔

参考文献

蒲松龄著、路大荒编：《蒲松龄集》，上海古籍出版社，1986 年版。

蒲松龄著：《聊斋志异》（铸雪斋抄本），上海古籍出版社，1979 年版。

蒲松龄著：《聊斋志异》（二十四卷本），齐鲁书社，1981 年版。

蒲松龄著、赵伯陶注评：《聊斋志异详注新评》，人民文学出版社，2016 年版。

蒲松龄著、于天池等注译：《聊斋志异》，中华书局，2015 年版。

蒲松龄著、韩欣编：《名家评点聊斋志异》，天津古籍出版社，2008 年版。

袁健、弦声校点：《但明伦批评聊斋志异》，齐鲁书社，1994 年版。

蒲松龄著：《冯镇峦批评本聊斋志异》，岳麓书社，2011 年版。

路大荒著、李士钊编辑：《蒲松龄年谱》，齐鲁书社，1980 年版。

任访秋：《聊斋的思想和艺术》，河南大学出版社，2013 年版。

何满子著：《蒲松龄与聊斋志异》，上海出版公司，1955 年版。

朱一玄编：《〈聊斋志异〉资料汇编》，中州古籍出版社，1985 年版。

马振方著：《〈聊斋志异〉面面观》，北京出版社，2019 年版。

袁世硕主编：《齐鲁诸子名家志：蒲松龄志》，山东人民出版社，2009 年版。

袁世硕、徐仲伟著：《蒲松龄评传》，南京大学出版社，2000 年版。

马瑞芳著：《蒲松龄评传》，人民文学出版社，1986 年版。

马瑞芳著：《狐鬼与人间：解读奇书〈聊斋志异〉》，当代中国出版社，2007 年版。

王枝忠著：《蒲松龄论集》，文化艺术出版社，1990 年版。

于天池著：《蒲松龄与〈聊斋志异〉》，北京师范大学出版社，1993 年版。

汪玢玲著：《蒲松龄与〈聊斋志异〉研究》，中华书局，2016 年版。

蒋玉斌著：《〈聊斋志异〉的清代衍生作品研究》，中国社会科学出版社，2012 年版。

尚继武著：《〈聊斋志异〉叙事艺术研究》，南京大学出版社，2018 年版。

盛源、北婴选编：《名家解读〈聊斋志异〉》，山东人民出版社，1999 年版。

董均伦、江源整理：《聊斋汊子》（上下卷），北京联合出版公司，2020 年版。

莫言：《学习蒲松龄》，中国青年出版社，2012 年版。

汪曾祺著：《聊斋新义》，广东人民出版社，2020 年版。

路方红著：《路大荒传》，齐鲁书社，2017 年版。

郭建华：《荒野中的精灵——〈聊斋志异〉的生态学解读》，苏州大学文学院 2007 届硕士学位论文。